Rosa candida

Il y a chez la grande romancière islandaise un tel emportement rieur que l'on cède volontiers à son humour fantasque, d'une justesse décapante. D'un roman à l'autre, Auður Ava Ólafsdóttir poursuit son étude de mœurs, explorant avec grâce toutes les troublantes drôleries de l'inconstance humaine. Vrai bain de jouvence littéraire, son œuvre ressemble à la vie.
Finaliste du Prix Femina et du Grand Prix des lectrices de *Elle*, traduit dans dix-huit pays depuis sa parution chez Zulma, *Rosa candida* ne cesse d'enchanter ses lecteurs.

« Incontestable réussite littéraire, *Rosa candida* démontre qu'une grande subtilité s'énonce parfois simplement. »

NILS C. AHL
Le Monde des livres

Du même auteur chez Zulma

L'EMBELLIE
L'EXCEPTION
LE ROUGE VIF DE LA RHUBARBE
ÖR

AUÐUR AVA ÓLAFSDÓTTIR

ROSA CANDIDA

Roman traduit de l'islandais
par Catherine Eyjólfsson

ZULMA
18, rue du Dragon
Paris VIe

Titre original : *Afleggjarinn.*

Couverture : David Pearson.

Si vous désirez en savoir davantage
sur Zulma ou sur *Rosa candida*
n'hésitez pas à nous écrire
ou à consulter notre site.
www.zulma.fr

z

À ma mère

Voici, je vous donne toute herbe portant de la semence et qui est à la surface de toute la terre, et tout arbre ayant en lui du fruit d'arbre et portant de la semence.

Genèse 1 : 29

UN

Comme je vais quitter le pays et qu'il est difficile de dire quand je reviendrai, mon vieux père de soixante-dix-sept ans veut rendre notre dernier repas mémorable. Il va préparer quelque chose à partir des recettes manuscrites de maman – quelque chose qu'elle aurait pu cuisiner en pareille occasion.

« J'ai pensé, dit-il, à de l'églefin pané à la poêle et ensuite une soupe au cacao avec de la crème fouettée. » Pendant que papa essaie de trouver comment s'y prendre pour la soupe au cacao, je vais chercher mon frère à son foyer dans la vieille Saab qui va sur ses dix-huit ans. Jósef m'attend depuis un moment, planté sur le trottoir et visiblement content de me voir. Il est sapé à bloc parce que c'est ma soirée d'adieu, il porte la chemise que maman lui a achetée en dernier, violette à motifs de papillons.

Pendant que papa fait revenir l'oignon alors que les morceaux de poisson attendent, tout prêts, sur leur lit de chapelure, je vais dans la serre chercher les boutures de rosier que je vais emporter. Papa m'emboîte le pas, ciseaux à la main, pour couper de la ciboulette destinée à l'églefin et Jósef, silencieux, le suit comme son ombre. Il n'entre plus dans la serre depuis qu'il a vu les débris de verre causés par la tempête de février qui a réduit en miettes beaucoup de vitres. Il reste dehors, près de la congère, et nous suit du regard. Papa et lui portent le même gilet noisette avec des losanges jaunes.

« Ta mère mettait toujours de la ciboulette avec l'églefin », dit papa. Je lui prends les ciseaux des mains et m'étire pour atteindre dans le coin de la serre la touffe toujours verte dont je lui tends une poignée. C'est moi le seul héritier de la serre de maman, comme papa me le rappelle régulièrement. Ce n'est pas qu'il s'agisse d'une culture de grande envergure comme trois cent cinquante pieds de tomates et cinquante plants de concombres qui se transmettraient de mère en fils ; il ne s'agit que de roses qui poussent toutes seules, sans qu'on ait besoin de s'en occuper spécialement, et peut-être de la dizaine de plants de tomates qui restent. Papa se chargera d'arroser en mon absence.

« Je n'ai jamais été porté sur les légumes, mon petit Lobbi, c'était le dada de ta mère. Moi, je pourrais tout au plus manger une tomate par semaine. À ton avis, à la récolte, ça va donner combien de fruits par plant ?

— Tâche de les offrir, alors.

— Je ne peux tout de même pas frapper à tout bout de champ chez les voisins avec mes tomates.

— Et Bogga ? »

Je dis cela tout en me doutant bien que la vieille amie de maman doit avoir les mêmes goûts que papa.

« Tu ne veux tout de même pas que j'aille toutes les semaines rendre visite à Bogga avec trois kilos de tomates. Elle insisterait pour que je reste à dîner. »

Je pressens aussitôt ce qu'il va dire ensuite.

« J'aurais voulu inviter la demoiselle et l'enfant, poursuit-il, mais va savoir si tu n'y serais pas opposé.

— Oui, j'y suis opposé. La demoiselle, comme tu dis, et moi, on n'est pas un couple et on ne l'a jamais été, on a juste eu un enfant ensemble. Ça a été un accident. »

J'ai déjà mis les choses au point et papa doit bien se rendre compte que l'enfant est le fruit d'un instant d'imprudence, et que ma relation avec la mère s'est limitée au quart, que dis-je, au cinquième d'une nuit.

« Ta mère n'aurait pas vu d'objection à les inviter au dernier repas. » Chaque fois que papa a besoin de donner du poids à ses paroles, il tire maman de sa tombe pour l'appeler en renfort.

Moi, je me sens tout drôle de me trouver sur le lieu même, si j'ose dire, de la procréation, en compagnie de mon vieux père et de mon demeuré de frère jumeau qui est là, juste derrière la vitre. Papa ne croit pas aux coïncidences, du moins pas quand il s'agit des événements primordiaux de l'existence, comme la naissance et la mort ; la vie ne s'allume pas, ni ne s'éteint comme ça, par hasard, dit-il. Il ne peut pas comprendre que la conception puisse résulter d'une rencontre fortuite, que l'occasion de coucher avec une femme puisse se présenter à l'improviste, pas plus qu'il ne peut comprendre que la mort puisse résulter d'une flaque d'eau ou de gravillons dans un virage, quand on peut se référer à autre chose : aux chiffres et aux calculs arithmétiques. Papa pense les choses autrement, le monde tient par des chiffres ; ils sont au cœur de la création et on peut lire dans les dates une vérité profonde, y voir de la beauté. Ce que moi j'appelle hasard ou occasion, selon le cas, est pour papa un élément d'un système complexe. Trop de coïncidences, ça n'existe pas, une à la rigueur, mais pas trois ; pas de coïncidences en série, dit-il : l'anniversaire de maman, la naissance de sa petite-fille et la mort de maman, tout ça le même jour du calendrier, le sept août. Pour ma part, je ne comprends pas les calculs de papa ; d'après mon expérience, c'est justement quand on se met à escompter quelque chose de précis, que tout autre chose arrive. Je n'ai rien contre la marotte d'un électricien à la retraite à condition que ses calculs n'aient rien à voir avec ma négligence en matière de préservatifs.

« Tu n'es pas en train de filer à l'anglaise, mon petit Lobbi ?

— Non, je leur ai dit au revoir hier. » Je n'irai pas plus loin dans son sens et il change alors de conversation.

« Tu ne sais pas si ta mère avait par hasard une bonne recette de soupe au cacao ? J'ai acheté de la crème à fouetter.

— Non, mais on pourrait peut-être trouver ensemble comment faire. »

DEUX

Quand je rentre de la serre, Jósef est assis à table, bien droit, les mains sur les genoux, avec sa cravate rouge et sa chemise violette. Mon frère aime les vêtements et les couleurs ; il porte toujours une cravate, comme papa. Papa est aux fourneaux, avec deux plaques à feu vif : sous la casserole de pommes de terre et sous la poêle à frire. Il n'a pas l'air de dominer tout à fait la situation, peut-être est-il stressé parce que je vais partir. Je tournicote autour de lui et mets de l'huile dans la poêle.

« Ta mère utilisait toujours de la margarine », dit-il.

Je ne suis pas plus versé que lui en art culinaire ; mon rôle dans la cuisine se cantonnait à l'ouverture des bocaux de chou rouge et au maniement de l'ouvre-boîte sur les conserves de petits pois. Certes, maman me faisait faire la vaisselle et chargeait Jósef d'essuyer. Il mettait un temps fou pour chaque assiette et je finissais par lui arracher le torchon des mains pour terminer le travail.

« Il y a peu de chances que tu manges de l'églefin de sitôt, mon petit Lobbi », dit papa. Je ne veux pas lui faire de peine en disant qu'après quatre mois passés en mer au milieu des viscères de poisson, je me fous pas mal de ne plus en voir la couleur pendant un bout de temps.

Comme papa veut jouer les grands princes face à ses garçons, il les surprend avec une sauce au curry.

« J'ai suivi une recette de Bogga », dit-il. La sauce est d'un beau vert peu commun ; c'est comme de l'herbe qui frissonne sous une averse printanière. Je lui demande d'où vient la couleur.

« J'ai mis du curry et un colorant alimentaire », explique-t-il. Je vois qu'il a ouvert un pot de confiture de rhubarbe et qu'il l'a placé près de mon assiette.

« C'est le dernier pot qui reste de ta mère », dit-il et je regarde ses épaules tandis qu'il remue la sauce dans la casserole, vêtu de son gilet noisette à losanges.

« Tu ne vas quand même pas servir de la confiture de rhubarbe avec le poisson ?

— Non, j'ai pensé que tu voudrais l'emporter en voyage. »

Mon frère Jósef est silencieux et papa ne parle pas beaucoup à table. On ne dit pas grand-chose tous les trois. Je sers une portion à mon frère jumeau et lui coupe ses pommes de terre en deux. Il ne peut pas voir la sauce verte en peinture, il en débarrasse soigneusement le poisson en la mettant sur le bord de son assiette. Je regarde mon frère aux yeux marron, il a une ressemblance frappante avec un acteur de cinéma connu. Il n'y a aucun moyen de savoir ce qui se passe dans sa tête. Pour réparer son péché et préserver la sérénité à table, je me sers largement de la sauce de papa. C'est à ce moment-là que je ressens pour la première fois une douleur au ventre.

Pendant que je fais la vaisselle après le repas, Jósef fait du pop-corn comme il en a l'habitude quand il vient en visite le week-end. Il va chercher la marmite à fond épais dans le placard, y verse trois cuillerées d'huile exactement, puis le paquet de maïs qu'il fait soigneusement tomber en pluie jusqu'à ce que les grains recouvrent le fond du récipient. Puis il pose le couvercle et tourne le bouton à feu vif pendant quatre minutes. Quand le corps gras se met à grésiller, il réduit la température à deux. Il va chercher le saladier en verre et la salière puis ne quitte plus la marmite des yeux jusqu'à la fin. Nous regardons alors les actualités, tous les trois sur le canapé, la main de Jósef dans la mienne, le saladier en verre sur la table. Une heure et demie après le début de sa visite hebdomadaire, mon frère jumeau me tend le disque avec les airs : le moment est venu de danser.

TROIS

Je n'emporte pas grand-chose avec moi et papa s'étonne du faible volume de mes bagages. J'enveloppe de journaux mouillés les boutures et les dispose dans la poche avant de mon sac à dos. Nous partons dans la Saab que papa possède depuis mes premiers souvenirs, Jósef, silencieux, est sur la banquette arrière. Papa a mis le béret basque qu'il arbore quand il fait de la route. Depuis l'accident, il roule très en dessous de la vitesse autorisée, ne dépassant pas les quarante kilomètres à l'heure. Il conduit si lentement à travers le champ de lave hérissée que je peux contempler à loisir les oiseaux perchés à intervalles réguliers sur les sommets pointus de couleur violette dans l'aube tachetée de bleu, comme ça à l'infini, mesure après mesure, comme la partition mélancolique d'une œuvre musicale qui va crescendo. Papa n'a d'ailleurs rien d'un conducteur chevronné, c'est maman qui conduisait le plus souvent. Une longue file de voitures s'est formée derrière nous et l'on cherche constamment à nous dépasser. Cela ne perturbe pas la concentration de mon père. Je ne crains pas non plus de rater l'avion car papa est toujours largement à l'heure, en toutes circonstances.

« Tu ne veux pas que je conduise, papa ?

— Non merci, mon petit Lobbi, c'est gentil de ta part. Profite plutôt du paysage que tu vas quitter bientôt ; il y a peu de chances que tu traverses de sitôt un champ de lave. » Nous nous taisons tous les deux un moment, je profite du paysage que je suis sur le point de quitter. Un peu plus tard, après que nous avons dépassé l'embranchement qui mène au phare, papa veut néanmoins discuter de mes projets d'avenir, de ce que je compte faire de ma vie. Ça ne lui plaît pas que je m'intéresse à l'horticulture.

« Tu m'excuseras, mon petit Lobbi, si ton vieux père se pose des questions sur tes projets d'avenir : ce n'est pas de l'indiscrétion et ça ne part pas d'un mauvais sentiment.

— C'est OK.

— Est-ce que tu as décidé ce que tu vas étudier ?

— J'ai été embauché pour faire du jardinage.

— Un garçon doué pour les études comme toi.

— Allez papa, ne commence pas.

— Je trouve que tu fais mauvais usage de tes aptitudes, mon petit Lobbi. » C'est difficile d'expliquer cela à papa : le jardin et les roses de la serre étaient une passion que nous partagions, maman et moi.

« Maman, elle, m'aurait compris.

— Oui, ta mère était toujours favorable à tout ce que tu entreprenais. Mais elle n'aurait pas été opposée à ce que tu fasses des études supérieures. »

Quand nous avons emménagé dans le nouveau quartier, c'était une zone dénudée avec des plaques de terre en friche et des rochers entourés de cailloutis érodés. Partout de nouveaux bâtiments ou des fondations à moitié remplies d'eau jaunâtre. Les buissons bas et clairsemés n'arrivèrent que bien plus tard. Le quartier donnait sur la mer, il y avait presque toujours du vent et c'était impossible de créer un coin abrité dans les jardins. Les gens avaient renoncé à planter des pensées dans leurs parterres. Maman a été la première à essayer de planter un arbre et, au tout début, il fallait être timbré pour tenter le pari. Tandis que les autres se contentaient d'essayer de faire pousser du gazon et, au meilleur des cas, une haie entre les jardins pour pouvoir prendre des bains de soleil dans la brise des trois jours de beau temps de l'été, elle plantait un cytise, un érable, un frêne et un arbuste à fleurs à l'abri de la maison. Elle ne renonça pas, même s'il lui fallait pour ainsi dire repiquer les boutures dans la caillasse.

L'été suivant, papa construisit la serre au sud de la maison. Nous avons commencé par faire pousser les plantes à l'intérieur avant de les transplanter dans le jardin, à la première ou deuxième semaine de juin, quand il n'y a plus de gelées nocturnes. Nous pensions d'abord les laisser dehors au plus fort de l'été, puis les rentrer dans la serre. Mais si on avait la chance d'avoir un bel automne, on prolongeait d'un mois leur séjour en plein air. Arriva ensuite un hiver où nous avons laissé nos plantes blotties sous une congère de deux mètres de haut. Et à la fin, tout se mit à pousser dans le jardin de maman, tout croissait entre ses mains. Petit à petit le lopin de terre se transforma en jardin enchanté qui attirait l'attention et provoquait l'étonnement. Depuis la mort de maman, les voisines m'ont parfois demandé conseil.

Il faut quelques soins, mais surtout du temps – telle était, en deux mots, la philosophie du jardinage selon maman.

« Je ne nie pas que maman et toi, vous aviez votre univers, dont ni Jósef ni moi ne faisions partie. Peut-être qu'on n'était pas capables de le comprendre. »

Ces derniers temps, papa s'est mis à parler de Jósef et lui comme s'ils ne faisaient qu'un. Il dit : Jósef et moi, on…

Maman avait parfois l'idée, en pleine nuit d'été, de sortir travailler au jardin ou bricoler dans la serre. C'était comme si elle n'avait pas besoin de dormir comme tout le monde, surtout en été. Lorsque je rentrais la nuit, après une sortie avec les copains, maman était dans le parterre avec son seau en plastique rouge et ses gants de jardinage à fleurs roses, pendant que papa dormait sur ses deux oreilles. Comme il fallait s'y attendre, il n'y avait pas un chat dans les rues et tout était incroyablement calme. Maman me disait bonjour et me regardait comme si elle savait sur moi quelque chose dont je n'avais pas idée moi-même. Je m'asseyais alors auprès d'elle pendant un moment en arrachant les mauvaises herbes, pour faire quelque chose et lui tenir compagnie. Avec à la main une bouteille de bière entamée, que je calais dans le parterre de pensées avant de m'étendre de tout mon long, le coude sous la tête pour regarder passer les cumulus. Quand je voulais être seul avec maman, j'allais la rejoindre dans la serre ou au jardin et l'on pouvait parler ensemble. Elle semblait parfois avoir l'esprit ailleurs et quand je lui demandais à quoi elle pensait, elle répondait « oui, oui, ce que tu dis me plaît bien ». Et son sourire exprimait son accord et son encouragement.

« C'est qu'il n'y a pas beaucoup d'avenir dans le jardinage pour un sujet d'exception comme toi, dit papa.

— Je ne vois pas en quoi je serais un sujet d'exception.

— Que ton père soit âgé ne veut pas dire qu'il soit sénile, mon petit Lobbi. Il se trouve que j'ai conservé tous tes diplômes. À douze ans, meilleur de ta classe ; à seize ans, bachelier et major de ta promotion.

— Je ne peux pas croire que tu en fasses toute une histoire. (C'était quelque part au fond d'un carton dans le cagibi.) Jette toute cette paperasse, papa !

— Trop tard, mon petit Lobbi, Thröstur l'encadreur est en train de tout mettre sous verre.

— Tu plaisantes, ou quoi ?

— Tu n'envisages donc pas de faire des études supérieures ?

— Non, pas pour le moment.

— En botanique, par exemple ?

— Non.

— En biologie ?

— Non.

— En phytobiologie ou en phytogénétique alors, avec biotechnologie agroalimentaire en option ? »

Papa a pris ses renseignements. Il garde les deux mains crispées sur le volant et ne quitte pas la route des yeux.

« Non, ça ne me dit rien de devenir chercheur ou prof d'université. »

Je me sens mieux dans la terre mouillée ; c'est autre chose de pouvoir toucher des plantes vivantes, dans un laboratoire on ne sent pas l'odeur de l'herbe après la pluie. C'est difficile de mettre en mots, pour papa, notre univers à maman et moi. Ce qui m'intéresse, c'est ce qui pousse dans un sol fertile.

« Je veux quand même que tu saches que j'ai constitué un petit fonds auquel tu pourras avoir accès si tu veux poursuivre des études à l'université. C'est en dehors de l'héritage de ta mère. Jósef est content là où il est, ajoute-t-il. Je veillerai bien entendu à ce qu'il ne manque jamais de rien.

— Merci pour tout. »

Je ne discute pas plus avant de jardinage avec papa. Je ne peux pas non plus dire à mon électricien de père que je ne sais pas tout à fait ce que je veux, que ça peut être ardu de décider une fois pour toutes à un moment donné de son existence. Papa dirait : « On ne va pas loin avec des rêves, mon petit Lobbi. » Maman, elle, aurait dit : « Il faut poursuivre ses rêves. » Et puis elle aurait regardé par la fenêtre de la cuisine comme si elle parcourait des yeux des étendues situées loin au-delà de ses terres et non les quelques mètres qui la séparaient de la serre et de la clôture, non pas comme si le jardin était un enclos fleuri dont la foule de plantes, d'arbres et toute la végétation occultaient le monde extérieur, mais comme si elle s'attendait à la visite d'hôtes venus de loin. Puis elle aurait versé le contenu d'un paquet de pruneaux dans un bol qu'elle irait mettre sous le jet du robinet en laissant l'eau déborder.

« C'est vrai que le jardinage, c'est moins pénible que

d'avoir le mal de mer sur un rafiot pendant des mois », dit papa pour conclure.

QUATRE

Nous poursuivons la route en silence à travers le champ de lave. J'ai encore le repas d'adieu sur l'estomac et il me semble que le malaise, dont l'origine doit remonter à la sauce verte, est en train de se muer en douleur permanente, là, au milieu de la lave, non loin de l'endroit où la voiture de maman s'est retournée. Je reconnais le virage où elle a quitté la route ; il y a là comme une petite cuvette herbeuse et il me semble voir clairement l'endroit où il a fallu déchiqueter l'épave pour dégager maman.

« Ta mère, qui avait seize ans de moins que moi, n'aurait pas dû partir avant moi, dit papa au moment où nous dépassons l'endroit.

— Non, elle n'aurait pas dû partir avant toi. »

Maman avait parfois des idées, comme celle de prendre la route à l'aube pour aller cueillir des myrtilles le jour de son anniversaire, en quelque endroit mystérieux qui lui était cher. Elle allait ensuite nous inviter, nous les gars, comme elle nous appelait, papa, Jósef et moi, à manger des gaufres aux myrtilles fraîchement cueillies avec de la crème fouettée. Je me rends compte à présent que ça a dû parfois être dur de n'avoir que des hommes à la maison, de n'avoir pas de fille. Je prends tout mon temps avant d'approcher maman à l'intérieur de la voiture renversée dans le creux de lave. Je me donne vraiment le temps d'inspecter la nature, de tournoyer longtemps au-dessus des lieux, comme un caméraman prenant une vue aérienne du haut d'une grue, avant d'en venir à maman elle-même, l'actrice principale autour de laquelle tout gravite. C'est le sept août et je décide que l'automne a été précoce. C'est pourquoi je vois beaucoup de rouge et d'or flamboyer dans la nature ; je me représente toutes les nuances de rouge sur le lieu de l'accident : la bruyère rousse, le ciel sanglant, les feuilles carmin sur des rameaux proches, la mousse mordorée. Maman portait un gilet bordeaux et l'on n'a pas vu le sang coagulé avant que papa ne rince le lainage dans la baignoire, à la maison. En m'attardant sur les détails de la mise en scène, comme lorsqu'on examine le fond d'un tableau avant de passer au motif principal, je diffère l'heure de la mort de maman. Je fais durer le temps jusqu'à l'inéluctable, jusqu'à l'heure de l'adieu. Tantôt la scène veut que maman soit encore à l'intérieur de la voiture accidentée, ou alors on vient d'en découper la carcasse pour la dégager et l'allonger par terre. Je décide que ce sera sur un méplat au creux de la lave, comme si on avait tranché le sommet de deux bosses de terre pour y semer de l'herbe, c'est là qu'ils la déposent très doucement. Dans mon esprit, tantôt elle présente encore des signes de vie, tantôt elle est morte. Papa roule si lentement que je peux vérifier la présence de l'arbre, il est toujours là où je l'ai planté, un pin nain, tentative de boisement au milieu de la lave hérissée, un arbre isolé dans la pierraille inculte, c'est ainsi que je consacre l'endroit à maman.

« Tu as froid ? » demande papa en montant le chauffage au maximum. On étouffe dans la voiture.

« Non, je n'ai pas froid. »

En revanche, j'ai mal au ventre mais je ne le dis pas à papa. Le souci qu'il se fait m'accable ; maman était anxieuse aussi, mais autrement, elle me comprenait.

« Eh bien, mon petit Lobbi, on est presque arrivés, on voit les avions. » Au moment où nous approchons de l'aéroport, une chape noire se soulève de la chaîne de montagnes ; tout en bas, la raie du jour naissant est comme une volute de fumée bleu clair, le soleil horizontal de février se reflète dans les vitres ternies des voitures.

Mon père et mon frère m'accompagnent jusqu'au hall de départ.

Au moment de se dire adieu, Papa me tend un paquet emballé de papier cadeau.

« Tu l'ouvriras quand tu seras arrivé, dit-il. Tu penseras alors peut-être à ton vieux père au moment de te coucher. »

Quand je prends congé de papa, je le serre fort dans mes bras, mais pas très longtemps, je l'enlace vivement et lui donne quelques tapes dans le dos, comme un homme. Ensuite je fais de même avec Jósef. Il regagne aussitôt sa place près de papa et lui prend la main. Papa tire alors une grosse enveloppe de sa poche revolver et me la tend.

« Je suis passé à la banque chercher quelques billets pour toi ; on ne sait jamais ce qui peut arriver à l'étranger. »

Je me retourne une dernière fois pour voir mon père et mon frère jumeau sortir du terminal en se tenant par la main. Le portefeuille de papa est à moitié sorti de sa poche revolver. Père et fils portent le blouson gris que papa vient d'acheter. Impossible de dire lequel est mieux habillé que l'autre. Jósef est tout le contraire de moi, d'aspect, de taille : il est petit, il a les yeux marron et le teint mat comme s'il revenait de rivages ensoleillés. Hormis l'assemblage de couleurs de ses vêtements, mon frère jumeau, le demeuré, pourrait passer pour un pilote de ligne tant il est soigné de sa personne. Je décide de conserver dans mon esprit son image en chemise violette à motifs de papillons. Quand il fera vraiment jour, je serai loin de la bouillasse terreuse ; le sel de la terre subsistera tout au plus sous forme d'auréoles blanches au bout de mes chaussures.

CINQ

C'est précisément à l'instant où l'avion quitte la piste et s'élève au-dessus de sa surface verglacée de rose que je sens la douleur s'affirmer nettement dans mon ventre. Je me penche sur ma voisine et jette un dernier coup d'œil par le hublot sur la montagne tout en bas, tachetée de blanc comme un quartier de viande bien entrelardé. La femme porte un pull jaune à col roulé ; elle cale son dos dans son fauteuil pour me laisser obligeamment profiter du hublot, et je me lasse bientôt de mesurer ses seins à l'aune des cratères en chapelet sans porter plus d'intérêt à la vue. Car même si je devrais éprouver du soulagement, mon mal au ventre m'empêche d'apprécier à fond la liberté inhérente au fait d'être situé bien au-dessus de tout ce qui est en bas. J'ai conscience, plutôt que je ne le perçois, de tout cela fondu ensemble comme de la laitance poisseuse : la lave noire, le feutre jauni de l'herbe sèche, les rivières laiteuses, le terrain bosselé, les marais, les champs de lupin fané et au-delà, la roche à l'infini. Y a-t-il plus froid et plus rebutant que la roche ? Il n'est pas une rose qui se risquerait à pousser au milieu des rochers crevassés. C'est sans aucun doute un très beau pays et bien que j'en aime divers aspects – lieux et gens –, sa place idéale est sur les timbres-poste.

Peu après le décollage, je me lève pour voir comment vont les boutures de rosier dans mon sac à dos, à dix mille mètres d'altitude. Elles sont emmaillotées de journaux trempés et j'arrange ce lange humide autour des tiges vertes. C'est sans doute symptomatique de mon état de santé en même temps que signe de la malice du hasard, que j'aie choisi – sans le vouloir – les pages des rubriques nécrologiques du quotidien. Au moment où je relâche les liens terrestres, il n'est pas anormal que je pense à la mort. Je suis un jeune homme de vingt-deux ans et il faut bien que je me plonge plusieurs fois par jour dans des méditations sur la mort. En second lieu, sur le corps – le mien et celui des autres. Et en troisième lieu sur les roses et autres plantes. Il peut y avoir bien sûr des variations dans l'ordre de ces trois points. Je remballe les plantes dans le sac et me rassieds à côté de la dame. Outre la douleur qui est en train de se muer en élancement aigu, j'ai de plus en plus mal au cœur ; je comprime mon ventre de mes mains et me penche en avant. Le bruit du moteur me rappelle le petit rafiot, et la nausée mes quatre mois de cohabitation avec un mal de mer chronique. Pas besoin que la mer soit démontée : dès l'instant où je mettais le pied à bord du bateau, mon estomac se révulsait et je perdais tous mes repères. Quand la vibration s'accentuait dans la coque d'acier encore à quai et que le roulis adoptait son rythme, la sueur froide du mal de mer se faisait jour et au moment de larguer les amarres, j'avais déjà vomi une fois. Quand je ne pouvais pas dormir à force de nausées, j'allais sur le pont scruter le brouillard. La ligne d'horizon montait et descendait tandis que j'essayais d'avoir le pied marin. Au bout de neuf sorties en mer, j'étais devenu l'homme le plus pâle de la terre ; jusqu'à mes yeux au regard flottant qui avaient pris une tonalité de bleu aqueux.

« C'est pas bon d'être rouquin, dit le plus chevronné, c'est ceux qui sont les plus malades en mer.

— Et c'est rare qu'ils en reviennent », renchérit un autre.

SIX

Les hôtesses se faufilent entre les sièges, leurs jambes brunes gainées de bas nylon sur des escarpins ouverts sont en plein dans ma ligne de mire, tout recroquevillé que je suis dans mon fauteuil. Elles ne me perdent pas de vue et glissent le long de la carlingue en plusieurs allers-retours pour voir si je vais bien, épousseter mon appuie-tête, m'apporter un coussin et une couverture, tapoter et bichonner.

« Voulez-vous un coussin, une couverture ? » demandent-elles, l'air soucieux, en me mettant un coussin derrière la tête, en me couvrant d'une couverture. Puis elles s'en vont vers l'arrière tenir un conciliabule.

« Vous êtes malade ? demande ma voisine au pull jaune à col roulé, près du hublot.

— Oui, je ne me sens pas bien, dis-je.

— N'ayez pas peur », dit-elle en souriant tandis qu'elle arrange sur moi la couverture.

Je vois maintenant qu'elle pourrait avoir l'âge de maman. Trois femmes s'occupent de moi dans l'avion ; je suis un petit garçon, sur le point de me mettre à pleurer. Je me redresse sur mon siège et fais de mon mieux pour extirper le couvercle d'aluminium de mon plateau-repas. Au prochain passage de l'hôtesse, je lui demande ce que c'est qu'on m'a servi.

« Je vais vérifier », dit-elle et elle disparaît à l'arrière de l'appareil.

Elle ne revient pas tout de suite et pour montrer à la femme assise à mes côtés que je suis un garçon dont ma mère confirmerait la bonne éducation, je lui tends la main et me présente.

« Arnljótur Thórir. »

Pour faire bonne mesure, je fouille dans la poche de ma veste en cuir et j'en sors la photo d'un bébé tête nue dans sa grenouillère verte en tissu éponge. Il est bien possible qu'elle trouve cela peu viril de voyager avec des boutures de fleur enveloppées dans des rubriques nécrologiques trempées et de dégobiller le contenu du plateau-repas, mais je ne lui laisse pas le loisir de me poser des questions indiscrètes sur ma situation personnelle ni même de m'offrir un morceau de chocolat et je m'empresse de prendre les devants.

« C'est ma fille », dis-je en lui tendant la photo.

Elle me semble un peu accuser le coup, puis elle sourit en fouillant dans son sac à la recherche de ses lunettes. Elle saisit la photo et la rapproche de la lumière.

« Un bel enfant, dit-elle. Quel âge a-t-elle ?

— Cinq mois quand la photo a été prise. Six mois et demi aujourd'hui. » J'ai envie de dire six mois et dix-neuf jours mais le mal de ventre ne me permet pas de m'étendre davantage.

« Un bel enfant, éveillé, répète-t-elle, avec de grands yeux clairs. Elle n'a peut-être pas beaucoup de cheveux pour une petite fille. J'ai cru, à vrai dire, que c'était un garçon. » La femme me regarde avec sympathie.

« Je me souviens qu'elle venait de se réveiller et qu'on venait de lui enlever son bonnet, dis-je, c'est pourquoi ses cheveux sont plaqués comme ça. Oui, on venait de la sortir de son landau. » Je reprends la photo et la remets dans ma poche. Je n'ai rien à ajouter sur les cheveux de ma fille, de sorte que le sujet est épuisé. D'ailleurs une douleur inquiétante ne tarde pas à éclipser toute autre pensée. Je vomis de nouveau et quand je ferme les yeux, je vois mentalement la sauce vert pomme nappant le poisson frit. La femme à côté de moi me regarde d'un air soucieux. Je n'ai pas la force de poursuivre la conversation, je fais semblant d'avoir autre chose à faire et me contorsionne vers mon sac à dos. J'en retire le livre contenant mon herbier et – ironie du sort – je l'ouvre juste à la page des plantes les plus anciennes, celle des trèfles à six feuilles que j'avais tous cueillis le même matin chez nous dans le pré. Papa avait trouvé singulier que je trouve trois trèfles à six feuilles le jour de mes six ans, comme un porte-bonheur pour le goûter d'anniversaire qui allait suivre, ou comme un rêve qui se réaliserait sous la forme d'un arbre pour moi tout seul dans le jardin, où je pourrais grimper.

« Vous avez un herbier avec vous ? » demande ma voisine avec un intérêt manifeste. J'élude la question et soulève délicatement un des trèfles pour l'approcher de la lampe de lecture de l'avion. C'est le dernier qui soit encore entier, raide et fragile – une petite fleur éternelle. Il me paraît plus que probable que je souffre d'un empoisonnement alimentaire aigu et c'est sans doute symbolique, au point où en est ma vie, que la tige ne tienne plus qu'à un fil.

SEPT

« Vous êtes sûr de pouvoir vous débrouiller ? » demandent les hôtesses, tandis que j'essaie de quitter l'avion en position verticale. « Vous êtes très pâle. »

Au moment où je sors de la carlingue, l'une des hôtesses me touche l'épaule et dit :

« On a essayé d'élucider la nature exacte de ce qu'il y avait à manger. Deux hôtesses ont goûté, mais elles ne sont pas tout à fait sûres. *Sorry*. Mais c'est *definitely* soit du poisson pané fourré au fromage blanc, soit du poulet pané fourré au fromage blanc. »

Un employé de l'aéroport écrit une adresse sur un bout de papier et je tiens la feuille chiffonnée dans ma paume moite. Je me trouve dans une ville où je ne suis jamais venu. C'est ma première étape à l'étranger et je suis assis tout en boule à l'arrière d'un taxi. Le sac à dos est à côté de moi et des pousses vertes dépassent de l'emballage de journaux dans la poche extérieure. En y repensant, je ne suis pas sûr d'avoir été seul dans le taxi ; il n'est pas exclu que la femme au pull jaune à col roulé m'ait accompagné jusqu'au bout.

Quand la voiture s'arrête à un feu rouge pour laisser passer les piétons, je vois les gens se mirer dans les vitres du véhicule.

Le chauffeur me jette un coup d'œil de temps en temps dans le rétroviseur. Sur le siège avant il y a un grand chien-loup, la langue mouillée pendant hors des babines. Je ne peux pas voir s'il est tenu en laisse, mais il ne me quitte pas des yeux. Je ferme les miens et quand je les rouvre, la voiture est arrêtée devant l'hôpital et le chauffeur s'est retourné sur son siège et me regarde. Il me fait payer le double pour avoir vomi dans son taxi. Il n'a pas l'air vraiment en colère mais plutôt surpris par le caractère irresponsable de ma conduite.

HUIT

Je dépose d'abord le sac avec précaution, pour que de l'eau ne s'écoule pas des boutures, puis je m'étends de tout mon long sur la table d'examen revêtue de plastique. Vingt-deux ans et déjà au bout du rouleau, le terminus au début du voyage. Ça prend longtemps d'écrire mon nom sur une feuille, lettre par lettre, une éternité. Celle qui m'aide à me déshabiller, dans la salle d'examen éclairée aux néons, a les cheveux châtains brillants et les yeux marron. Elle veut tout faire pour m'aider. Je suis nu jusqu'à la ceinture et en train d'enlever mon pantalon. Est-ce que maman a éprouvé la même chose que moi quand elle était mourante, toute seule dans un champ de lave, entre des mains inconnues ? Il est clair en tout cas que le jour de mon décès sera un jour de bonheur pour une foule d'habitants sur la terre – avant que le soleil ne se couche, plein d'enfants seront nés à ma place et une multitude de noces auront été célébrées.

Ce n'est pas une grosse affaire que de mourir. Presque tous les meilleurs fils et filles de la terre sont morts avant moi. Cela fera un coup à mon vieux père, c'est normal. Mon frère jumeau demeuré se fabriquera un nouveau système sans moi et le bébé qui était encore trop petit pour passer la nuit chez son papa ne connaîtra jamais son père. Je ne suis pourtant pas sans regrets, j'aurais voulu faire l'amour plus souvent et mettre les boutures en terre.

Lorsque la jeune fille aux cheveux brillants pose doucement la main sur mon ventre, je remarque qu'elle porte une barrette verte en forme de papillon. La femme qui s'occupe de moi au dernier quart d'heure de ma vie a dans sa chevelure le symbole de la vie future.

Les boutures de rosier ne survivront pas sans eau, je me redresse en appui sur un coude et désigne le sac à dos.

« Plantes », dis-je.

Elle tend la main vers le sac à dos et le rapproche du lit. Je n'ai même pas besoin de connaître les mots justes, je fais un signe et elle est la femme qui me comprend. Je me demande, l'espace d'un instant, si nous pourrions être un couple, si je n'étais pas, pour ainsi dire, sur le point de quitter ce bas monde. Elle peut avoir dix ans de plus que moi, trente-deux ans environ, mais en ce moment précis, la différence d'âge me paraît insignifiante. Toutefois la douleur inquiétante dans mon ventre ne me laisse pas le loisir de parachever l'idée d'une relation stable entre nous. Quand j'ai fini de vomir les restes panés à la sauce au fromage du plateau-repas, elle m'aide à libérer les boutures avec précaution des journaux mouillés, comme si elle enlevait les pansements de la jambe d'un malade après une opération réussie.

« Vous avez apporté les plantes avec vous ? » demande-t-elle et, quand elle s'approche, je vois qu'il y a des points jaunes sur les ailes du papillon.

« Oui », dis-je couramment, dans la langue des indigènes.

Elle hoche la tête comme si j'étais un homme doué de raison. Et puis le fort en thème que je suis ajoute : « *Rosa candida.* » Quand il s'agit de plantes et de culture, hardiesse et vocabulaire s'accroissent en moi. J'ajoute encore :

« Sans épines.

— Sans épines, vraiment ? » dit-elle en pliant mon jean avant de le poser avec soin sur la chaise, par-dessus mon pull bleu à torsades – le dernier pull que maman m'a tricoté. Dans un petit moment, l'aide-soignante à la barette-papillon sera la dernière des sept femmes à m'avoir vu tout nu. « Et les deux autres, ce sont aussi des – elle hésite – des *Rosa candida* ?

— Oui, de secours, au cas où l'une d'elles mourrait », dis-je en me laissant retomber sur le matelas recouvert de plastique.

Comme elle a déjà été témoin de ma souffrance, m'a aidé à vomir et à arroser les boutures, je me sens dans l'obligation de lui confier quelque chose de personnel. Je sors la photo du bébé et la lui tend.

« Ma fille », dis-je.

Elle prend la photo et l'examine de près.

« Mignonne, dit-elle en me souriant. Quel âge a-t-elle ? » Elle pose des questions simples et accessibles qui ne dépassent pas le niveau de mes connaissances linguistiques.

« Tout juste sept mois.

— Très mignonne, répète-t-elle, mais elle n'a peut-être pas beaucoup de cheveux pour une petite fille de sept mois. »

Je ne m'attendais pas à cela. On confie à une autre personne quelque chose d'important à un moment crucial et voilà qu'elle vous fait faux bond. Il me paraît soudain de la plus haute importance que la dernière personne avec qui j'aurai eu commerce en cette vie comprenne cette histoire de cheveux. Que les photos sont trompeuses et que les cheveux des bébés blonds ne sont peut-être pas très visibles la première année, à la différence des enfants bruns qui naissent généralement avec beaucoup de cheveux. J'en ai gros sur la patate et ce ne sont que la souffrance et mon insuffisance sur le plan linguistique qui m'empêchent de prendre la défense de ma fille.

« Elle a sept mois à peine », dis-je derechef, comme si cela expliquait une fois pour toutes la rareté des cheveux.

Et puis je me rends compte que j'ai fait preuve d'impulsivité en lui montrant la photo et je ne veux pas qu'elle la tripote davantage.

« Rendez-la-moi », dis-je brusquement en tendant la main. Je regarde Flóra Sól, ma fille, qui sourit aux anges avec ses deux dents du bas et je me rappelle l'avoir vue justement avec un petit accroche-cœur sur le front, tout juste sortie du bain, lorsque je suis venu dire au revoir à mère et fille, sans avoir téléphoné avant.

Je ferme les yeux tandis qu'on me véhicule vers la salle d'opération et j'ai froid sous le drap. La douleur est de nouveau la seule réalité tangible. Il est évident pourtant que mes souffrances sont insignifiantes à côté de la misère du monde, de la sécheresse, des cyclones et des guerres en cours.

J'essaie de déduire mes chances de survie de l'expression et de la mimique des gens vêtus de vert. L'un dit quelque chose à l'autre qui se met à rire aux éclats derrière son masque vert ; ce n'est pas comme si la situation était grave, pas comme si quelqu'un allait mourir. Il n'y a rien de plus lamentable à mon heure dernière que la gaieté des gens et l'abord insouciant de ceux qui seront encore là quand je serai parti. On ne parle même pas de moi – je comprends au moins cela – mais d'un film que l'un a vu et que l'autre ira voir ce soir. *Le Champ de coquelicots*, justement, je connais le film. Il s'agit d'un homme qui a été durement repoussé et qui enlève la femme qui l'a dédaigné et ils braquent une banque ensemble. Le film a obtenu récemment le prix spécial à un festival de cinéma.

Soudain, une caresse rapide sur mon toupet de

cheveux roux, comme aurait dit maman.

« N'aie pas peur, c'est l'appendicite », dit une voix derrière le masque.

Caresse n'est pas le mot juste. C'est plutôt comme si quelqu'un avait passé les doigts légèrement à travers mes cheveux. Je suis un oiseau et je prends mon essor, battant de mes lourdes ailes et me laissant planer dans les airs au-dessus de la scène. Je suis des yeux ce qui se passe en bas mais je n'y prends pas part car je suis libéré de tout. Juste avant que tout ne se mette à disparaître, il me semble entendre la voix de papa à côté de moi : il n'y a pas d'avenir dans les roses pour un jeune homme d'aujourd'hui, mon petit Lobbi.

NEUF

Quand j'ouvre les yeux, je ne me rappelle pas tout de suite où je suis. Il me semble un instant sentir une odeur de terre mouillée et de verdure, comme lorsqu'on se réveille sous la tente, un jour de pluie. Pourtant tout est blanc. Je suis seul et je parcours la chambre d'un regard circulaire qui s'arrête à la table de nuit à côté du lit. Trois verres en plastique y sont alignés dont dépassent trois tiges vertes, que je reconnais. Ce sont mes boutures. Entre les verres on a glissé un billet écrit à la main. Je tâtonne sous le drap à la recherche du corps qu'on a charcuté et raccommodé, pour sentir s'il est bien réel, si je suis en vie. Je cherche mon pouls et perçois les battements du cœur. Puis je descends la main et la passe légèrement sur les abdominaux en décrivant un cercle dans le sens des aiguilles d'une montre. Je prends aussi le temps de vérifier d'autres parties de mon corps, enfin j'approche prudemment de l'endroit où il y a un pansement, là où on m'a opéré et j'appuie légèrement sur la cicatrice. Puis je me soulève sur un coude et bien que je sois sonné et que ça tire sur les points de suture, j'arrive à extirper le dictionnaire de la poche extérieure de mon sac à dos. Ça me prend un bout de temps de déchiffrer le message, mot par mot.

« J'ai pensé à tes boutures. Ai mis ma collègue de garde au courant. Je pars en vacances chez mes parents à la campagne. Bon rétablissement, le rouquin. P.-S. Ai trouvé le cadeau de Noël dans le sac à dos en prenant les plantes. »

Elle a posé le cadeau de papa sur le lit. Il est emballé de papier à motifs de rennes et de clochettes, le tout ficelé d'un bolduc bleu aux bouts frisottés. J'ouvre le paquet. C'est un pyjama de flanelle épaisse à rayures bleu clair qui ressemble aux pyjamas de papa et à ceux qu'il achète pour Jósef. Je l'extrais de sa pochette en plastique et retire le carton à l'intérieur de la veste. Papa a enlevé l'étiquette du prix. Au moment où je déplie la veste, une carte écrite à la main tombe de la manche :

« Mon petit Lobbi, les années écoulées laissent une foule de souvenirs à se remémorer avec gratitude. Jósef et moi t'adressons nos affectueuses pensées avec nos souhaits que ce pyjama sans apprêt te soit utile dans "l'éternelle tourmente" (entre guillemets sur la carte) de l'étranger.

Ton papa et Jósef. »

Il a même fait griffonner ses initiales à Jósef en guise de signature. Que voulait-il dire par ce pyjama « sans apprêt » ? Il sait que je dors en slip au meilleur des cas. Est-ce « apprêté » de dormir sans pyjama comme j'en ai l'habitude ?

Je voudrais me lever, pieds nus, mais ça tire sur les points de suture et j'ai la tête qui tourne. Je me sens devenir lourd, comme si je me trouvais jusqu'aux genoux dans le flot d'une rivière torrentielle, et je me rallonge pour dormir. Lorsque je me réveille, une femme en blouse blanche se tient près du lit. Elle a des cheveux châtains en queue de cheval mais ce n'est pas la même qu'avant. On me donne à boire du thé sucré en sachet et à manger une tartine grillée avec du fromage. Pendant que je bois mon thé, la femme me parle. Elle montre de l'intérêt pour les plantes.

« C'est quelle variété ? » demande-t-elle. Je rassemble des mots qui conviennent à une nouvelle vie.

« Rose à huit pétales, dis-je d'une voix rauque, méconnaissable.

— C'est toutes les mêmes ?

— Oui, il y en a deux qui sont des boutures de rechange, si l'une venait à mourir », dis-je d'une voix pâteuse, inconnue.

Corps et voix ne vont plus ensemble.

« Vous retrouverez bientôt votre voix, dit-elle, c'est l'anesthésie. »

J'ai incroyablement sommeil et sens que je suis en train de reperdre le fil, comme si je n'arrivais pas à sortir de mon rêve et me tenir éveillé.

Quand je me réveille plus tard, deux personnes en blouse blanche, de chaque côté du lit, sont en train de parler de moi. L'une d'elles soulève le drap du côté où est le pansement, je saisis un mot par-ci par-là mais elles parlent vite et je ne comprends pas le rapport entre les phrases. J'ai toujours du mal à rester éveillé. On me parle, on me demande quelque chose et pendant que j'essaie de répondre, je tombe dans les vapes, je me rendors au milieu de la conversation.

« Il est épuisé, on va le laisser dormir » est la dernière chose que j'entends.

Comme je m'endors régulièrement quand on essaie de me parler, on me retient deux jours de plus à l'hôpital. Personne ne fait de remarques sur les boutures, à chaque nouvelle garde on semble être au courant et on me fiche la paix à ce sujet.

Chaque fois que je tombe dans les vapes, je fais le même rêve. Je rêve que je porte de nouvelles bottes bleues, de très bonne qualité, et que je travaille dans une roseraie célèbre et isolée. Je me représente les bottes distinctement quand je m'éveille. Elles ont sans doute une pointure de trop. Il n'y a rien d'autre en couleur dans le rêve, pas même les roses, seulement les bottes bleues. Le rêve fait alors soudain un virage à cent quatre-vingts degrés, que je suis forcé de suivre. Mon regard plonge dans une étroite ruelle et maman se tient dans l'ouverture lumineuse du bout de la ruelle. Avec mes bottes bleues, je gravis à sa suite un long escalier jusqu'à une porte où elle s'engouffre. Je frappe à la porte et elle apparaît. Elle m'offre du thé en sachet avec du sucre.

Lorsque je me réveille enfin, j'ai perdu trois jours de calendrier. Puisque je suis vivant, la situation regorge de possibilités. Comme je suis en sueur au sortir du rêve, celle qui est de garde en ce dernier matin d'hôpital veut que je prenne une douche avant d'être rendu à la vie civile. Je la suis jusqu'à la salle de bains à petits pas car ça tire sur les points de suture. Celle-ci a aussi les yeux marron, mais ses cheveux bruns sont courts. J'aurais préféré être seul, mais elle reste là à me surveiller, des fois que je tomberais dans les pommes, je suppose. On ne peut pas dire le contraire : les femmes qui s'occupent de moi sont pleines de sollicitude. J'enlève le pyjama de l'hôpital et le pose sur la chaise devant le miroir. Quand je sors de la douche, elle a pris soin d'essuyer la buée du miroir. Je contemple mon propre corps transitoire pendant qu'elle change le sparadrap sur l'incision, du côté droit de l'abdomen. Des poils noirs repoussent sur la peau. En cet instant, fraîchement sorti de la douche, avec l'infirmière à ma gauche, il me semble n'être rien d'autre que ce nouveau corps avec sa cicatrice. Sentiments, souvenirs et rêves ne sont plus ce qui fait de moi ce que je suis, mais je suis avant tout un corps masculin de chair et de sang. Après avoir vécu en l'espace de trois jours la mort et la résurrection ainsi que des échanges avec trois infirmières aux yeux marron, je suis renvoyé dans mes foyers muni d'une boîte contenant quatre cachets roses anti-douleur. Je m'habille avant de remballer dans le sac à dos les boutures ainsi que l'herbier et le pyjama. En fouillant au fond du sac à la recherche d'un T-shirt propre, je tombe sur le dernier pot de confiture de rhubarbe de maman que papa y a fourré. L'infirmière me procure quelques pages de journal à enrouler autour des plantes et je vois tout de suite que ce sont les pages de la critique théâtrale.

« Avez-vous quelqu'un chez qui aller ? » demande le médecin qui me libère.

Je lui dis que je serai dans de bonnes mains.

La seule adversité que je rencontre dans la vie est la difficulté à remonter la fermeture Éclair de mon jean. Je fais de mon mieux pour me débrouiller par mes propres moyens et enfiler mon pantalon tout seul, mais toute la région de l'incision est endolorie et, pour finir, c'est la femme aux yeux marron qui me vient en aide.

DIX

Je téléphone à papa d'une cabine, en sortant de l'hôpital. Je m'éclaircis la voix plusieurs fois pendant que la sonnerie retentit et je lui dis ensuite d'un ton aussi neutre que possible que j'ai dû me faire opérer de l'appendicite à l'improviste. J'essaie de jouer un peu les je-m'en-foutistes mais ma voix rauque sonne drôle comme si un inconnu était en train d'enregistrer les premiers chapitres de ma courte biographie et, tout à coup, je suis sur le point de pleurer.

Papa veut que je rentre par le premier avion. Quand je lui dis qu'il n'en est pas question, il veut venir lui-même s'occuper de moi le temps que je récupère. J'entends qu'il se fait du souci.

« Ta mère n'aurait rien pris d'autre en considération », dit-il.

Il est d'ailleurs question depuis un moment de donner à Jósef l'occasion de voir le monde, ajoute-t-il. Ça lui plaira de prendre l'avion.

Je lui dis, comme de juste, qu'on m'a prêté un appartement.

« Une chambre de bonne pour étudiant, au sixième et dernier étage, sans ascenseur.

— Jósef et moi, on n'aura qu'à loger à l'auberge. » Il parle comme dans un vieux livre, comme s'il n'y en avait qu'une, d'auberge, dans toute la ville. Comme s'ils s'attendaient plus ou moins à être laissés dehors faute de place et à devoir dormir dans une étable.

Il me faut pas mal de temps pour convaincre mon père, à qui il manque trois ans pour être octogénaire et qui veut prendre l'avion avec son fils handicapé, que je n'ai besoin de personne pour s'occuper de moi. Je m'acharne à retrouver ma voix et lui dis de ne pas s'inquiéter, que je vais chez une amie qui fait ici des études d'archéologie.

« Tu te rappelles Thórgunnur, dis-je. Celle qui était dans la même classe que moi pendant toute l'école primaire et qui venait souvent à la maison, qui jouait du violoncelle, avec des lunettes et un appareil dentaire. »

Elle était d'ailleurs aussi dans le même lycée que moi, mais ne venait plus à la maison. Depuis, je l'avais rencontrée par hasard chez la fleuriste alors qu'elle était revenue au pays pour les vacances. Il me fallait de l'engrais ; elle tenait à la main une pensée en pot. En sortant, elle m'avait invité de but en blanc à loger chez elle à l'étranger.

« Elle a un bel appartement, dis-je, après avoir évoqué le pauvre gîte de l'étudiant ; j'aurai tôt fait de me rétablir chez elle. Elle me fera sûrement la cuisine », ajouté-je rapidement pour tranquilliser mon père qui s'exerce à la sollicitude pour ses jumeaux, ses enfants uniques. Je ne lui dis pas que l'étudiante en archéologie est justement partie pour une semaine examiner les cimetières de deux villes et élargir son horizon.

« Tu peux toujours revenir à la maison, dit-il. Je ne touche à rien dans ta chambre ; elle est comme tu l'as laissée, sauf que j'y ai fait un peu de ménage, changé la literie et nettoyé. Ça m'a pris toute une soirée de repasser les draps.

— On a déjà parlé de ça, mon cher papa. Je vais rester ici quelques jours, jusqu'à ce qu'on m'enlève les fils. Après j'achèterai une bagnole d'occasion et je ferai la route jusqu'au jardin, dans le sud, en quelques jours. »

Je sens à quel point je suis fatigué. Je ne pourrai pas soutenir plus longtemps la conversation. Il me reste pourtant à le remercier pour le pyjama. Ça me demande à la fois de la concentration et de l'énergie pour conclure.

« Merci bien pour le pyjama, il est tombé à pic. »

Puis je donne à papa le numéro de téléphone de ma co-communiante – comme il l'appelle – qui me prête son lit pendant qu'elle est elle-même occupée ailleurs à creuser avec une truelle dans deux cimetières et à s'enrichir d'une expérience qui sera sans doute pour elle une révélation et contribuera à sa nouvelle vision du monde. Il dit qu'il me rappellera dans la soirée pour savoir comment je m'en sors.

Le trajet n'est pas long jusque chez mon amie mais le fait de marcher tire sur la suture. En chemin, j'observe les bâtiments et les gens. La plupart des femmes sont brunes avec des yeux marron.

Les clefs sont à la boulangerie au rez-de-chaussée, mais l'appartement est au sixième et dernier étage, en soupente, sans ascenseur. C'est un trousseau de quatre clefs et la boulangère m'explique à quoi elles servent : pour la porte d'entrée en bas, la remise, la boîte aux lettres et l'appartement de mon amie. L'escalier en bois craque. Chaque marche est un défi pour un ventre fraîchement recousu. L'appartement est froid. Tout y est bien rangé et le lit est fait avec soin. Je présume que le couvre-lit dissimule une couette dont je peux disposer l'espace d'une semaine pendant que ma condisciple, avec laquelle j'ai perdu tout contact, est en train d'examiner des pierres tombales. Il saute aux yeux que c'est une femme qui habite ici : tout est plein de bricoles superflues, bougeoirs, napperons de dentelle, encens, coussins, livres et photos que je dois prendre soin de ne pas bousculer. Elle s'est manifestement meublée à la foire des antiquaires. Le minuscule appartement comporte un bureau ancien avec une lampe ancienne, un lit ancien, des chandeliers anciens et, dans le vestibule, un miroir ancien qui m'a confronté dès l'entrée.

La hauteur du miroir est calculée pour une femme de taille moyenne et il faut que je me baisse pas mal pour pouvoir m'y regarder.

Je passe la main dans mes cheveux épais tout hérissés, qui sont assurément un signe particulier frappant. Il n'y a pas de doute non plus que je suis d'une pâleur inquiétante même en considérant que de nombreux rouquins ont l'air enfarinés toute leur vie. Si l'on fait abstraction de mon allure juvénile, je me sens comme un homme courbé sous le poids des ans à force d'avoir vécu, dans le corps d'un homme jeune. Ne s'agit-il pas désormais de passer le temps jusqu'à la tombe ? Y a-t-il encore quoi que ce soit qui puisse me surprendre ?

Je dispose les boutures dans leurs flacons d'hôpital sur la tablette de la fenêtre avant d'essayer sur le radiateur divers réglages inopérants. J'ai faim mais puisque je n'ai pas eu la présence d'esprit d'acheter quelque chose à la boulangerie, j'ai la flemme de redescendre pour avoir à remonter les six étages. Au lieu de quoi, je m'étends de tout mon long sur le lit et étale ma veste en cuir sur ma tête. Peu après, j'enlève pull et pantalon et me glisse sous la couette. Je la flaire sans que l'odeur éveille en moi aucune sensation particulière. Je m'emmêle dans les draps, tantôt gelé tantôt en sueur ; ça ne m'étonnerait pas que la plaie se soit infectée et que j'aie de la fièvre. Je ne me laisse pas sombrer cependant dans l'apitoiement sur moi-même. N'empêche que papa me manque. En réalité je n'ai encore jamais quitté la maison paternelle et la housse de couette bleu ciel avec des bateaux à voiles surgit dans mon esprit. Qu'est-ce que papa a bien pu cuisiner pour dîner ? Au moment où je pense à ça, il pourrait justement être en train de faire cuire des pommes de terre à gros bouillon et puis, quand on ne voit plus rien par la fenêtre à cause de la buée, il fait glisser les morceaux de poisson dans la casserole. Bien que je ne regrette pas particulièrement les expériences culinaires de papa depuis la mort de maman, la présence paternelle reste toujours liée à l'heure des repas. Je ne dirais pas non à l'idée d'avoir de la morue bouillie avec des pommes de terre et du beurre. Quand j'étais petit, c'était papa qui préparait le poisson pour moi, en extrayait les arêtes, y versait du beurre fondu et écrasait le tout avec les pommes de terre. Je le regardais édifier un monticule d'un blanc jaunâtre, il ne fallait pas étaler la nourriture sur toute l'assiette, pour éviter de la refroidir. Cela pouvait prendre pas mal de temps de lisser le cône du volcan sur toutes ses faces, de passer sur cette matière ouverte et rugueuse la lame du couteau tranchant de papa. Je ne mange que deux bouchées, après quoi je n'ai plus faim et il faut que je m'occupe à autre chose. Papa me rassoit sur mon tabouret avec patience et continue à me donner la becquée. Mais où est mon frère, pourquoi n'est-il pas à table ? Si, justement, le voici assis en face de moi ; posé, il mange sans faire d'histoires tout ce qu'on lui présente. Il ne fait pas de remarques, il n'est pas curieux et ne pose pas de questions sans arrêt comme moi, il ne se laisse pas glisser sous la table pour voir ce qui se cache sous la surface des choses.

« Une cuillerée pour papa. »

ONZE

Bien que l'appartement soit au dernier étage et que la fenêtre soit fermée, la rumeur de la ville parvient jusqu'à moi avec ses klaxons, appels et cris qui ont l'air tout proches. Le crépuscule tombe vite, le ciel s'assombrit vers six heures et puis l'obscurité recouvre la ville.

La fenêtre donne sur une cour étroite avec vue depuis le lit sur l'appartement voisin illuminé, cuisine sans rideau et salle à manger, qui doivent être à quelque quatre mètres de ma couche. C'est comme regarder l'intérieur d'une maison de poupée dont on aurait enlevé la façade et observer des échantillons de vie familiale. C'est la troisième fois en moins d'une heure que ma voisine d'en face apparaît dans sa cuisine en petite tenue. Je la regarde se beurrer deux tartines qu'elle garnit ensuite avec soin. C'est comme si elle n'attachait aucune importance à l'absence de rideaux et, une fois ou deux, elle regarde même carrément dans ma direction, dans sa lingerie fuchsia, une tartine à la main. Puis elle disparaît brièvement du cadre et lorsqu'elle revient, c'est revêtue d'une robe. Près d'elle dans la cuisine se tient un homme qui sort des provisions d'un sac en plastique. La jeune femme pourrait avoir mon âge et je me substitue instantanément à son amant. Dans la mesure où je me remettrais de mon opération à la vitesse grand V, je serais ouvert à toute éventualité de faire sa connaissance si l'occasion s'en présentait. Bien que je ne puisse guère imaginer qu'une telle occasion se présente, je mets mentalement en scène une rencontre possible. Il pourrait me manquer des œufs, par exemple – puisque je sais cuire des œufs au plat –, et je devrais alors aller frapper chez elle. Il me faudrait, bien sûr, descendre mes six étages, passer dans la rue devant la boutique où l'on vend des œufs, puis franchir la porte d'entrée de son immeuble. Comme je n'ai pas la clef d'en bas de chez ma voisine, il faudrait que je guette l'occasion de me faufiler à l'intérieur en même temps qu'un voisin sans méfiance pour pouvoir grimper ensuite les six étages et frapper à la porte de son appartement. J'échafaude d'autres possibilités d'approche.

Le plus simple serait bien entendu de la rencontrer en bas, à la boulangerie.

« Viens, dit-elle alors en me prenant la main pour me faire traverser la cour dallée. Montons chez moi. » Lorsqu'elle m'aurait caressé les cheveux comme elle l'a fait à son amoureux, je ne serais pas sûr d'avoir quelque chose à lui dire. Je me demande si mon expérience de six femmes est appréciable ou négligeable pour un homme de mon âge, moyennement appréciable, normalement appréciable ou anormalement négligeable.

J'ouvre la fenêtre et une odeur de nourriture aiguise ma faim. Il me vient à l'idée de voir s'il y a quelque chose à manger dans la cuisine et je regarde dans deux placards. Un examen rapide révèle qu'il y a du Craq'pain suédois et de la soupe aux asperges en sachet. Je vais chercher la confiture de rhubarbe dans mon sac à dos et mange trois tranches de Craq'pain à la confiture tandis que la soupe est en train de cuire. Je trouve invraisemblable le nombre d'ustensiles de cuisine que possède mon amie ; elle doit bien en avoir quatre exemplaires de chaque. Puis j'ouvre le placard à vaisselle pour y chercher un récipient. Les tasses sont à fleurs avec un liseré doré, j'ai peur d'en faire tomber une et de dépareiller le service. Je fourrage prudemment dans le fond du placard jusqu'à ce que je trouve un gobelet en plastique.

À quoi pourra bien ressembler mon foyer ? Il faut être deux pour faire un foyer, dirait maman. La seule chose que je trouverais indispensable serait des plantes, bien que je me voie plutôt dehors dans un jardin qu'en train d'aménager un intérieur. Je ne suis pas comme papa, qui est un époux-né ; il ne va pas dans le garage sans avoir mis sa cravate, et le tournevis cruciforme ou la clef à tuyau ne sont jamais bien loin. Je ne suis pas habile de mes mains comme les hommes de la famille qui, réunis, savent tout faire : construire un trottoir, tirer un cable, fabriquer des portes pour un placard de cuisine, maçonner des marches, déboucher l'évier, changer une fenêtre, y aller gaiement avec le maillet dans une double vitre, tout ce qu'un homme doit savoir. Je pourrais sans doute faire telle ou telle chose, et même toutes, mais je n'y prendrais jamais plaisir. Je serais capable de fixer des étagères, mais ça ne pourrait jamais devenir un hobby, je n'y passerais pas mes soirées ni mes week-ends. Je ne me vois pas, tournevis en main, monter une bibliothèque pendant que papa l'électricien tire un cordon d'alimentation. Mon beau-père pourrait être poseur de lino et ils se concerteraient sur le travail à faire, les beaux-papas, chacun avec son mug de café posé sur mon étagère. Ou bien, ce qui serait pire, papa et moi serions seuls et il me dirait ce que je dois faire, comme à un apprenti. Plus je pense à cette possibilité de fonder un foyer, plus je vois que je ne suis pas fait pour ça. Il en va autrement au jardin ; je pourrais y passer mes jours et mes nuits tout seul.

Papa appelle au moment où je finis la soupe aux asperges. Il veut savoir si j'ai mangé et je peux attester que c'est bien le cas. Il veut alors savoir ce qu'il y avait à manger et je lui dis qu'après une opération de l'appendicite, il est recommandé de manger léger ; ça a donc été une soupe aux asperges. Il me dit avoir été invité à manger un pot-au-feu chez Bogga. Puis il s'enquiert de Thórgunnur et je lui dis qu'elle vient juste de sortir. Il veut savoir si je me remets et je lui dis que je me sens nettement mieux. Puis il demande si le soir ne tombe pas toujours à la même heure.

« Si, vers six heures.

— Quel temps fait-il ? demande-t-il.

— Comme ce matin, doux et nuageux, un vrai temps de printemps.

— L'électricité est comment là-bas ?

— Qu'est-ce que tu veux dire ? La lumière s'allume », dis-je.

J'y connais que dalle en électricité. Papa a essayé de m'apprendre à changer la fiche d'un fil électrique le matin de mes neuf ans et je me souviens de son étonnement devant mon manque d'intérêt. C'était comme si je lui disais que je ne voulais pas devenir un homme. Quand il me pose une question sur l'électricité, j'ai l'impression qu'il est en train de prendre le pouls de ma virilité.

« J'ai toujours eu horreur du noir, mon petit Lobbi », dit le vieil électricien avant de me souhaiter une bonne nuit.

Quand j'ai fini de prendre congé de papa en le priant de donner mon bonjour à Jósef, j'enfile le pyjama qu'ils m'ont offert et je m'allonge dans les draps de fillette. Les manches et les jambes sont un peu trop courtes. Depuis que j'ai été opéré, je pense nettement plus qu'avant à mon corps, tant au mien qu'à celui des autres. Par celui des autres, j'entends principalement le corps des femmes, mais je remarque aussi celui des hommes. Je me demande si l'anesthésie d'il y a quatre jours peut avoir pour effet secondaire d'accroître la conscience corporelle. J'ai encore le ventre endolori, mais je me sens incroyablement esseulé sous la couette. Le seul recours possible est de me tâter pour vérifier que je suis en vie. Je commence par palper des éléments séparés, comme pour m'assurer qu'ils font partie de moi-même. Bien que je sois manifestement condamné à la solitude pendant la durée de ma convalescence, je sens de manière tangible que je suis un homme. Impossible de dormir, alors on se met à penser. J'en viens à me demander si je n'aurais pas dû demander son numéro de téléphone à l'infirmière aux yeux marron qui s'était occupée des boutures et qui m'avait aidé à me coucher le premier soir, celle à la barrette en forme de papillon. Ou alors l'autre, celle qui m'avait aidé à la douche et qui avait ensuite changé mon pansement.

DOUZE

Le lendemain matin, il y a un drôle de nuage dans le ciel ; il a la forme d'un bonnet de bébé avec un feston de dentelle. Après avoir vécu mort et résurrection, je reprends du poil de la bête et quand j'appuie légèrement sur les points de suture, ça ne fait presque plus mal. On en vient tout naturellement à penser différemment par ce jour nouveau.

« Tout ce qu'il faut, c'est du temps et du sommeil », aurait dit maman.

Je ne peux pas dire que j'aie envie de retourner à la maison, ni qu'il y ait quoi que ce soit qui m'y appelle. C'est peut-être inhabituel pour un type de vingt-deux ans d'éprouver une telle joie d'être en vie, mais je trouve qu'il y a ample motif à réjouissance après les vicissitudes des jours passés. Il n'y a pas de jour ordinaire tant qu'on est en vie, tant que ses jours ne sont pas comptés. Les plantes semblent bien se porter, elles aussi, sur l'appui de fenêtre ; des radicelles blanches très fines, presque invisibles, sont en train de se former. Je décide de m'habiller et de sortir acheter quelque chose à manger.

Je viens à peine de rentrer avec du pain et du saucisson que le téléphone sonne. C'est papa. Il me demande comment ça va et si j'ai déjà pris mon petit déjeuner. Puis il me demande encore des nouvelles de Thórgunnur et du temps qu'il fait. Je lui parle de la curieuse formation nuageuse et il me dit qu'un vent fort souffle encore du nord et que la vieille herbe de l'été passé fait des touffes épaisses. Puis il ajoute :

« Figure-toi que ta photo de bachelier est tombée de ma table de chevet et que le verre s'est cassé.

— On n'a pris aucune photo de moi quand j'ai passé le bac. »

Je ne portais même pas la casquette blanche de rigueur quand je l'ai passé.

Mais maman avait pris une photo de moi dans le jardin le jour de la remise des diplômes. Maman était maligne. Ensuite elle avait pris une photo de Jósef et moi où il me tenait par la main, à son habitude. Je le dépassais d'une tête. Pour finir Jósef avait pris une photo de maman et moi, riant tous les deux près du massif de lis orangés. Je ne sais pas si c'est son ouïe qui baisse ou si papa fait exprès d'ignorer une partie de ce que je lui dis.

« J'étais en train de la déplacer quand elle est tombée par terre. Thröstur, l'encadreur, va lui mettre un nouveau cadre, un peu plus grand que l'ancien. Il a trouvé, comme moi, qu'il lui faut un passe-partout plus grand ; comme ça, la bordure blanche remplacera la casquette. »

Je n'ai pas la force de parler davantage à papa.

« J'ai choisi un cadre en acajou.

— Bon, papa, on se parlera mieux plus tard.

— Tu es d'accord pour l'acajou, mon petit Lobbi ?

— Oui, oui, tout à fait d'accord. »

Je suis en congé jusqu'à ce qu'on m'enlève les points de suture et je peux donc paresser au lit et lire. Je lis toute la journée. Dans la soirée je vais chercher mon livre d'horticulture dans le sac à dos et feuillette rapidement les premiers chapitres sur la pelouse, souci majeur des jardiniers, et sur les plantes ornementales, avant de m'arrêter au chapitre sur la taille ornementale des arbustes. De là, je passe à un chapitre intéressant sur la greffe, or les éléments d'information sur les greffes ne courent pas les rues.

À vrai dire, je ne sais pas ce qui m'attend dans le jardin. Il n'y avait rien dans la lettre sur le travail de jardinage à proprement parler. Même si je préfère être affecté aux roses, je suis également disposé à tailler les arbustes et à faucher l'herbe, du moment que j'aie l'occasion de mettre mes boutures en terre. J'ai tout de même trouvé étrange que l'abbé du monastère, avec qui j'ai correspondu, m'ait demandé quelle était ma pointure.

Je suis en train de lire quelque chose sur les modifications génétiques des plantes lorsqu'on introduit la clef dans la serrure et que mon amie apparaît. Je suis sous la couette.

« Il fait un froid de canard, dit-elle sans préambule, tu n'as pas allumé le radiateur ?

— Je n'ai pas réussi à le régler.

— Il n'y a qu'à le brancher et l'allumer », dit-elle en ôtant son béret basque rouge. Elle déroule le foulard de son cou et enlève sa veste de daim verte. Puis mon amie d'enfance se déshabille, ne gardant que sa petite culotte et un T-shirt rose, soulève la couette et demande :

« Y a de la place ? »

TREIZE

Moi, je n'aurais pas eu la force, à ce moment précis de ma vie, fraîchement opéré de l'appendicite, de me lancer dans tous les préparatifs requis pour qu'une femme vienne se glisser dans mon lit. Que mon amie soit revenue chez elle plus tôt que prévu me désarçonne complètement. Aurait-elle voulu me surprendre ? Thorlákur, mon ancien copain, dirait que les femmes ne font jamais rien par hasard.

Je lui demande pourquoi elle a avancé son retour.

« Tu as dit que tu allais rester trois ou quatre jours, acheter une bagnole d'occasion et prendre la route pour rejoindre un jardin, dit-elle, étonnée. J'ai pensé que tu serais déjà parti », ajoute-t-elle.

Je la vois presque disparaître sous la couette, s'enfoncer dans le matelas. Elle a manifestement l'intention de dormir dans le lit à côté de moi et comme il n'y a pas d'autre lit dans la pièce, on peut dire que nous avons sauté plusieurs étapes dans le processus de rapprochement.

« Mais je ne suis pas en train de te bousculer, dit-elle de dessous l'édredon.

— J'ai dû me faire opérer de l'appendicite, dis-je. On va m'enlever les fils demain. »

Je lui raconte mes mésaventures, auxquelles elle manifeste de l'intérêt et je prie le ciel qu'elle n'exprime pas le désir de voir la cicatrice.

« Je peux voir la cicatrice ? »

Elle brûle de curiosité comme une enfant qui meurt d'envie de regarder un petit chiot. Dieu soit loué, je porte le pyjama de papa, même si le vêtement témoigne du goût d'un homme qui sera octogénaire dans trois ans.

« Beau pyjama.

— Merci. »

J'abaisse le pantalon, juste assez pour laisser apparaître la suture, mais c'est sacrément loin car elle est au bas du ventre.

Elle rit aux éclats. Littéralement tout ce qui la concerne est nouveau pour moi et me prend au dépourvu.

« Tu ne portais pas un appareil dentaire à l'école ?

— Si, de treize à quatorze ans. »

Elle enlève ses lunettes et les pose sur la table de nuit, donnant par là à connaître qu'elle ne va pas lire au lit. Je tiens encore mon livre, le doigt marquant la page au milieu du chapitre sur les modifications génétiques des plantes.

Ce qui me surprend le plus est de voir mon amie pour la première fois sans ses lunettes de myope, de voir les yeux qui étaient derrière les verres épais. C'est comme s'ils n'avaient jamais été à ciel ouvert, comme si c'était pour eux une première. Elle ne pourrait pas être plus nue que sans ses lunettes.

« Ce sont des verres pour myope ? » dis-je et en transférant tout le poids de l'instant sur la force et l'épaisseur des lunettes, j'essaie de détourner l'esprit du fait que je suis en petite tenue au lit avec une ancienne camarade de classe. Il me semble encore possible que les lunettes me sauvent la mise et nous conduisent à la prochaine étape d'une conversation normale.

« Oui, moins six à chaque œil.

— Tu n'as jamais pensé à te faire opérer au laser ?

— Si justement, j'y pense. »

Je sens un frisson chaud se propager le long de mon ventre dans la chambre froide et je suis moite de sueur. La douleur abdominale a fait place à une autre sensation.

« Est-ce que tu n'as pas été embauché comme jardinier ? demande-t-elle. Tu m'as bien dit que tu étais en route pour une roseraie quelconque ?

— Effectivement. »

Certes, mais je ne suis pas en route pour n'importe quel jardin. Il s'agit d'un enclos qui a une histoire de plusieurs siècles et qui est mentionné dans tous les livres sur les plus célèbres roseraies du monde. La réponse que j'ai reçue de l'abbé Thomas était en partie vague et confuse, mais il me souhaitait en tout cas cordialement la bienvenue.

« Et avant ça, tu travaillais en mer ?

— Oui.

— Qu'est devenu le fort en thème latin ?

— Il s'est évaporé. »

Elle change de sujet.

« Tu n'as pas un enfant ? demande-t-elle.

— Si, une petite fille de sept mois », dis-je et je m'abstiens d'aller chercher sa photo pour la lui montrer.

« Vous ne vivez pas ensemble, la maman et toi ?

— Non, on a seulement fait l'enfant. Ce n'était pas prémédité. C'était la petite amie d'un ami à moi. Tu te rappelles Thorlákur ? Il a été pendant un moment très amoureux d'elle. C'est comme ça que je l'ai connue ; parce qu'il n'arrêtait pas de parler d'elle, mais l'attirance n'était pas réciproque.

— N'a-t-il pas fait de la théologie ?
— Si, c'est ce que j'ai entendu dire.
— Alors, tu n'es pas en cavale ? »
Elle parle comme papa.
« Non, non. »
Nous restons quelque temps étendus sans bouger, chacun de son côté du lit. Elle se tait. Nous nous taisons.

C'était le premier hiver après la mort de maman, le jour de mes vingt et un ans et Anna et moi étions restés un peu à la traîne du groupe. La nuit était avancée, la neige tombait à gros flocons et nous avons imprimé dans la neige craquante les premiers pas du jour, dans le jardin. Nous nous sommes laissés tomber dans la neige et y avons dessiné deux anges en agitant les bras, et puis j'ai voulu lui montrer les plants de tomates – elle faisait de la biophysique et s'intéressait à la génétique des plantes cette nuit-là. Il devait être dans les cinq heures du matin et je ne me rappelle plus quand nous sommes entrés dans la serre où il y avait toujours de la lumière pour les plantes et où tout embaumait la rose. Dès la porte franchie, une chaude humidité s'est abattue sur nous, comme si on était arrivés très loin de la maison, au cœur impénétrable d'une jungle de trente mètres carrés. Les outils de jardinage sont remisés tout près de la porte et il y a aussi un vieux lit de camp. C'est moi qui l'avais transporté là pour pouvoir étudier près des plantes quand je préparais mes examens. Depuis, il s'est fossilisé sur place. Maman avait aussi un vieux tourne-disque dans la serre et sa collection de disques était un curieux méli-mélo venu de tous les coins du monde. L'arrosoir et ses gants roses à fleurs traînaient encore là aussi, comme si elle venait de s'éclipser. Il ne faut quand même pas croire que je pensais à maman à ce moment-là. Nous avons ôté nos parkas et je suis tombé sur un disque dont l'enveloppe était illustrée d'une sorte de plante grimpante qui ressemblait à une fleur ornementale venue du jardin d'un palais indien, et nous avons dansé au milieu du fouillis – j'avais pratiqué la danse avec mon frère Jósef. Nous devions sans doute causer de biologie végétale et avant que j'aie pu m'en rendre compte, nous étions en train de nous déshabiller. Tout le reste est demeuré flou dans ma mémoire. Il m'a semblé pourtant voir brièvement une lueur dans la nuit, étrangement près, comme s'il faisait jour au niveau de la congère. Cela a donné l'espace d'un instant une clarté aveuglante dans la serre, la lumière s'est frayé un chemin à travers les plantes et a dessiné un motif de feuilles sur le corps de mon amie. La caresse de mes mains a fait glisser les pétales de rose de son ventre et au même instant, nous avons senti nettement tous les deux un courant d'air, comme un ventilateur qu'on aurait allumé. Ce n'est que bien plus tard que je me suis rappelé cette histoire de courant d'air et que je me suis mis à penser à la lueur dehors dans le noir comme à quelque chose qui n'aurait pas été tout à fait normal. Juste après nous avons entendu une profonde voix d'homme à l'extérieur de la serre, au niveau de la congère – c'était bien ça, c'était le voisin, une lampe de poche à la main, qui appelait son chien. Au matin, il y avait deux anges imprimés dans la neige, réunis par les mains, comme un bout de guirlande en papier découpé. Si maman avait été encore en vie, elle m'aurait regardé par-dessus la table du petit déjeuner comme si elle détenait un savoir mystérieux. Et comme je n'avais pas d'appétit pour le petit déjeuner, elle n'aurait pas manqué de dire que je maigrissais.

« Ou bien es-tu encore en train de grandir ? »

demande-t-elle tandis qu'elle lève les yeux en souriant vers son lopin de ciel.

Elle avait toujours peur que nous autres, les trois hommes de sa vie, dépérissions et que moi en particulier, je ne mange pas assez. Je n'entendis plus parler ensuite de la future mère de mon enfant pendant deux mois, car ce fut juste après le premier de l'an qu'elle m'appela au téléphone pour me demander si l'on pouvait se voir dans un café.

QUATORZE

Je ne peux vraiment pas dire que je sois physiquement en mesure de coucher avec qui que ce soit en l'état actuel des choses. Si je devais être tout à fait honnête, je choisirais probablement le manuel d'horticulture de préférence à une nana. Puis-je lui dire non sans la blesser et sans rendre ce qui s'ensuivrait extrêmement pénible ?

« Tu as apporté des plantes ? demande-t-elle en pointant le doigt vers les boutures dans les verres de l'hôpital sur le bord de la fenêtre.

— Oui, ce sont des boutures de rosier en provenance de la serre, à la maison. Je vais les emporter au jardin.

— Elle a un nom spécial, la rose ?

— Oui, rose à huit pétales.

— D'où vient cet intérêt pour les plantes ? demande-t-elle.

— J'ai été élevé pour ainsi dire dans une serre. Je me sens très bien au milieu des plates-bandes. »

J'imagine qu'elle s'intéresse modérément au jardinage et comme aucun sujet de conversation ne me vient à l'esprit, je pourrais être obligé de faire passer nos échanges à un autre niveau, sans paroles. J'ai devant moi deux possibilités : passer à l'acte ou n'en rien faire. La question est de savoir quand exactement le laps de temps offrant la possibilité du choix sera écoulé ; dans cinq minutes, dans dix minutes ou bien est-il déjà passé ? J'enlève ma montre et tend le bras au-dessus d'elle pour la poser sur la table de nuit. Ma compagne de communion ne dort pas et me regarde avec ses grands yeux. Ce n'est vraiment pas facile de mettre le doigt sur ce qu'elle peut bien penser. Du reste ça n'a pas d'importance, tout est flou et embrumé dans ma propre tête.

QUINZE

Il y a aussi la possibilité de ne pas se souvenir de tout ce qui s'est passé, et au réveil, en ne voyant que le sommet de la tête aux cheveux châtains bouclés d'une personne de l'autre côté du lit, il faut commencer par vérifier qui est couché là, sous l'édredon. Il ne faudrait pas en déduire qu'il me soit arrivé souvent de me trouver ainsi dans le doute sur l'identité de la personne qui partage ma couette. En ce qui concerne mon amie d'enfance, la veille au soir et la nuit passée sont à peu près claires. Elle dort encore et je réussis à sortir du lit en l'enjambant sans la réveiller. La tête me tourne quand je me redresse, mais j'enfile mon jean en un clin d'œil. Puis je cours à la boulangerie acheter quelque chose pour le petit déjeuner de Thórgunnur. Éprouvant également le besoin de la remercier, je lui achète des fleurs roses en pot. Après quoi, il faut vraiment que je me dépêche. Elle est levée lorsque je réapparais et passe la tête par la porte de la cuisine. Elle porte une robe imprimée mi-longue par-dessus son jean et un manteau, comme si elle était sur le point de sortir. Elle a mis ses lunettes, je me sens à nouveau en sécurité. J'avoue être surpris qu'elle s'apprête à partir sans me dire au revoir. Je lui tends le sachet de la boulangerie et la fleur en pot. C'est un dahlia.

« J'ai acheté ça pour manger avec le café, dis-je.

— Merci », dit-elle en respirant la fleur.

Celle-ci n'a pratiquement pas d'odeur, j'aurais peut-être dû choisir une variété qui sente bon.

« Elle doit pouvoir survivre toute seule pendant quelques jours, le temps que tu creuses dans les cimetières, dis-je.

— Comment va ta cicatrice ? demande-t-elle.

— Beaucoup mieux, et même tout à fait bien. »

Et c'est vrai, même si je dois encore faire attention en remontant la fermeture Éclair de mon pantalon.

Ma camarade de classe dit qu'elle doit se dépêcher. Elle jette un coup d'œil dans le sachet et choisit une sorte de beignet nappé de sucre, après avoir dit qu'elle n'avait pas le temps de prendre de petit déjeuner.

« Il faut que j'aille en cours, dit-elle, tenant toujours la fleur en pot. Je te souhaite un bon voyage et bonne chance dans le jardin promis avec tes roses à huit pétales.

— Merci beaucoup pour l'hébergement », dis-je en lui prenant des mains le pot de fleurs pour le poser sur la table de la cuisine. Puis je la prends dans mes bras et lui passe la main dans le dos une fois ou deux. J'arrange enfin son foulard en l'enroulant mieux autour de son cou.

« Merci encore, dis-je à nouveau.

— Je ne veux pas te retarder », dit-elle et elle se met à rassembler ses affaires en vitesse, elle fourre des livres dans son sac et va chercher quelque chose à la salle de bains. Puis elle me donne un baiser rapide et longe lentement le mur vers la porte. Arrivée là, elle s'arrête un instant pour jeter un coup d'œil au miroir et replacer une barrette qu'elle a mise dans ses épais cheveux bouclés. Cela veut dire qu'elle est sur le point de partir, mais qu'elle a encore quelque chose à me dire. Elle hésite à la porte d'entrée, tenant d'une main le beignet au sucre glace qu'elle compte manger sur le chemin de la bibliothèque.

« Tu n'es peut-être pas spécialement porté sur les femmes ? »

La question me prend par surprise. Qu'est-ce que je peux bien répondre ? Dois-je lui dire, si, mais pas sur toutes les femmes de la planète, au risque de la blesser ? Ou bien dois-je dire – ce qui est la vérité – que mon expérience cumulée jusqu'à ce matin n'est pas assez vaste pour pouvoir en décider. Ou alors dois-je me justifier physiquement et lui montrer encore une fois les poils noirs qui repoussent sur mon ventre, en disant :

« Si, mais pas avec des points de suture.

— Ne le prends pas mal », dit ma co-communiante, un pied sur le seuil. L'archéologue porte de hautes bottes de cuir à talons.

Le réveil est en évidence sur la table de nuit, je peux voir le temps qui passe pendant que je rassemble mes affaires et fais le lit, ça me prend à peine quatre minutes.

SEIZE

Je n'ai pas mis longtemps à trouver la bonne voiture. Une Opel Lasta 37 de neuf ans, jaune citron, m'attend dans la rue. Elle a la radio et semble être en état de marche satisfaisant ; l'extérieur est propre, on a passé l'aspirateur à l'intérieur et vidé le cendrier. C'est vrai qu'elle a roulé un nombre incroyable de kilomètres – cent cinquante-cinq mille – mais elle m'a coûté des clopinettes. Donnée plutôt que vendue, dirait papa. Je paie la voiture cash en comptant les billets sur la table. Le vendeur me jette un regard en coin, puis tamponne la quittance et appose son paraphe sur le cachet tout frais. Les points de suture enlevés à l'hôpital, je peux prendre la route. Mais je passe d'abord par un marché aux fleurs à la périphérie de la ville afin d'acheter du terreau pour les boutures. Je ne résiste pas à la tentation d'acheter en plus deux rosiers en pots. Enfin de mes doigts terreux je tasse légèrement l'humus autour des radicelles blanches toutes fines et je range avec précaution les plantes dans le coffre. Je roule pour commencer dans la direction du soleil – ça ne peut pas être plus simple. Je suis peut-être encore à la recherche de moi-même, mais en tout cas je sais où je vais.

À la première station-service, j'achète des bouteilles d'eau pour arroser mes plantes, une carte routière pour m'orienter, un sandwich en prévision du déjeuner et un agenda pour noter les renseignements statistiques : kilomètres parcourus et dépenses. Au moment de payer, alors que la caissière a déjà fait le total, je tends la main vers un paquet de préservatifs près de la caisse et le pose sur la carte routière. Je ne vais pas me laisser prendre au dépourvu lorsque hasard et bonne fortune croiseront ma route comme celle des autres. Il y en a dix dans le paquet, ce qui devrait me suffire pour quelques jours, voire quelques années.

Je téléphone à papa d'une cabine en sortant de la

station-service, juste pour lui dire qu'on m'a enlevé les fils et que j'ai pris la route.

« Tu ne vas pas conduire sur les autoroutes, mon petit Lobbi.

— Non, je prendrai les routes de campagne, comme on avait dit.

— Les étrangers ne roulent pas à moins de cent vingt à l'heure, naturellement. Du reste nous, on peut toujours parler. Il n'y a qu'à lire les journaux ici. Le week-end dernier, ils ont chopé un jeune de ton âge à cent quarante kilomètres à l'heure sur un chemin de terre en pleine zone de pavillons de vacances. Il conduisait un véhicule d'entreprise spécialement orné d'une pub pour un herbicide que tout le monde a remarquée quand il est passé comme un bolide. On l'a attrapé sans permis à une buvette, où il s'était commandé des frites.

— Ne t'en fais pas, la bagnole que j'ai achetée ne dépasse pas les soixante-dix à l'heure, dis-je, bien que je sois, à strictement parler, hors de la juridiction de papa.

— Un homme à l'étranger se trouve exposé à diverses tentations, mon petit Lobbi. Et plus d'un brave gars s'y est brûlé les ailes. » Puis il me dit que Jósef va venir manger à la maison et que lui-même a eu l'idée d'inviter aussi Bogga, du fait qu'elle l'a invité l'autre jour à partager son pot-au-feu.

L'ennui c'est qu'il craint de ne pas arriver à déchiffrer les recettes de maman.

« Ce sont des feuilles volantes, l'écriture n'est pas toujours lisible et elle a l'air de passer sous silence quantités et proportions. Il n'y a aucun chiffre sur les feuillets.

— Qu'est-ce que tu comptais préparer ?

— Une soupe au flétan.

— Je me souviens que c'est plutôt compliqué, la soupe au flétan.

— J'ai déjà acheté le poisson. La question est de savoir quand est-ce que les pruneaux entrent en jeu, et s'il faut les mettre à tremper le matin, comme lorsqu'elle les faisait en compote.

— Je ne pense pas qu'elle ait mis les pruneaux à tremper le matin quand elle faisait de la soupe au flétan.

— C'est bien ce qu'il me semblait aussi.

— Bon, eh bien, papa, je t'appellerai quelque part en cours de route.

— Vas-y mollo, mon petit Lobbi. »

J'étale la carte routière sur le capot jaune citron et repère l'itinéraire. Je ne connais pas le pays mais je cherche à fixer les noms de lieux, les numéros des routes et les distances. Je vois tout de suite qu'en suivant l'ancienne voie des pèlerinages qui traverse trois frontières, je ferai à coup sûr des zigzags invraisemblables d'une église à l'autre et le voyage prendra plus de temps, mais, en contrepartie, j'aurai la possibilité d'étudier la végétation et de bavarder avec les habitants. Quand on doit à tout moment demander son chemin, on rencontre des gens, on pratique la langue et on mange dans des restaurants du terroir. Je pose l'index sur la carte et décide que c'est là que je passerai la nuit, quelque part par là, à deux centimètres près. Soit à quelque deux cents kilomètres près sur l'atlas mondial. On a mené de grandes guerres pour moins que cela, même pour quelques millimètres en plus ou en moins. Mon index glisse jusqu'au bord de la carte, jusqu'au terme du voyage, en fait tout au bout et tout en bas du capot. L'endroit n'est pas marqué sur la carte, mais il me semble que la route du pèlerinage prend fin non loin de là. Je me donne cinq jours pour arriver au but, à la roseraie.

DIX-SEPT

J'ai les deux mains sur le volant et la route du pèlerinage serpente devant moi, méandre après méandre, tandis que je traverse la forêt, des arbres des deux côtés. J'ai le soleil de midi en face ; il se déplacera ensuite avec la tombée du jour.

Ça me convient parfaitement d'être seul bien qu'il soit peut-être plus pratique, pour ne pas se perdre, d'avoir quelqu'un à ses côtés pour s'orienter sur la carte. Faute de quoi, je mets de temps en temps le clignotant pour m'arrêter au bord de la route dans la forêt vert sombre. Le contact coupé, je déchiffre la carte et en profite pour arroser les plantes dans le coffre. Il faut, bien sûr, être aux aguets pour les cerfs, les sangliers et autres bestioles susceptibles de traverser la route. J'essaie de réviser dans ma tête de quelles bêtes il pourrait s'agir. Il me semble entendre la voix de papa à côté de moi :

Les forêts peuvent être dangereuses, elles abritent des ours et des loups et aussi des brigands ; un crime est sans doute en train de se commettre dans les fourrés à deux pas, dont on lira le compte-rendu dans le journal régional du lendemain. Et puis les jeunes filles qui font du stop peuvent facilement être les complices de tout un gang de voleurs : une fois qu'on a arrêté la voiture, la bande surgit des buissons voisins. Les soucis de papa sont accablants. Contrairement à lui, je fais confiance aux gens. Je jette un coup d'œil de côté, non, maman n'est pas là.

Je sens que maman commence à disparaître, j'ai tellement peur de ne plus pouvoir bientôt tout me remémorer. C'est pourquoi j'évoque à nouveau notre dernière conversation au téléphone, lorsqu'elle a appelé de la voiture écrabouillée et je m'attarde sur les plus petits détails imaginables. Maman voulait appeler papa et c'est moi qui ai répondu. Il lui avait donné le portable peu de temps auparavant mais à ma connaissance, elle ne s'en servait jamais ; je ne savais même pas si elle l'emportait avec elle. Pour qu'elle continue d'exister, je m'ingénie à découvrir constamment quelque chose de nouveau à son sujet, à chaque réminiscence j'ajoute de nouveaux renseignements sur ce que j'ignorais avant.

Papa ne lui avait pas dit au revoir différemment ce matin-là ; il avait du mal à me pardonner d'avoir répondu au téléphone et encore plus à se pardonner de n'avoir pas été à la maison. Il aurait voulu être le dépositaire des derniers mots de maman, qu'elle ne parte pas sans lui avoir dédié ses dernières paroles.

« Elle avait besoin de moi, et j'étais dans une boutique en train d'acheter une rallonge électrique », dit-il.

Le fait que maman fût partie avant lui, âgée de cinquante-neuf ans à peine et de seize ans sa cadette, comme il le répétait sans cesse, fut pour lui une énorme déconvenue. Il avait prévu les choses tout autrement.

Elle me dit avoir eu un petit accident et que les équipes de secours sont arrivées, de rudes gaillards – que je ne me fasse pas de souci surtout, elle est en de bonnes mains. Les gars font du bon travail, ils sont en train de remettre les choses en place.

« C'est un pneu crevé, maman ?

—Sans doute, dit-elle d'une voix posée. Ça ne

m'étonnerait pas que ce soit une crevaison justement. La voiture m'avait l'air un peu instable. »

Sa voix tremblait peut-être un tout petit peu, mais elle m'a dit à deux reprises de ne pas me faire de souci pour elle, qu'elle avait eu un petit accident – c'est exactement comme ça qu'elle a dit : un petit accident, dû à une simple maladresse. Elle rappellerait quand les équipes auraient fini de remettre la voiture sur la route, dit-elle comme si elle était conductrice de rallye automobile avec quatre assistants.

« Tu as quitté la route ?

— Tu t'occuperas du dîner pour ton père et toi si je ne suis pas rentrée à temps, tu n'auras qu'à réchauffer les boulettes de poisson d'hier. Ça va prendre encore du temps ici. »

Puis elle fait une pause avant de reprendre la description de son paradis aux couleurs d'automne. Le soleil dont elle parlait est totalement occulté pour moi. Il pleuvait sur tout le pays ce jour-là et, selon le rapport de police, c'est justement la pluie sur la route qui a causé l'accident. Tout était trempé, l'asphalte était trempé, les prés étaient trempés, le champ de lave était trempé et elle décrivait les nuances extraordinaires de la terre, le scintillement de la mousse que le soleil dorait au milieu de la lave noire, elle parlait de cette belle clarté, elle parlait de la lumière, oui de la lumière.

« Tu es dans le champ de lave, maman ? Tu es blessée, maman ?

— Il me faudra sans doute une nouvelle monture pour mes lunettes. »

Je sais maintenant que la communication tire à sa fin mais pour allonger le temps du souvenir, pour retarder mentalement l'adieu de maman, pour la garder près de moi plus longtemps, au moment de la récapitulation j'ajoute au scénario ce que je ne suis pas arrivé à lui dire à temps.

« Mais maman, maman, je me demandais si nous ne devrions pas essayer de transplanter ta rose à huit pétales de la serre au jardin, dans une plate-bande, pour voir si elle passe l'hiver ? »

Ou bien je pourrais lui demander quelque chose qui prendrait plus de temps à détailler.

« Comment est-ce qu'on fait une sauce au curry, maman, et une soupe au cacao, maman, et une soupe au flétan ? »

Ensuite il me semble qu'elle a dit, mais je n'en suis plus si sûr, qu'il faudrait que je supporte papa même s'il est un peu vieux jeu et a ses petites manies. Et continuer à être gentil avec mon frère.

« Sois gentil avec ton père. Et n'oublie pas Jósef. Tu lui tenais la main quand vous étiez encore au berceau » – se peut-il qu'elle ait dit ça ?

Et puis on entend un bruit d'aspiration assourdi qui fait penser à un tout début de pneumonie, maman a cessé de parler.

La communication est terminée mais j'entends résonner des voix d'hommes.

« Le portable est encore allumé ? demande quelqu'un.

— Elle est morte, c'est fini », dit une autre voix.

Et puis quelqu'un prend le téléphone.

« Allô, il y a quelqu'un à l'appareil ? »

Je me tais.

« Il a raccroché, dit la voix au bout du fil.

— L'ambulance est arrivée », dit une autre voix.

Nous ne sommes pas parvenus jusqu'à elle comme il fallait avec les cisailles pendant qu'elle était encore en vie et n'avons, en fait, pas pu faire grand-chose, dit l'un des ambulanciers qui comprend bien que je veuille poser des questions. Mais nous avons vu qu'elle était en train de parler au téléphone – ce qui est absolument incroyable, blessée comme elle l'était. Elle a dû constamment avaler du sang. Il n'y a jamais eu le moindre espoir, c'était hors de question qu'elle arrive à survivre le temps de découper la carcasse du véhicule.

On nous remit un sac contenant ses vêtements et ses lunettes ainsi que la griffe à myrtilles et d'autres affaires qui étaient dans la voiture. Les lunettes étaient ensanglantées et les verres en miettes ; une des branches était déviée à quatre-vingt-dix degrés.

Nous nous sommes disputés, papa et moi, sur les fleurs à mettre sur le cercueil. Je voulais que ce soient des fleurs des champs : reine des prés, cerfeuil, géranium des bois, boutons d'or et alchémille, mais papa avait dans l'idée des fleurs plus solennelles, achetées chez le fleuriste, des roses importées de préférence. Pour finir, il a cédé et remis le soin de la décoration florale entre les mains de son fils.

DIX-HUIT

Je suis toujours dans la forêt, qui n'a pas l'air de vouloir finir, avec sa gamme de couleurs allant du vert au vert. J'ai en tout cas le loisir de réfléchir à mes affaires, comme dirait papa – ce qui ne veut pas dire que je caresse l'espoir de parvenir à une conclusion au bout de mille six cent cinquante-quatre kilomètres. En dehors de l'obligation de me tenir du bon côté de la route, c'est surtout à la veille au soir que je pense en ce moment. Ce qui en ressort – j'en suis encore tout désarçonné – et qui imprègne toutes mes pensées au fil des deux cents premiers kilomètres, c'est le changement incontournable de mon amie de jeunesse, vue sous la forme d'une nouvelle personne, sans lunettes, avec un corps de femme. Je pourrais assurément me demander, tout comme elle, si je ne suis peut-être pas assez porté sur les femmes. Je peux bien tenir une femme dans mes bras pendant la moitié d'une nuit, mais je ne suis pas sûr de pouvoir la protéger contre ce qu'elle redoute. Les filles ont en général bien plus de choses à dire que moi, elles parlent de leur relation avec le grand-père dont elles étaient les chouchoutes, racontent qu'il leur a appris à jouer aux échecs et qu'il les emmenait au concert avant de tomber malade du cancer de la prostate. Elles évoquent parfois quelque événement dramatique, survenu dans leur famille, éventuellement au siècle dernier, si rien de tragique en dehors de la mort du grand-père, et parfois de la grand-mère peu après, ne s'est passé au cours des dernières années. Les femmes ont une très longue mémoire et sont sensibles à l'effet des choses singulières qui se sont produites dans leur famille au cours des deux cents dernières années ; après quoi elles vont jusqu'à essayer de me relier à leurs racines historiques. J'aurais bien du mal à me présenter de la sorte à qui que ce soit, même s'il est tout à fait envisageable de coucher avec une fille.

Il me semble qu'il y a comme un petit bruit parasite dans la voiture. Si un problème technique se présente, il ne faudra pas mesurer ma virilité à l'aune de mon aptitude à réparer une bagnole en panne car je ne suis pas ce genre de type. Je pourrais changer une roue, mais pas une bougie ni une courroie ; je ne me suis jamais intéressé aux moteurs. Personne ne m'attend pour dîner, il faut que je trouve un endroit où dormir et ça urge, avant qu'il ne fasse complètement noir et qu'il soit impossible de trouver son chemin. Bien qu'une vague inquiétude me gagne au milieu de la sombre forêt, je me dis qu'il n'y a rien à craindre car je sais que dans l'obscurité il y a une bourgade qui sommeille, un village invisible avec son église et sa poste autour d'une petite place dallée. J'ai faim. À côté de l'église il y aura sûrement un restaurant avec des rideaux blancs ajourés. À côté du restaurant, il pourrait bien y avoir une pension. Car ce sont là des voies ancestrales, fréquentées depuis mille ans et c'est tout autre chose de suivre une ancienne route de pèlerinage que de rouler sur de l'asphalte qui vient d'être étalé sur de la lave noire hérissée et nue. Je scrute les environs à la recherche d'un point de repère tel qu'une église. Il se passe manifestement beaucoup de choses au creux de la voûte céleste : une demi-lune et un essaim d'étoiles, une nuée scintillante de papillons d'argent. Je ne remarque l'église qu'après son apparition soudaine dans les rétroviseurs. Je l'ai donc dépassée et dois faire marche arrière pour trouver l'embranchement qui s'enfonce dans la forêt. Il n'y a pas âme qui vive et, en toute franchise, je ne voudrais pas rester bloqué ici. Je ne roule pas longtemps avant de tomber sur un écriteau qui annonce un restaurant, avec une flèche vers le bas indiquant qu'il faut s'enfoncer plus avant dans la forêt. À côté de la flèche, il y a la distance, trois kilomètres. Je suis les indications et roule sur un chemin qui traverse une clairière obscure ; les embranchements se succèdent, les écriteaux sont faits main, comme par un enfant qui joue à la chasse au trésor. Bien que mon niveau de langue ne soit que passable, je remarque qu'il manque une lettre dans un mot. J'ai d'abord en vue le clocher de l'église, puis la piste se précise et je vois pour finir l'église rétrécir et s'éloigner jusqu'à n'être plus dans le rétroviseur qu'un cube de Lego au pays des jouets. Je me retrouve en pleine forêt, littéralement encerclé de toutes parts par les arbres, sans la moindre idée de l'endroit où je me suis fourré. Est-ce qu'un homme élevé dans les profondeurs obscures de la forêt, où il faut se frayer un chemin au travers de multiples épaisseurs d'arbres pour aller mettre une lettre à la poste, peut comprendre ce que c'est que d'attendre pendant toute sa jeunesse que pousse un seul arbre ?

DIX-NEUF

Au moment précis où je pensais m'être définitivement perdu et m'apprêtais à tourner bride, apparaît le restaurant illuminé au bout du chemin de traverse. Les fenêtres sont, comme de juste, ornées de rideaux blancs ajourés. Il y a une voiture dans l'allée. Je marche le long de la façade jusqu'à ce que j'arrive à la cuisine. Des animaux de la forêt, dépiautés, y sont pendus en rang serré : lièvres, lapins et sanglier. Le propriétaire est sorti sur ces entrefaites pour me saluer et me conduire à une petite salle comportant quelques tables. Les murs sont ornés de peaux de bêtes et de têtes de cerf empaillées, ainsi que d'une collection de fusils. Je suis apparemment le seul client. L'endroit respire la propreté et la bonne cuisine et sur la table il y a une nappe empesée et une serviette en tissu, trois verres près de l'assiette et trois couverts de différentes tailles.

Je ne suis pas plus avancé après la lecture du menu, que l'homme essaie d'expliquer au fur et à mesure par-dessus mon épaule ; je perds le fil. Il dit : un instant, pour que je ne reparte pas tout de suite et va à la cuisine chercher une femme au tablier blanc comme neige avec laquelle il doit vivre depuis des décennies, car il n'a même pas besoin de lui exposer le problème. C'est elle qui se charge de m'initier au choix des plats.

« Voulez-vous ceci ou est-ce que vous préférez cela ? » demande-t-elle.

Je secoue la tête. Alors la femme se met à rire.

« De quoi avez-vous envie ? » demande-t-elle.

C'est la pire question qu'on puisse me poser car elle touche au tréfonds de mon être ; je ne sais pas encore ce que je veux, il me reste tant de choses à expérimenter et à comprendre.

« C'est ça le problème, dis-je à la femme, je ne sais pas de quoi j'ai envie. » Je me doute qu'on ne doit pas pouvoir être noté plus bas au barème du restaurant de la forêt qu'en ne sachant pas ce qu'on veut manger. La femme hoche la tête, compréhensive.

« Je prendrai ce que vous me recommanderez », dis-je, pour clore la discussion. La femme a l'air contente. Ce n'est pas la première fois que je demande à une femme de décider pour moi.

« Faites-moi confiance, dit-elle d'un air à la fois mystérieux et rassurant, vous ne serez pas déçu. »

Je suis seul dans la salle, sous la tête de cerf. Au bout d'un petit moment, la femme revient avec une assiette garnie et une bouteille de vin. Ce sera le premier plat d'une longue série. Elle verse du vin dans l'un des verres.

« Je me suis permis de choisir aussi le vin, dit-elle. Bon appétit. » Elle s'écarte un peu de manière à pouvoir observer mes réactions.

« Comment le trouvez-vous ?

— Très bon, dis-je en levant la tête du pâté tiède nappé de sauce aux champignons des bois.

— Je pense bien. » Elle m'apporte la photo d'un hérisson pour me montrer l'origine du pâté. Dans le sillage du pâté de hérisson, suivent au moins trois autres hors-d'œuvre, pâté sur pâté : pâté de sanglier, pâté de canard et foie gras. Après quoi, trois spécialités du restaurant de la forêt : poitrine de chevreuil, filet d'élan, cuissot de cerf, chaque plat succédant à l'autre. D'après la série de photos que la femme me présente à chaque plat, tout, absolument tout ce qu'on sert ici vient de la forêt. On mijote ici les bestioles que j'ai redouté d'écraser toute la journée. Il y a peu de légumes avec les plats, qui sont accompagnés de sauces et de pain. La femme insiste pour que je boive un verre de vin avec chaque nouveau plat. Le couple est fort aimable et me pose maintes questions auxquelles je m'efforce de répondre dans la limite de mes connaissances linguistiques. Chaque fois qu'un nouveau plat apparaît, je me dis qu'on est arrivé au bout de la carte et que le repas est terminé. L'homme me demande quelle est la destination de mon voyage et je le lui dis. De temps en temps apparaît une jeune fille de mon âge qui se déplace dans la salle. Elle entre et sort et semble m'avoir à l'œil. Je remarque qu'elle porte une jupe à pois. J'ai le sentiment que toute la famille me surveille et que ces allées et venues ont un but inavoué.

Je ne peux en tout cas pas dire autre chose que le repas est formidable et l'addition ridiculement modeste. Comme j'ai bu trop de verres pour pouvoir continuer ma route, je demande à la femme le gîte dans la forêt. Celui-ci s'avère être à l'étage où vit le couple. Je vais donc chercher mon sac à dos, puis les plantes, dans la voiture. La famille me suit des yeux depuis le perron et l'homme me demande si je fais du jardinage. Je lui réponds qu'on peut bien en effet appeler les choses comme ça. La femme dit que je réglerai le dîner le lendemain et, après avoir éclusé un petit verre de liqueur d'airelles offert par la maison, j'arrose une dernière fois mes plantes, me brosse les dents et me déshabille avant de me glisser entre des draps blancs comme neige.

VINGT

Je suis encore rassasié lorsque je descends le lendemain matin, mais on a néanmoins dressé pour moi la table du petit déjeuner, sous la ramure de cerf se trouvent alignés du pain cuit maison dans sa corbeille d'osier, trois sortes de pâtisseries au beurre, de la confiture maison – de baies de la forêt, précise la patronne –, deux œufs mollets, quelques tranches de viande et le reste du pâté de hérisson de la veille, à ce qu'il me semble. Une fois assis, je vois la femme apporter du jus de fruit, du café et du lait bouilli et elle me demande si je ne voudrais pas une tasse de chocolat chaud après le café. La jeune fille est assise à une table à l'autre bout de la salle, près de la collection de fusils et boit un bol de ce breuvage. Elle a un serre-tête rouge mais je ne vois pas si elle porte encore sa jupe à pois. Il n'y a pas d'autres clients pour le petit déjeuner. Après avoir mis mes affaires dans la voiture, je règle le dîner, la chambre et le petit déjeuner. Le montant est le même que celui de l'addition pour le dîner de la veille. Je ne vois pas le moindre supplément pour l'hébergement. Si je n'avais pas des choses importantes à faire, je pourrais me la couler douce et passer de longues heures dans la forêt sur mes quelques mois de salaire de marin. Lorsque après avoir payé, je viens de mettre le moteur en marche et m'apprête à faire tourner l'Opel dans le chemin de la forêt, je vois le propriétaire de l'auberge descendre les marches et me faire signe. J'abaisse la vitre.

« Il y a ici une personne qui cherche à faire du stop, si l'on peut dire. »

La démarche me prend au dépourvu et j'ai du mal à m'y retrouver dans la langue, à l'improviste, je ne trouve pas les mots justes à fondre en une seule et même phrase comportant d'abord un refus poli suivi d'une excuse et d'une explication du refus – et ç'aurait été trop nul de sortir mon dictionnaire.

« Oui, la personne en question, en réalité, est ma fille. Elle fait des études d'art dramatique dans une ville tout près d'ici et revient à la maison pour le week-end. Je ne peux pas la conduire parce qu'on attend un client dans l'après-midi.

— C'est à combien d'ici ?

— Trois cent quarante-quatre kilomètres en tout », répond le père qui a l'habitude de ce petit bout de route.

Il a eu tout le temps qu'il fallait pour m'observer aux prises avec les spécialités culinaires de la maison et me juge à présent digne de confiance pour conduire sa fille à son cours d'art dramatique. Peut-être ai-je l'air assez innocent, avec mes cheveux roux et ma physionomie ouverte de garçonnet – comme aurait dit maman. On aurait pourtant tort de juger un homme sur sa seule apparence. Mes pensées obsessionnelles sur le corps ne se voient pas sur moi. Ce n'est pas rien, le temps qu'il faut pour parcourir trois cent quarante-quatre kilomètres avec une apprentie actrice inconnue. La famille a préparé méticuleusement la requête et ne me laisse pas le champ libre pour refuser cette compagne de voyage. Pendant qu'en proie à l'aphasie je m'efforce de forger dans mon esprit une réponse grammaticalement correcte, la jeune fille sort de la maison en courant, cheveux au vent, ayant changé son serre-tête rouge pour un noir. Elle a un manteau court violet à large ceinture et porte un sac à la main, de sorte qu'elle est prête à prendre la route. Tout en se dirigeant vers la voiture, elle tord ses cheveux en une sorte de rouleau qu'elle entoure d'un élastique. Puis elle pose un baiser sur les deux joues de son papa et ils échangent quelques phrases. Je ne sais pas exactement ce qu'ils se disent, mais le père disparaît dans la maison, tandis qu'elle me dit *attends* parce qu'il y a du nouveau. Lorsqu'il revient, un instant plus tard, il a dans les bras un carton qui m'a l'air assez lourd et me fait signe de la tête d'ouvrir le coffre pour y mettre la cargaison.

« C'est pour toi », traduit la fille. Le père tient d'abord à me montrer le contenu et amène le carton tout contre moi en l'inclinant un peu. Je compte douze bouteilles de vin rouge – de sa propre production, dit la jeune fille. L'étiquette des bouteilles est ornée d'un fin dessin à la plume représentant l'église paroissiale, surmontant le nom de famille du patron. Je ne serais pas surpris d'avoir bu une ou deux bouteilles de cette cuvée la veille au soir.

« Le transport vaut bien ça », dit le père.

Le service rendu à sa fille est évalué à douze bouteilles. Il veut les installer lui-même dans le coffre et quand je lui fais comprendre qu'il n'y a pas de place à cause des plantes, il décide de caser le carton sur le plancher à l'arrière. Puis il reparaît du côté du chauffeur et frappe de deux doigts un coup léger sur la vitre. J'abaisse celle-ci à nouveau et il enfonce le bras par la fenêtre avec, dans la main, quelque chose d'enroulé qu'il presse dans la mienne. Ce sont des billets.

« Le repas et la chambre sont offerts par la maison

et le surplus est pour l'essence, dit-il d'un air enjoué. Alors je vous dis bon voyage. »

Les jambes valsent dans la voiture et la fille envoie de nouveau des baisers à son père. Elle a déjà dit au revoir à sa mère sur le perron. Puis père et fille se font des signes d'adieu et je le vois s'éloigner dans le rétroviseur tandis que je sors de l'embranchement. La fille, tournée vers l'arrière, est à genoux sur le siège avant, la hanche contre mon épaule, jusqu'à ce que son père ait disparu. Je regrette immédiatement d'avoir, dans un accès subit de générosité, accepté d'embarquer la fille.

« Mets ta ceinture », dis-je en pointant le doigt vers la chose, soulignant cette formule simple du geste approprié. Elle me regarde de l'air maussade des ados, puis, avec un grand sourire, elle descend ses pieds du siège et se contorsionne pour atteindre la ceinture de sécurité. Maintenant que j'ai le loisir de l'examiner de plus près, je vois qu'elle a vraiment l'air d'une future star de cinéma.

« Puisque tu y tiens. »

Puisque j'y tiens. Je ressasse la phrase dans ma tête avec la connotation supplémentaire éventuelle de ce à quoi je tiens absolument. Et je me demande aussi s'il est possible de transférer ce à quoi je tiens absolument à d'autres choses, et alors lesquelles et si j'exigeais quelques autres choses, je me pose la question de savoir si elle consentirait à mes exigences. Lorsque j'ai rejoint la route des pèlerins, je lâche le volant de la main droite pour me présenter en serrant la sienne formellement.

« Arnljótur Thórir. »

Elle me sourit.

La poignée de main de cette actrice toute en finesse est franche et ferme. Avant de pouvoir mettre un frein à mes pensées, je me demande, au contact de sa main, s'il me sera donné de coucher avec elle à un moment quelconque de ces trois cent quarante-quatre kilomètres.

Je n'ai pas parcouru un grand bout de route nationale que ma compagne de voyage se baisse et extirpe de son sac une boîte rouge qui ressemble à la boîte à goûter des écoliers. Elle l'ouvre et en sort un sandwich qu'elle entoure d'une serviette blanche avant de me le tendre. Après quoi, elle en retire un autre pour elle-même, l'emmaillote pareillement d'une serviette blanche et s'appuie au dossier du siège inclinable. Je me rends compte que le sandwich est à la charcuterie ; il n'y a pas une demi-heure que je viens d'absorber un petit déjeuner de trois plats, et douze heures à peine que je suis venu à bout du plus grand repas de ma vie.

Ma voisine filiforme tire ensuite de son sac un paquet de feuilles de papier, l'étale sur le tableau de bord, replie les jambes sous elle sur le siège avant et je la vois du coin de l'œil lire un scénario à voix basse. Elle restera silencieuse au cours des trente premiers kilomètres, le temps d'apprendre son rôle.

VINGT ET UN

Je ne trouve pas ça désagréable de sentir la présence d'une autre personne à côté de moi, du moment qu'elle est silencieuse et qu'elle lit son texte, à peu près tranquille sur son siège. Il est clair en tout cas que je vais me farcir la future comédienne pendant les six heures à venir. Je lui jette un coup d'œil. Le long de sa paupière, juste au-dessus des cils longs et serrés, il y a une fine ligne noire qui me rappelle vraiment une actrice de cinéma bien connue que j'ai déjà vue dans un film.

Au bout d'un moment, la comédienne fait des feuillets un rouleau qu'elle pointe dans ma direction et entame la conversation. Elle me demande d'où je viens.

Je le lui dis.

« C'est vrai ? » Elle pousse des exclamations et change de position sur son siège, pose le pied droit au sol et glisse le pied gauche sous elle tout en faisant passer la ceinture de sécurité sous son aisselle. Elle peut ainsi se tourner mieux vers moi afin de poursuivre la conversation.

« C'est comment là-bas ?

— Il n'y a pas grand-chose à dire ; on ne peut pas cultiver grand-chose là-bas. »

Je ne suis pas sûr d'avoir quoi que ce soit à ajouter. Elle ne parle que sa propre langue, que j'ai bien apprise à l'école mais dans laquelle je n'ai jamais eu à m'exprimer en longs paragraphes avec les indigènes.

« Parle-moi de quelque chose de ton pays.

— Mousse.

— C'est gentil. »

À peine ai-je prononcé le mot mousse, que je sais que je suis dans le pétrin. Ce n'est pas possible d'étirer la mousse en sujet de conversation. Je pourrais tout au plus énumérer les variétés de mousses, mais ça ne serait guère un échange.

« Elle est comment, la mousse ? »

Si j'avais accès aux mots, je dirais à cette étoile montante du cinéma que la mousse est une éponge filandreuse, qu'on met du temps à parcourir car si les dix premiers pas se font sans peine, quand il s'agit de traverser un vaste champ de lave couvert de mousse, c'est comme marcher toute la journée sur un tapis de gymnastique. Ça fait mal au tendon d'Achille de s'enfoncer dans la mousse pendant quatre heures d'affilée, ça peut représenter plus de courbatures que de grimper en haut d'une montagne. Si l'on arrache de la mousse, une plaie se forme dans le sol et la terre s'envole en poussière. Je serais tout disposé à lui dire quelque chose d'inhabituel, que personne ne lui aurait dit avant moi, mais mes capacités linguistiques ne permettent pas le moindre panache et si je mentionnais les nuances de la mousse et son odeur après l'averse, je serais dans le registre des sentiments, comme un homme qui va se fiancer. Je ne vais pas me laisser aller à lui avouer quoi que ce soit, c'est pourquoi je n'en dis pas plus que ce que je maîtrise en grammaire :

« Une plante qui est comme un tapis de gymnastique.

— C'est drôle », dit-elle. Elle n'abandonne pas la partie. « Dis-moi quelque chose d'autre.

— Bosse. » Je suis surpris de ma facilité à trouver les mots, à m'exprimer en langue étrangère quand il s'agit de végétation. Au moins suis-je dans mon élément quand je parle des plantes.

« Une bosse, c'est quoi ? »

C'est compliqué d'expliquer la formation des creux et des bosses du terrain, de s'exprimer sur les changements répétés de la température du sol, sur l'alternance continuelle du gel et du dégel. Je dois réfléchir à chaque mot prononcé, rien ne va de soi.

« C'est difficile de camper là où il y a des bosses. » Et puis je change de sujet.

« Marais. »

En ce qui concerne le marais, maman m'a raconté plus d'une fois l'histoire de l'étalon de grand-père qui s'est enfoncé sous lui dans le marais et dont le squelette a refait surface quelques années plus tard. J'ai vu une photo de grand-père sur son cheval et, sans être spécialiste des chevaux, je ne peux pas dire que l'étalon soit différent des autres, avec des pattes plutôt courtes, même en tenant compte du fait que mon grand-père Arnljótur Thórir – dont je porte les deux prénoms – ait été de grande taille, par comparaison.

Après le marais, j'énumère des noms de végétaux terrestres sans donner plus d'explications et la comédienne s'en accommode. Le nom latin des plantes m'amène à la phase la plus ardue de l'entretien et elle hoche la tête, de sorte que j'arrive à définir pour elle les caractéristiques des formes végétales locales. Je suis dans mon élément, je domine la situation et pense avoir trouvé un sujet de conversation pour les cinquante à soixante kilomètres à venir : révision des noms de plantes en latin. Je nomme les touffes d'herbe sèche, jaune et hirsute, la myrtille et le silène acaule. Ensuite il y a le géranium sylvestre, la reine des prés, la dryade à huit pétales et puis la petite oseille, l'églantine, la rose pimprenelle et l'alchémille ou manteau de Notre-Dame.

« Attends, attends, Notre-Dame de quoi ? »

Je n'ai pas besoin de m'enfoncer dans la botanique, il me suffit de citer toutes les plantes qui me viennent à l'esprit et ma compagne de route a de quoi méditer pendant que je rends compte de mes origines.

« L'angélique, dis-je. Elle peut atteindre la hauteur d'un homme.

— Ah bon ? dit-elle.

— L'herbe.

— L'herbe ?

— Oui, l'herbe est verte tout l'été, d'un vert vibrant,

incroyablement vert », dis-je, arpentant la lande par la pensée et foulant l'herbe touffue jusqu'à ce que je le trouve enfin, le tapis d'alchémille. Je regarde l'heure et vois que cela m'a pris un quart d'heure à peine pour faire un état des lieux de la végétation. Mes explications ne tardent pas à me mener dans une impasse imaginative autant que grammaticale. Je termine le catalogue par l'épilobe arctique.

« Il y a des épilobes roses qui poussent, par-ci par-là, sur la grève de sable noir. » Je trouve qu'il est important qu'une personne élevée au milieu de la forêt comprenne précisément cela, qu'une fleur puisse pousser çà et là, toute seule sur une dune de sable noir et parfois dans le canyon d'une rivière, toute seule là aussi. Dès que je nomme l'épilobe, je deviens un peu sentimental.

« Est-ce qu'on les cueille, ces fleurs-là ?

— Non, elles ont tant de peine à pousser, comme ça, toutes seules ; une ou deux fleurs peut-être, sur toute une dune. » Je m'exerce à parler la langue, accouplant noms et verbes, ciselant ensuite des prépositions autour des plantes pour que ma compagne de route puisse les percevoir dans leur environnement naturel. Des canyons de rivières, je descends vers le rivage et amplifie la grève sableuse. Je trouve qu'il est aussi important que cette jeune fille étrangère – je dis jeune fille comme mon vieux père – se représente une plage de sable vaste et déserte, sans aucune trace de pas, et puis rien d'autre que la mer sans fin avec, peut-être, la crête des vagues qui écume au loin et puis le ciel infini par-dessus. Je dis infini deux fois de suite parce que j'ai envie de lui faire comprendre ce que c'est que de poser le pied dans aucune trace, d'aucun homme, sur le sable noir de la grève. J'escamote les cris de l'oiseau de mer, il dérangerait l'image silencieuse. Comment dit-on infini ? Si je pouvais dire infini, je pourrais mener la conversation vers des domaines abstraits. La comédienne me tend la perche.

« Intemporel ?

— Non, pas tout à fait.

— Immortel ?

— Oui, je crois, dis-je, immortel.

— Cool », dit-elle.

Il me vient alors à l'idée que je pourrais aussi évoquer l'effet d'imprimer dans la neige craquante les premiers pas du jour.

« C'est à peu près pareil que le sable noir, dis-je, cela revient toujours aux premières traces de pas. »

La comédienne hoche la tête.

Je trouve absolument incroyable le mal que les femmes se donnent pour venir à ma rencontre ; elles se mettent en quatre pour comprendre où je veux en venir. Ça tendrait presque à dénoter un certain manque d'esprit critique. Ce n'est pourtant pas une fille qui a l'air au bord du désespoir, pas du tout ; je ne serais pas surpris de voir un jour des photos d'elle foulant le tapis rouge des festivals de cinéma.

VINGT-DEUX

Ça ne me dit plus rien de parler de la végétation terrestre. J'ai envie de me taire pendant les prochains deux cents kilomètres. Je me lance dans un rapide calcul mental pour savoir quelle distance reste à parcourir pour ma compagne de route. Dès que je cesse de me concentrer sur la grammaire, je recommence à penser au corps. Mes difficultés linguistiques pourraient bien amener notre relation à un autre niveau, celui des échanges sans paroles que peuvent avoir deux corps.

Il faut malgré tout que je m'occupe des plantes dans le coffre. Je mets donc le clignotant pour me garer au bord de la route. Elle se libère alors de sa ceinture et s'apprête à me suivre dans ma mission de contrôle à l'arrière de la voiture. Lorsqu'elle ouvre la portière de son côté et moi la mienne au même moment, le scénario lui échappe des mains et les feuilles blanches s'envolent tous azimuts. Elle ne court pas après les pages dans les taillis de la forêt, mais s'en approche avec ruse et pondération, aussi vite que possible cependant, comme un félin qui va bondir, prête à planter sa chaussure à haut talon sur la proie à sa portée. Je lui tends quelques feuilles pour la forme mais voyant qu'elle domine parfaitement la situation, je la laisse pourchasser seule *Une maison de poupée* et vais ouvrir le coffre.

« Attends, dit-elle, qu'est-ce que tu fabriques avec ces plantes ? C'est de la marijuana ? » Elle me regarde avec méfiance tandis que je verse le contenu d'une bouteille d'eau sur les plantes.

« Non, ce sont des roses, des boutures de rosier de chez moi et deux rosiers en plus, qui viennent d'ici. »

La comédienne éclate de rire.

« Tu as une petite amie ? demande-t-elle sans détour lorsque nous sommes installés de nouveau dans la voiture.

— Non, mais j'ai un enfant. » C'est la troisième fois au cours du voyage que je me sens obligé de parler de ma fille.

Elle s'agite dans tous les sens sur son siège et semble avoir détaché de nouveau sa ceinture de sécurité.

« Mets ta ceinture, dis-je.

— Tu plaisantes, ou quoi ?

— Non. » Il y a toutes sortes de bêtes qui circulent. Je lui signale un panneau portant la silhouette d'un cerf.

« Je veux dire, à propos de l'enfant ?

— Non, c'est une petite fille, de sept mois à peine.

— Tu es divorcé ?

— Sa maman n'est pas mon ex-femme ; elle est la mère de mon enfant. Ce n'est pas du tout la même chose.

— Ça va souvent ensemble.

— Pas chez nous.

— Combien de temps a duré votre relation ?

— Une demi-nuit », dis-je. (C'est elle qui est partie, mais il ne faut pas croire que c'est moi qui l'y aie poussée. C'est elle qui s'est rhabillée la première et qui est partie.)

Ma compagne de route me regarde avec intérêt.

« Il y a une photo de ma fille dans le sac à dos à l'arrière », dis-je en précisant où chercher. Elle a vite fait de détacher sa ceinture de sécurité, d'allumer le plafonnier et de plonger entre les deux sièges pour fouiller dans mes affaires. Son derrière est pour ainsi dire contre mon épaule tandis qu'elle explore la poche extérieure du sac à dos.

« Dans ton portefeuille ?

— Avec le passeport.

— C'est ta petite amie, ton ex ?

— Non, c'est ma mère. »

J'avais oublié la photo de maman.

Maman se tient devant le mur de la maison, de couleur lilas, au milieu de lis orangés qui lui arrivent à la taille. C'est moi qui suis sur la photo avec elle et, aussi curieux que cela puisse paraître, c'est Jósef qui l'a prise. J'avais réglé la distance focale et mis mon frère au bon endroit en traçant dans le gravier une ligne que ses doigts de pied ne devaient pas dépasser et je lui avais montré trois fois comment il devait appuyer sur le bouton. À la quatrième tentative, cela marcha et à ce moment-là, maman et moi étions en train de rire. Je la dépasse d'une tête et la tiens par les épaules. Elle porte un pull violet, une jupe et des bottes – maman n'était jamais en pantalon dans la serre ni dans le jardin.

Elle s'habillait en revanche souvent de vêtements aux couleurs accentuées, parfois à motifs curieux et elle avait du goût pour toutes sortes d'étoffes qu'elle aimait caresser et qu'elle me faisait parfois palper pour sentir la différence entre Dralon et mousseline. Il lui arrivait de rapporter des tissus à la maison et de s'asseoir à sa machine à coudre. Le lendemain elle portait une nouvelle blouse au petit déjeuner. C'est drôle, cette histoire des épaules ; je ne me rappelle pas l'avoir tenue comme ça. Elle a l'air heureuse.

Ma compagne de voyage se retourne.

« Je l'ai trouvée. » Elle tient le passeport qui contient tous les renseignements essentiels sur ma personne, la photo de maman et celle de ma petite fille. Je jette un rapide coup d'œil en coin sur la photo qu'elle brandit et ramène mon regard sur la route. C'est bien elle, c'est Flóra Sól qui est sur la photo. Mes phares illuminent les yeux rouges d'un lapin. Ce ne sera pas rigolo d'avoir des fibres de viande incrustées dans le relief des pneus quand je prendrai de l'essence. J'en arrive à me demander si cette forêt finira jamais.

« Mignonne, dit-elle au bout d'un moment, scrutant la photo après l'avoir tournée vers la lumière. Mais elle ne te ressemble pas beaucoup.

— Je n'ai pas sur moi les résultats du test de paternité. » J'arrive à me faire comprendre, j'arrive même à plaisanter.

Elle rit.

« Sept mois, dis-tu ? Elle n'a pas beaucoup de cheveux, pour une fille ; elle est chauve ? » Je rectifie.

« À peine sept mois », dis-je. C'est fatigant d'avoir à l'expliquer à tout le monde – cette histoire de cheveux. La photo date d'un mois, la petite n'en avait que six quand elle a été prise. Ça ne se voit pas tout de suite, les cheveux blonds comme ça.

Je fais une dernière tentative pour expliquer à une personne étrangère que les bébés blonds ont très peu de cheveux la première année. Comment ai-je pu avoir la bêtise de mentionner l'enfant ? Qu'est-ce qui m'a pris de lui montrer la photo ?

« Donne-la-moi », dis-je, lâchant le volant d'une main pour prendre la photo, qu'elle me tend sans un mot.

Je jette un coup d'œil à ma petite fille, avec son grand sourire qui dévoile les deux dents du bas, avant d'enfoncer la photo dans la poche de ma chemise, sous le pull. Ça ne se voit pas sur la petite, qu'elle est le fruit d'une demi-nuit d'amour. Bien que je n'aie pas eu beaucoup affaire à ma fille jusqu'ici, je présume que j'aurai à penser à elle à l'avenir, il faut seulement que je m'y habitue. On aime ses enfants, sans quoi on serait un pauvre type.

« Ça ne t'a pas fait quelque chose quand tu as appris que tu allais avoir un enfant avec une femme inconnue ?

— Si, un peu », dis-je, sans m'étendre davantage sur le sujet avec ma voisine.

VINGT-TROIS

La future mère de mon enfant m'appela au téléphone juste après le premier de l'an, pour me demander si on pouvait se rencontrer dans un café. Une fois que je me suis assis, elle me dit de but en blanc qu'elle attend un enfant.

« Nous allons avoir un enfant ensemble l'été prochain. »

Ça m'a vraiment fait un coup et il ne m'est rien venu à l'idée que d'appeler le garçon et de commander un verre de lait. Elle a pris un chocolat chaud. J'ai considéré un moment les miettes sur la table qui n'avait pas été essuyée après le départ du client précédent.

« Tu as l'habitude de boire du lait ? demande-t-elle.

— Non, pas vraiment. »

Elle rit. Je ris aussi. Je suis content qu'elle rie. Maintenant, quand j'essaie de me remémorer tout ça, je me souviens surtout de son profil tandis qu'elle remue la boisson chaude dans sa tasse. Nous nous sommes tus un moment, elle buvant son chocolat et moi mon verre de lait. J'avais du mal à imaginer un enfant dans ma vie. Il était encore invisible et par conséquent irréel ; il y avait aussi la possibilité qu'il ne vienne simplement jamais au monde. Nous ne nous connaissions pas beaucoup et bien que j'eusse déjà fait des plans dont ni elle ni l'enfant ne faisaient partie, pas plus que je ne faisais partie de ses plans à elle, elle me plaisait bien. L'éventualité ne se présenta pourtant pas de donner la moindre suite à la visite dans la serre. Devais-je lui dire que j'étais navré, que je regrettais de l'avoir invitée à examiner les plants de tomates et lui demander pardon de n'avoir rien fait pour empêcher la conception du bébé ? Cela risquait-il de la blesser ? Ou bien fallait-il lui dire que je ne me déroberais pas à mes responsabilités envers l'enfant qui poussait en elle, que cela me plût ou non.

« Quand est-ce que l'enfant va naître ? demandai-je.

— Vers le sept août. »

C'est le jour anniversaire de maman. Il me sembla n'avoir pas grand-chose à dire. Je devais peut-être demander à mon amie, assise à la table en face de moi, quel était son point de vue sur la question, de quel œil elle envisageait d'avoir un enfant de moi. Au lieu de quoi, c'est elle qui dit :

« Je ne compte pas forcément sur toi. »

Cela a soulevé en moi des sentiments divers, qu'elle puisse m'exclure à l'avance du tableau.

« Je pense quand même être tout à fait capable d'aimer un enfant », dis-je.

Elle but une gorgée de son chocolat et essuya la crème de sa lèvre. Elle était mince comme un fil.

« Tu ne veux pas manger quelque chose ? » dis-je en lui tendant la carte. Celle-ci proposait surtout des soupes et des sandwichs, mais mes yeux tombèrent sur du loup de mer frit, que je lui indiquai.

« Je ne pourrais pas le garder dans l'estomac », dit-elle.

À ce moment-là j'aurais peut-être dû penser à quelle sorte de mère mon enfant aurait, mais je n'arrivais pas à me connecter à l'enfant de cette femme, je n'arrivais pas à créer un pont entre l'enfant et moi. Je n'arrivais pas à voir mes actes en perspective, à faire la relation de cause à effet, à me rendre compte de la possibilité pour ma semence de tomber en terre fertile et de se nicher dans la femme qui était assise en face de moi et remuait le chocolat chaud dans sa tasse.

En réalité, je ne pouvais rien faire d'autre qu'attendre qu'elle me téléphone et me demande de venir voir le bébé. Il était difficile de prévoir si l'enfant aurait jamais besoin de moi, si la mère me demanderait de venir le garder pendant qu'elle irait au cinéma, vraisemblablement avec le père adoptif. Il fallait que le bébé naisse d'abord.

« Il faut que je file, dit l'étudiante en génétique, tout en remontant la fermeture Éclair de son anorak bleu. Je dois aller à une conférence à la fac, sur les anomalies chromosomiques. »

Je finis mon verre de lait et payai l'addition. Elle me tendit la main et je lui tendis la mienne. Il me suffit de la regarder traverser la rue en courant et sauter dans un bus pour voir qu'elle se débrouillerait ; il n'y avait aucune raison d'avoir des remords.

VINGT-QUATRE

« Tu n'as pas eu envie de mieux connaître la future mère de ton enfant ?

— Si, peut-être, mais il n'en a rien été. Nous sommes en quelque sorte sortis chacun de la vie de l'autre.

— Tu ne l'as pas revue avant la naissance du bébé ?

— Si, une fois », dis-je.

Je revis la mère de mon enfant à la fin du mois d'avril, alors qu'elle faisait la queue pour s'acheter un hot-dog. Je traversai la rue en courant et pris place dans la queue derrière elle. Il n'y avait qu'un homme entre nous. Comme je l'avais vue le premier, j'eus le loisir de l'observer avant de la saluer. Elle portait un anorak bleu. Ses épais cheveux bruns étaient liés en queue de cheval et elle avait un grand foulard enroulé deux fois autour du cou car il faisait froid ce printemps-là. Ça se voyait, maintenant, qu'elle attendait un enfant ; l'enfant était devenu une réalité. Je sentis mon cœur battre et ne pus m'empêcher de penser qu'il y en avait deux qui battaient au sein de mon amie d'une nuit, mais quand j'essayai de me remémorer notre visite à la serre, je ne pus guère évoquer d'autres images que celles des feuilles sur son ventre tiède.

Je l'entendis commander un hot-dog avec tous les condiments sauf de l'oignon cru et pas trop de rémoulade et je me dis alors que l'enfant aussi aurait de la saucisse avec tout, sauf de l'oignon cru, qu'il se nourrissait d'elle, même si ses yeux pourraient ressembler aux miens.

J'attendis que l'homme qui nous séparait fût servi avant de la saluer ; je lui fis face et dis salut.

« Salut. » Elle me sourit, le hot-dog à la main, apparemment surprise de me voir et intimidée aussi. La mère de mon enfant et moi étions deux individus qui échangeaient un salut au coin d'une rue. Je lui demandai comment elle allait, mais elle venait de mordre dans son hot-dog et je dus attendre qu'elle ait mâché, puis avalé. C'était maladroit de ma part de lui balancer une question juste au moment où elle avait la bouche pleine et elle se dépêcha de mastiquer tandis que je la regardais bien en face. Puis elle se hâta d'essuyer un peu de moutarde invisible à la commissure de ses lèvres. Elle avait une belle bouche. Elle me dit qu'être enceinte était comme avoir le mal de mer pendant des mois. Je la comprenais parfaitement et mesurais ma responsabilité. Je me trouvais moi-même entre deux campagnes de pêche. Elle ajouta que le pire était passé et qu'elle allait bientôt commencer ses examens.

Elle regardait de temps à autre son demi hot-dog ;

nous nous tenions l'un en face de l'autre et je voyais la coulée de moutarde se figer littéralement. Elle me tendit son hot-dog pendant qu'elle arrangeait le foulard violet autour de son cou. Je le pris de la main gauche, tenant le mien dans la main droite. Je lui rendais ce petit service, comme cela se fait entre amis. Elle n'avait pas l'air d'une future mère ; il n'y avait rien en elle de particulièrement maternel, elle avait tout bonnement l'air d'une fille qui avait des examens bientôt et qui était submergée de travail.

Je lui rendis son hot-dog et elle me considéra, elle aussi, je passai instinctivement la main à travers ma touffe de cheveux hirsutes – j'aurais voulu être présentable. J'ignorais s'il lui arrivait de penser à moi ; elle devait sans doute se demander à quoi ressemblerait le bébé – c'est dur d'être rouquin.

« Sais-tu quel est le sexe du bébé ?

— Non, répondit-elle, mais j'ai le pressentiment que ce sera un garçon. »

Il me sembla un fragment de seconde – comme si un flash me traversait l'esprit – que je me voyais mener par la main un petit garçon en combinaison imperméable et cagoule bleues. Je venais soit de chercher l'enfant chez sa mère, soit j'étais en train de le ramener ; je n'arrivai pas à combler le laps de temps entre les deux. Il se peut toutefois que je donnais du pain aux canards – le lac était gelé et nous étions près de la flaque d'eau restée libre où les canards barbotaient. Dans cette vision, je tenais le garçonnet par la main ; je n'allais pas laisser l'enfant qui m'avait été confié pour la demi-journée tomber dans la mare aux canards, ou un truc comme ça. Je trouvais pourtant difficile de mettre en scène quelque chose qui n'était pas encore du domaine de la réalité. Même si je n'élevais pas l'enfant en compagnie de sa mère – et je fis l'essayage des mots *mère de mon enfant* –, je n'étais pas un salaud et j'avais envie de lui dire qu'elle pourrait compter sur moi, que je pourrais emmener le petit à ses leçons de gym et que nous pourrions être amis.

« Bonne chance pour tes examens », fis-je, au moment de nous dire au revoir. La seule chose que je pouvais faire, était d'attendre qu'Anna me téléphone un soir pour me demander de venir voir le bébé.

« La seule chose que je pouvais faire était d'attendre que l'enfant naisse », dis-je à ma compagne de route, sans m'étendre davantage sur ce chapitre.

VINGT-CINQ

Je me suis demandé combien de temps je pourrais attendre avant de parler à papa de l'enfant qui viendrait au monde le jour de l'anniversaire de maman, au mois d'août, et aussi comment je m'y prendrais. J'avais vingt-deux-ans et vivais encore chez mes parents. Mon père avait cinquante-quatre ans à la naissance de ses enfants uniques, des jumeaux : Jósef et moi. Aussi étrange que cela puisse paraître, ce qui me causait le plus de souci, c'était de lui dire le jour où le bébé allait naître. Qu'est-ce qui était décent et qu'est-ce qui ne l'était pas à propos de la conception et de la naissance d'un enfant ? Allais-je le dire au dîner, sans préambule et même de manière décontractée, comme si ce n'était pas une affaire que d'avoir un bébé avec une femme inconnue. Ou allais-je procéder de manière plus formelle en lui faisant savoir que j'avais quelque chose à lui dire entre quat'z-yeux, comme si on était plus de deux à la maison, et nous nous assiérions alors sur le canapé et éteindrions les infos à la radio pour souligner l'importance de cet événement inéluctable. J'avais l'impression d'être en train de raconter à l'électricien l'intrigue d'un roman que je n'avais pas encore lu et que je ne pouvais, par conséquent, rendre intéressant en toute sincérité. Je redoutais aussi de lui causer une déception, parce qu'il allait croire que je venais enfin lui faire part de ma décision de faire des études de biologie végétale.

Lorsqu'il me sembla avoir trouvé enfin le bon moment pour annoncer la nouvelle à papa, mon amie m'appela au téléphone pour me dire qu'elle était en route pour la maternité ; elle était sur le point d'accoucher. Elle dit qu'elle allait m'attendre et il me sembla percevoir comme une fêlure dans le timbre de sa voix, comme si elle allait se mettre à pleurer. Il était dix heures et demie du soir, un vendredi, le six août.

« Elle m'a téléphoné au moment où l'enfant allait naître », dis-je à la comédienne.

Il y a trois heures que nous avons pris la route et nous sommes toujours en pleine forêt. Je vois ma voisine enfoncer le bras dans son sac pour en sortir la boîte rouge du goûter.

J'avoue avoir été surpris que mon amie me téléphone avant la naissance de l'enfant. Jusque-là, je n'avais pas réalisé que le bébé dût forcément naître. Je pris une douche, puis repassai l'unique chemise blanche que je possédais – c'était ma contribution à la naissance de l'enfant, d'être en chemise blanche repassée, comme à Noël. Sinon, je ne savais pas quel rôle Anna me réservait à la naissance du bébé. J'avais l'impression d'aller à un examen auquel je n'étais pas préparé. Soudain papa se trouva là, à côté de la planche à repasser et je lui dis à toute vitesse que j'attendais un enfant de la petite amie de mon ami.

« Tu te rappelles Thorlákur ? » dis-je.

Sa réaction me surprit, il avait l'air content, puis il empoigna le fer dans l'intention de finir de repasser la chemise.

« Je ne comptais pas spécialement avoir le bonheur d'être grand-père, dit-il. Ta mère et moi pensions que ce n'était pas ton truc. »

Je ne lui demandai pas ce qu'il entendait par « mon truc » et le laissai m'aider à enfiler la chemise comme si j'étais un petit garçon qui va à son premier bal de Noël. Il me demanda si je voulais qu'il me prête une cravate.

« Non, merci. »

L'occasion lui donna le loisir d'évoquer des souvenirs.

« Ta mère, elle remplissait pour ainsi dire tout l'espace de la petite cuisine orange, les dernières semaines où elle vous attendait, les jumeaux, de sorte que j'évitais d'aller dans la cuisine si elle y était. L'appartement n'était pas grand et on n'arrêtait pas de se cogner l'un à l'autre, c'était impossible de se frayer un passage à côté d'elle. J'avais l'impression d'être tout simplement de trop, comme si l'appartement ne pouvait vous contenir tous les deux, avec moi en plus. »

VINGT-SIX

Au bout d'un petit moment, je ressens le besoin de mettre davantage de cartes sur la table.

« C'est moi qui l'ai reçue », dis-je à la comédienne, sachant bien que mes connaissances de la langue ne me permettent pas d'entrer dans plus de détails. C'est comme si quelqu'un parlait à travers moi de ma vie privée à la jeune fille.

Ma compagne de voyage est visiblement ravie.

« Ah oui ? » Elle me regarde avec un mélange d'étonnement et d'admiration. C'est l'admiration qui semble dominer, d'après son expression.

Bien que je n'aie pas remplacé la sage-femme, ni rien de la sorte, j'ai bel et bien été là, sur place, lorsque ma fille est née. Et l'émotion était aussi au rendez-vous.

Une clarté laiteuse inondait le couloir. Je ne me sentais pas importun, mais j'étais superflu, mon rôle dans la venue au monde de cet enfant avait pris fin neuf mois plus tôt. Anna avait revêtu une chemise blanche d'hôpital, qui s'étirait sur son ventre dilaté, et des chaussettes blanches. Elle donnait l'impression d'être distraite et soucieuse comme si elle ne dominait pas tout à fait la situation.

La sage-femme m'accueillit chaleureusement et je souris à Anna. Sachant ce qui l'attendait, je la plaignais terriblement. Il me semblait maintenant que tout cela était de ma faute. J'avais envie de m'excuser et de lui dire que j'étais désolé, que je n'avais pas voulu que cela lui tombe dessus. Au lieu de quoi, je fis ce que l'on me dit de faire et m'assis sagement sur la chaise qui m'était destinée à côté du lit et tapotai le dos de la main de la future mère. On voyait par la fenêtre deux corbeaux noirs posés sur le rebord. Les femmes parlaient entre elles à voix feutrée tandis qu'Anna, silencieuse, était couchée sur le côté, un oreiller blanc dans les bras.

Je ne comprenais pas ce qui avait pu passer par la tête de la mère de mon enfant pour qu'elle requière ma présence ; nous nous connaissions si peu. Je me sentais totalement de trop, mais les choses allèrent vite heureusement et je n'eus pas à assister aux souffrances de mon amie pendant des jours et des nuits d'affilée. L'accouchement fut rondement mené et le bébé naquit peu après minuit, le samedi sept août, deux heures après mon arrivée à l'hôpital. C'était une fille. Elle était rougeaude et poisseuse et pleura l'espace d'un instant, le temps de remplir ses poumons d'air en gesticulant de tous ses membres. Puis elle se tut et regarda calmement autour d'elle de ses yeux en perles de verre venus des entrailles de la terre. Les yeux d'un bleu profond étaient un peu voilés, comme s'ils appartenaient encore à un autre monde.

« C'était comment, de recevoir un enfant ? demande ma voisine dans la voiture.

— Surprenant.

— Qu'est-ce qui t'a surpris ?

— On pense à la mort. Quand on a eu un enfant, on sait qu'on mourra un jour.

— Drôle de gars », dit-elle.

Pourquoi dit-elle cela ? À moins que j'aie mal entendu. J'ai du mal à penser à plusieurs choses à la fois, c'est tout juste si j'arrive à mettre bout à bout le sens des mots étrangers et leur éventuelle signification. Ma voisine, elle, s'exprime sans effort, comme elle respire. Je n'ai pas le courage de lui demander ce qu'elle a voulu dire par *drôle.* C'est pourquoi je préfère lui dire :

« Drôle de fille, toi-même. »

Je ne savais pas ce qu'en pensait Anna, mais ça m'a surpris un peu que le bébé fût une fille. La sage-femme me montra comment m'y prendre pour tenir le bébé glissant, confectionner un cocon autour du corps minuscule qui avait une odeur un peu douce, comme celle du caramel à la vanille. Ma fille semblait montrer aussi de la compréhension pour ma maladresse de débutant. Tout à fait tranquille, elle me regardait de ses grands yeux éveillés, assombris de buée. À première vue, elle n'avait pas de cheveux, mais après qu'on lui eut essuyé le sommet de la tête, un duvet blond apparut.

« Ma fille avait un tout petit peu de cheveux quand elle est née », dis-je à ma compagne de route, tel un avocat qui reprend une vieille affaire lorsque de nouvelles preuves ont été apportées.

Si ce n'avait été l'odeur et le contact de ce corps tendre de bébé, j'aurais trouvé tout cela complètement irréel, comme si j'avais regardé un film. Je m'efforçai de manifester du soutien à la mère de mon enfant et lui tapotai l'épaule. Elle avait les yeux brûlants, comme si elle avait traversé une épreuve que je ne pourrais jamais comprendre. L'enfant – je m'essayais aux mots *ma fille* – était incroyablement menue et jolie, comme une poupée de porcelaine. La sage-femme qui avait emmailloté le bébé dans une serviette dit aussi qu'elle était belle, adressant ses paroles surtout à la mère, et puis elle me regarda d'un air étonné, comme si elle essayait de nous faire coïncider, l'enfant et moi. Anna tenait le bébé dans ses bras et c'était comme si elle pensait à autre chose, comme si elle avait fait son devoir et voulait aller se coucher. Puis elle se tourna vers moi et dit :

« Elle est exactement comme toi. » Et elle me tendit le paquet comme pour me confirmer que l'enfant ne venait pas de sa lignée, sa contribution personnelle ayant consisté surtout à élever ma fille aux bonnes vitamines et à passer par l'inexorable, c'est-à-dire mettre mon enfant au monde. Il était deux heures du matin et je me demandais quand il serait de mise de prendre congé, car je comprenais bien qu'Anna fût fatiguée. Le bébé me regardait fixement et j'avais envie de pouvoir le tenir encore un petit moment. J'avais envie de dire à sa mère qu'elle pouvait bien aller se reposer, qu'elle pouvait parfaitement s'endormir, que je resterais un petit moment seul avec l'enfant, enfin si elle n'y voyait pas d'inconvénient.

Pendant que je m'essayais à tenir le bébé, sa mère m'observait en douce. Elle avait une expression comme si elle avait envie soit de pleurer, soit de quitter les lieux et de me laisser seul avec l'enfant. À la fin, ce fut moi qui me mis à pleurer et pas la mère. Elle me regarda avec étonnement, la sage-femme et l'interne de service pareillement.

Quand on a un enfant, surtout quand c'est le premier, on peut être submergé par l'émotion, expliqua la sage-femme. C'est ainsi qu'elle formula la chose, l'émotion qui submergeait les gens.

« J'ai pleuré », dis-je sans hésitation dans la voiture. L'étudiante en art dramatique me regarde avec intérêt. Je m'octroie un plus, pour n'être pas tombé dans le piège de l'autosatisfaction face à la jeune fille.

Même si nous n'étions, au sens strict, que deux personnes étrangères l'une à l'autre ayant eu un enfant ensemble, la sage-femme recommanda instamment que je reste avec la mère et l'enfant pendant la nuit qu'elles devaient passer à la maternité. La chambre était prévue pour le père aussi, avec prise en compte de ses besoins, et comportait un canapé-lit. Le bébé dormait dans un berceau transparent à côté du lit de sa mère. Celle-ci ne protesta pas mais elle me regarda comme si elle essayait de me situer dans sa vie, comme si son corps se rappelait quelque chose qu'elle tentait de définir. Comme ma fille avait très peu de cheveux, on avait jugé bon de lui mettre un bonnet pour dormir, m'expliqua la sage-femme.

« Le refroidissement se fait surtout par la tête », me dit-elle. Il me sembla que ce fut presque en s'excusant qu'elle coiffa ma fille d'un bonnet rose. Avant de quitter son service, elle nous donna à chacun une brochure sur les allocations familiales et le congé de maternité.

Anna s'endormit dès qu'elle eut posé la tête sur l'oreiller, ce qui était bien compréhensible vu qu'elle avait mis au monde un enfant tout entier ; elle était épuisée et meurtrie. J'aurais voulu lui dire quelque chose de joli, mais elle était trop fatiguée pour écouter. Je pouvais imaginer que ça devait être drôle de se réveiller le vendredi matin pour aller à l'hôpital accoucher d'un enfant. J'aurais aussi voulu être gentil avec elle d'une façon ou d'une autre, mais je ne savais comment m'y prendre.

Cela me paraissait tenir du sacrilège, que moi, un homme adulte, j'aille me coucher dans un lit de la maternité. Je n'avais jamais dormi dans la même chambre qu'Anna, n'ayant passé avec elle que le temps suffisant pour concevoir un enfant. J'aurais trouvé cela grotesque de déambuler dans la maternité en caleçon, ou en pyjama bleu rayé – vêtement que la mère de mon enfant ne m'avait jamais vu porter. Ce n'était pas une chambre d'hôtel et nous n'étions pas des amants. Un homme adulte qui irait aux toilettes et oublierait de rabattre la lunette des W.-C. n'avait rien à faire dans l'univers moelleux des nourrissons et de leurs mères, dans leur nid duveteux.

Lorsque la sage-femme fut partie et qu'Anna se fut endormie pour la nuit, je tirai le berceau de plexiglas jusqu'au canapé et me penchai au-dessus pour regarder la toute petite. J'étais seul avec elle. Elle était éveillée et me regardait aussi. L'incarnation de ma négligence en matière de contraception me regardait en face.

« Le bébé était réveillé et me regardait », dis-je à mon accompagnatrice dans la voiture. Nous sommes enfin sortis de la forêt, des champs jaunes de tournesols lui succèdent, s'étendant à perte de vue, immenses corbeilles de fleurs jaunes. Il s'est mis à pleuvoir.

Je me penchai encore plus pour que ma fille puisse voir son père et distinguer les traits de son visage. C'était un bébé incroyablement beau – j'avais naturellement peu d'éléments de comparaison, même si j'avais aperçu quelques autres nouveau-nés dans le service. Ils ressemblaient plutôt à des petits vieux, d'un rouge violacé, ridés par les soucis et le fardeau d'une vie à peine entamée. Mon enfant – notre enfant – était différente. Je ne trouvais pas non plus qu'elle me ressemblât, ni à sa mère particulièrement ; elle était en quelque sorte à part, une autre version, non pas que je me sois fait des idées préconçues sur son aspect, j'avais bien au contraire pratiquement exclu ce genre de cogitations. J'examinai minutieusement le bébé, je le bus des yeux.

Puis je soulevai l'édredon et ma fille tendit les jambes, raidit les orteils ; je contemplai un pied incroyablement petit. Il y avait beaucoup de clarté autour de l'enfant ; je me demandai si ce pouvait être le reflet du tissu de la couette.

« Bienvenue », chuchotai-je en mettant mon petit doigt dans la paume du bébé. Je ne me déshabillai pas et passai toute la nuit à la regarder, en partie parce que je ne savais pas quand je la reverrais. La mère de mon enfant et moi n'étions pas un couple et je n'étais pas sûr non plus de la rencontrer très souvent, bien que je fusse évidemment invité à rendre visite à la petite fille que nous avions ensemble.

Anna était épuisée et elle dormit toute la nuit, bouche entrouverte, du sommeil du juste. Je m'assurai à plusieurs reprises que tout allait bien mais je ne voulais pas abuser de la situation pour l'observer davantage. J'arrangeai sa couette, l'étalai mieux sur elle, puis je lissai l'édredon minuscule de notre fille. J'avais ainsi tout bordé pour la nuit. Maman bordait de même mon édredon quand elle mettait de l'ordre pour la nuit. C'était la dernière chose dont je gardais le souvenir avant de m'endormir dans le noir : maman en train de lisser l'édredon dans l'obscurité, puis elle allait ranger la cuisine, fermer les fenêtres, éteindre la lumière et parachever la journée écoulée. C'est alors que je me rendis compte que je ne savais rien de la famille d'Anna, que je ne lui avais jamais posé de questions sur le grand-père et la grand-mère de la petite. Je ne pouvais tout de même pas aller vers le lit où elle dormait, pâle, les joues rosées et les lèvres humides, me pencher sur elle, lui presser légèrement l'épaule et lui demander :

« Qui sont tes parents, Anna ? »

L'étudiante en art dramatique est tantôt amusée et remuante sur son siège, tantôt grave et tendue dans l'attente de voir si je vais réussir à former de nouvelles phrases de cinq mots.

« C'était un nouveau-né qui me regardait », lui dis-je à nouveau.

Ensuite je me penchai tout à fait au-dessus du bébé et le soulevai doucement, léger comme une plume dans sa grenouillère en tissu éponge. Je me suis allongé doucement sur le canapé, l'enfant dans les bras. Je l'installai sur mon ventre de mon mieux en la couvrant de l'édredon. Ses jambes étaient repliées en position fœtale et je tirai doucement sur le talon d'un pied, puis sur l'autre, ma fille étira d'elle-même une jambe que je sentis au niveau de mon nombril. En dépit de mes efforts pour ne pas respirer trop fort, le bébé montait et descendait comme sur un matelas pneumatique trop gonflé. Je lui caressai légèrement le dos jusqu'à ce qu'elle s'endorme, prenant bien garde à ne pas m'endormir.

VINGT-SEPT

Le grand-père frais émoulu demanda s'il devait aller chercher Jósef à son foyer pour voir le bébé. Je lui dis ce qu'il en était, à savoir que mon amie et moi ne nous connaissions pas beaucoup et que je ne l'avais pas encore initiée aux affaires de la famille ; je n'avais pas mentionné mon frère qui fête son anniversaire le même jour que moi, je n'avais pas parlé de ce qui me liait à maman. Nous n'étions pas sur un plan d'intimité, en dépit du fait que nous avions eu une relation intime une seule et unique fois.

« Nous ne formons pas un couple, papa, dis-je.

— Tu ne vas pas te dérober à tes responsabilités, mon petit Lobbi ? Ta mère ne l'aurait pas apprécié. » Il jugea bon d'évoquer sa propre expérience, lorsque naquirent ses fils uniques.

« Les médecins n'ont pas su tout de suite ce que Jósef avait et ils l'ont mis en couveuse parce qu'il était faible. Comme tu étais son frère jumeau, on t'a mis en couveuse avec lui les premières vingt-quatre heures. Lorsque je me suis penché sur vous, j'ai vu que tu tenais ton frère par la main ; tu n'avais que vingt-quatre heures et tu t'étais déjà mis à veiller sur lui. » Il ne dit pas qu'il nous a vus la main dans la main, mais que je veillais sur mon petit frère, de deux heures mon cadet, qui avait quelque chose. Il faisait appel à des souvenirs colorés par le vécu.

« C'est toi qui lui tenais la main. Ton frère a dormi presque tout le temps, la première année. Toi, tu veillais et regardais le monde. »

C'est ainsi qu'il nous présente, les deux frères, par opposition.

« Tu avais commencé à marcher à dix mois, alors que Jósef dormait toujours.

— Ta mère était beaucoup avec toi. Moi, j'étais plus avec ton frère. Nous nous partagions la tâche. Ta maman et toi, vous parliez beaucoup ensemble tandis que Jósef et moi, nous nous taisions ensemble. Ça marchait très bien comme ça. »

Et puis l'électricien a voulu aller acheter un landau et une combinaison pour sa petite-fille, ainsi que des collants et diverses choses dont un bébé a besoin. C'est maman qui eut, une fois de plus, le dernier mot. « Ta mère n'aurait pas voulu entendre parler d'autre chose. »

Il insista beaucoup pour que j'achète tout de préférence en trois exemplaires : trois combinaisons en tissu éponge boutonnées sur l'épaule, trois paires de collants, trois pyjamas avec différents motifs : éléphants, girafes et nounours. Il voulait aussi que j'achète un landau et une combinaison imperméable. Puis il sortit son portefeuille. « Ta mère n'aurait pas voulu entendre parler d'autre chose. »

« Elle est exactement comme toi à son âge », dit papa quand il vit sa petite-fille pour la première fois. Je croyais qu'il n'y avait que les grand-mères pour dire des choses pareilles.

« Quand j'avais vingt-quatre heures ? Tu te rappelles

de quoi j'avais l'air à l'âge d'un jour et une nuit ? dis-je au nouveau grand-père.

— Elle est tout le portrait de ta défunte mère », affirme-t-il. Comme si maman et moi ne faisions qu'un.

Il espérait que la petite fille serait baptisée du nom de ma mère ; je le vis à son expression quand il examina l'enfant : il cherchait maman.

« Ce n'est pas à moi de décider du nom, papa, dis-je. Ce serait différent si nous vivions ensemble. De plus, la mère de mon enfant s'appelle Anna, comme maman. Cela reviendrait pour elle à baptiser la petite de son propre prénom. » Il ne comprend pas ce point de vue.

« Elle s'appelle Flóra Sól, ma fille, dis-je à l'étudiante en art dramatique.

— C'est mignon », dit-elle. Puis nous restons silencieux. Il ne reste plus beaucoup de route à faire.

VINGT-HUIT

Le paysage change, au-devant de nous apparaissent des collines arrondies, dans le lointain on voit des montagnes. Les champs de tournesols sont derrière nous et nous venons d'entrer à nouveau dans une forêt touffue. La route est mouillée, je me concentre sur la conduite. Nous restons tous deux silencieux. Devant nous clignotent des feux bleus, je rétrograde en première en approchant des cônes en plastique fluorescent alignés au milieu de la voie. Un agent de police en gilet phosphorescent trempé se dresse devant la voiture ; il me fait signe d'obliquer vers le bas-côté, sur les gravillons, pour longer un véhicule auquel manque tout le train avant, comme s'il avait été proprement coupé en deux. Il y a une flaque d'huile sur la route. Je dépasse le lieu de l'accident à toute petite vitesse ; la partie avant de la voiture a disparu comme si la forêt l'avait avalée. Un autre policier portant gilet luminescent se tient au bord de la route. Je le vois ramasser une jambe sur la route ; c'est une jambe d'homme, portant chaussette noire et chaussure. L'agent de police tient d'une main la jambe tout contre ma voiture et de l'autre me fait signe d'avancer. Au moment de dépasser la demi-voiture, je découvre dans le prolongement de mon regard des moitiés de corps encore assis bien droits, ce sont un homme et une femme âgés, bien habillés, sur leur trente et un, en fait. Ils sont assis là, le dos droit, côte à côte comme un couple de gens qui sont restés assis ensemble, silencieux, pendant des décennies à la table du dîner. Il n'y a pas de sang, les visages blêmes sont intacts, semblables à ceux des mannequins du musée Grévin. Ce qui me frappe le plus, c'est que je n'éprouve aucun sentiment d'horreur, alors que je suis loin d'être insensible. Au lieu de cela, super calme, je m'identifie à la vie du couple sur la route, comme si j'avais un grave problème à résoudre, mais peu importe la façon dont j'aborde l'énigme, je ne me vois pas rester assis à côté de la même femme pendant des dizaines d'années, pas plus en voiture qu'à la table du dîner.

Et s'il m'arrivait, à moi aussi, de croiser mon destin sur la route ; disons que je rentrerais dans un arbre et bousillerais la voiture ; le pare-brise se briserait sur l'actrice et moi et nous péririons ensemble, côte à côte. À quoi penserait Anna, la mère de mon enfant, quand elle apprendrait la nouvelle ? On retrouverait peut-être un petit quelque chose dans la forêt, la scène finale, détrempée, d'*Une maison de poupée* ; les secouristes oublient toujours quelque chose. Ou bien, ce qui serait tout aussi vraisemblable, quelqu'un mettrait les feuillets dans mon sac en plastique et papa recevrait ces papiers mystérieux qu'il ne comprendrait pas.

Je regarde la jeune fille. Elle est assise, les mains sur les genoux, les yeux baissés, remplis de larmes.

« Allons, allons », dis-je en lui touchant l'épaule. « Allons », dis-je encore en lui caressant la joue.

Maintenant que nous avons été ensemble témoins d'un accident mortel, on peut dire que nous avons derrière nous une expérience commune de la vie. J'ai partagé en outre avec elle mon expérience de la naissance d'un enfant. Au total, notre vécu au cours des six dernières heures, côte à côte dans la voiture, couvre les deux événements les plus importants de la trajectoire de l'homme : la naissance et la mort, le début et la fin. Si elle me demandait sans détour, dans la dernière centaine de kilomètres du voyage, si je voulais coucher avec elle, je ne dirais pas non.

Quand je bifurque à nouveau sur la route nationale, je dépasse un camion en stationnement qui s'est trompé de lieu et d'heure en prenant la voie de la forêt – peut-être le chauffeur cherchait-il sur sa radio une station diffusant de la musique classique légère. Dans le rétroviseur, je vois encore l'éclat bleu des gyrophares des voitures de police sous la pluie.

Peu après, je suis obligé de m'arrêter encore une fois au bord de la route, dans une clairière de la forêt, cette fois pour rendre le sandwich à la charcuterie que j'avais avalé plus tôt dans la journée. Je ne me sens pas bien et si l'on ne venait pas de m'opérer, je dirais qu'il s'agit d'une nouvelle crise d'appendicite.

J'arrête le moteur et nous sortons tous deux de la voiture. Je suis en chemise blanche, j'ai froid. On entend des sauterelles, toutes sortes de bestioles, l'odeur de la végétation est décuplée par la bruine.

« Allez, dit-elle, c'est fini. »

Il me paraît décent de m'éloigner d'une dizaine de mètres de la voiture pour régurgiter le sandwich. C'est à peu près à cette distance qu'on poussait les membres de la Résistance hors du camion avant de les exécuter.

« Allez », dit-elle de nouveau en passant la main le long de ma manche de chemise quand j'ai fini de vomir. Puis elle me prend par la main et m'entraîne dans la forêt.

« On va prendre un peu l'air, le temps que tu te remettes », dit-elle.

C'est son territoire familier ; elle est peut-être venue ici abattre un cerf avec son père, le propriétaire du restaurant. J'ai des frissons parce que je suis légèrement vêtu, comme un homme qui sortirait d'un concert dans sa belle chemise de gala pour aller dans la forêt. Nous nous frayons un passage à travers les taillis en abaissant des branches pleines de sève poisseuse pour nous asseoir enfin sur le tronc d'un chêne qui doit avoir mille ans. Si l'on soulève un peu l'écorce, ça grouille de vie là-dessous, il y a là toute une société de fourmis laborieuses.

« Est-ce que tu as toujours porté ce nom ? demande-t-elle.

— Qu'est-ce que tu veux dire, vous changez de nom en vieillissant, vous ? »

Elle rit. Je ris aussi avec elle.

Je ramasse trois pommes de pin et les mets dans ma poche, puis j'enlève une feuille vert clair à veines apparentes de l'épaule de la comédienne, ainsi que quelques brins d'herbe, avant de me rasseoir avec elle dans la voiture.

VINGT-NEUF

Lorsque j'arrive à destination avec la jeune fille, elle pose la main sur mon épaule et me guide pour pénétrer dans la ville que j'avais eu l'intention de contourner. Elle me dit qu'outre l'école d'art dramatique, il y a ici une école de clowns et le siège d'une célèbre école du cirque et aussi que l'on y fabrique un fromage bleu fameux. Je tourne cinq fois à droite avant d'arriver à la maison où elle habite, à deux pas du centre historique de la ville.

« Là, dit-elle en commençant à s'agiter. On est arrivés. »

Il y a de la bruine et j'ai l'impression, de curieuse façon, d'être en train de congédier une fiancée, bien que je n'aie assurément aucune expérience de première main en la matière. Elle se déplace un peu sur le siège, sa main toujours posée sur mon épaule.

« Tu es pressé ? demande-t-elle. Est-ce que tu dois arriver à destination à une date précise ?

— Non, pas vraiment, mais j'ai encore beaucoup de route à faire », dis-je pour rendre ma réponse plus convaincante. Je suis sur mes gardes face à tout incident inattendu, tel qu'une demande de faveur ; les femmes ont souvent quelque dessein et en ont déjà partiellement organisé l'exécution avant que l'on ait pu s'en rendre compte.

« Non, j'allais seulement te proposer de loger ici, dit-elle. Je loue avec deux filles qui sont avec moi à l'école, mais il y a bien assez de place pour toi aussi. »

Je cogite pour savoir s'il peut y avoir un risque caché à accepter l'invitation, voire si cela ne pourrait pas affecter mes plans d'avenir. Ceux qui arrivent à entrer un court instant dans la vie des autres peuvent avoir plus d'importance que ceux qui y sont installés depuis des années ; j'ai déjà fait l'expérience de ce que le hasard peut être sournois et lourd de conséquences.

« Sérieusement », dit-elle en arrangeant ses cheveux et glissant une mèche sous le serre-tête. Il commence à faire sombre de toute façon, avec le soir qui tombe.

« Oui, merci », dis-je en décidant de partager l'appartement des trois comédiennes. Je serai en tout cas parti avant qu'elles se réveillent.

« Il n'y a qu'une chose, dit-elle. Mes colocataires sont végétariennes, j'espère que c'est OK pour toi. Pour ce qui est du dîner, ce sera sans doute des lasagnes aux épinards ce soir. »

Au moment de sortir de la voiture, elle dit soudain :

« Comment elle s'appelait déjà, la plante qui était comme un matelas de gymnastique ? »

TRENTE

Je prends bien soin de ne pas réveiller les comédiennes en me levant. Elles n'ont pas de cours à l'école avant l'après-midi. Avant de partir, je plie le drap et la couverture que je laisse sur le matelas par terre, au pied de l'affiche d'une diva de cinéma en robe noire ajustée, les yeux en amande mi-clos, les cils en ailes de papillon et la chevelure noire épandue. Puis j'écris quelques lignes destinées aux trois locataires pour les remercier de l'agréable soirée et des lasagnes aux épinards et je glisse le billet entre les verres sales sur la table de la cuisine. On peut dire que depuis le début du voyage, j'ai profité de la compagnie des diverses personnes que le hasard a placées sur ma route au cœur de la forêt mouillée. Il fait à peine jour lorsque j'ouvre le coffre de la voiture pour en sortir l'une des deux roses étrangères, qui porte trois boutons rosés, et je rentre la disposer au milieu de la table de la cuisine près de ma lettre d'adieu. Le désordre dans la vie de ces comédiennes est impressionnant ; une chatte ne retrouverait pas ses petits parmi les piles d'assiettes et de récipients sales. Tout bien considéré, je mets les assiettes et les verres dans l'évier, essuie la table et range un peu pour mettre la rose en valeur.

Bien que je repense de temps en temps à la star de cinéma tandis que l'Opel se traîne jusqu'au sommet de la route de montagne avant de redescendre dans la plaine, j'apprécie de me retrouver seul, car la présence physique d'une fille peut tout chambouler. Je ne pense peut-être pas continuellement au sexe, je m'évertue, quand je suis seul, à essayer d'appréhender le lien qui existe entre mon corps et moi-même et entre mon propre corps et celui des autres. La prochaine fois que je m'arrête pour me pencher sur la carte, je sors les boutures du coffre pour les installer sur le plancher de la voiture, à côté de moi. Elles ont survécu au voyage en avion, au séjour à l'hôpital dans des flacons en plastique aseptisés, aux conditions de transport rudimentaires dans le coffre et sur le siège arrière de la voiture, sur une distance dépassant bientôt les deux mille kilomètres.

Comme papa s'inquiète toujours pour moi, je lui téléphone d'une cabine à une station-service, après avoir passé la frontière. Une fois qu'il m'a demandé quel temps il fait et quel est l'état des routes, il me dit que sept dépressions se sont succédé sur le pays en sept jours. Puis il me dit que la soupe au flétan a été une réussite et qu'il envisage maintenant de faire du boudin.

« Comme faisait ta mère.

— La saison du boudin n'est pas avant six mois.

— Je voulais simplement t'en parler à l'avance. Je trouve qu'il y a lieu de maintenir à l'honneur les habitudes de ta mère. Ne serait-ce que pour Jósef. »

Je ne me souviens pas que Jósef ait jamais participé à la confection du boudin. En revanche, maman me laissait coudre les boyaux dès l'âge de neuf ans.

« C'est curieux, cette manie de tout renouveler, dit-il ensuite.

— Hein ?

— Thórarinn, le fils de Bogga, a déjà tout changé plusieurs fois dans leur appartement. Dès qu'une chose a deux ans, il faut la remplacer. Cette manie de renouvellement est loin d'être normale. Tout doit être impeccable. On dirait que l'homme pense échapper à la mort s'il passe sa vie à renouveler les conduites et les installations », dit l'électricien qui a toujours les placards de cuisine bleu clair qu'il avait fabriqués lorsque maman et lui avaient emménagé dans la maison.

« Tu n'es pas en panne d'argent, mon petit Lobbi ?

— Non, non, je n'ai besoin de rien.

— Et tu n'es pas trop esseulé dans ce voyage ?

— Non, non.

— Et les gens, ils sont serviables ?

— Oui, oui, ils sont serviables. »

Et c'est la vérité. Les gens sont incroyablement serviables. J'ai tendance à croire que l'homme est, par nature et en gros, bon et honnête si les circonstances le permettent et que les gens s'efforcent généralement de faire de leur mieux. Si la personne à qui je demande mon chemin n'a jamais entendu parler de l'endroit que j'ai nommé et ne connaît pas la route, elle n'en cherche pas moins à me guider. Dans le pire des cas, cela peut signifier quelques heures de détours dans les montagnes, parce que les gens n'ont pas voulu manquer de courtoisie. L'Opel et moi avons certes traversé trois frontières sans encombres depuis que j'ai laissé la jeune fille. J'ai mangé quand j'avais faim diverses sortes de pâtés et du chocolat et dormi trois nuits entre des draps propres dans trois pays différents. Comme je suis tout seul, je dois m'arrêter souvent pour regarder la carte. L'ennui est qu'elle ne donne aucune indication sur l'altitude des routes, mais seulement les distances et il ne faut pas avoir le vertige pour parcourir les cinquante derniers kilomètres d'une route de montagne sinueuse. Les virages sont en épingle à cheveux et je rends grâce à Dieu pour le brouillard qui empêche de voir le fond de la vallée. Ce n'est qu'en arrivant à destination que je m'aperçois qu'il y avait aussi une route dans la vallée. Il n'y a pas beaucoup de trafic ; sur les derniers kilomètres menant au village, je ne croise qu'une seule voiture, blanche.

TRENTE ET UN

Le village est construit sur une éminence rocheuse et j'aperçois tout de suite le monastère, au sommet du rocher. Cela paraît invraisemblable que l'on puisse trouver là-haut un jardin qui figure dans tous les manuels consacrés à la culture des roses depuis le Moyen Âge.

Une écharpe de brume jaune scinde le bâtiment en deux ; je ne peux que conjecturer qu'il s'est détaché de son socle terrestre. Les rues sont si étroites qu'on aperçoit tout juste des bandes de ciel en haut, elles sont quasiment à la verticale, ce qui fait que je ne me hasarde pas plus avant en voiture. J'extrais mon sac à dos et le carton de rosiers pour me mettre en route, à l'assaut de l'escarpement. Ça tombe bien que mes bagages soient légers. La variété des couleurs des maisons est extraordinaire ; il ne me faut que quelques mètres pour découvrir que c'est ici la terre d'élection des couleurs de mon frère Jósef : la chemise rose, la cravate vert menthe, le pull violet, le brun noisette du gilet à losanges s'offrent tour à tour à mes yeux sur autant de façades. Hortensias et dahlias dans leurs pots d'argile décorés jalonnent la route vers le sommet. Tout en haut se trouve la seule rue qui ne soit pas en pente. C'est là que trône l'église en pierre, dans l'orifice de lumière bleue du bout de la rue et, à côté, se dresse la pension du monastère où je dois me présenter.

On a vite fait de s'orienter et de localiser le tout car il semble que la bourgade ne renferme qu'un exemplaire de chaque élément : une pension, un restaurant, un coiffeur, une poste, une boulangerie, un boucher et un mendiant. Les exceptions sont les églises qui surgissent à chaque coin de rue, parfois par deux ou même par trois. Nulle part je n'ai vu autant d'églises sur une aussi petite surface. Tout a mille ans, sauf les gens. Je porte le carton de plantes entre les bras et je remarque que les habitants me jettent des coups d'œil. Au bout de vingt minutes de marche, je suis arrivé tout en haut du village et ne serais pas étonné d'avoir vu la moitié des habitants. Je sens l'odeur de sauces qui mijotent. Beaucoup de gens sont en train de terminer leurs emplettes, certains les bras chargés de grosses bottes de poireaux et de céleri. Des mots incompréhensibles me tombent dessus, mais j'ai un livre dans le sac à dos pour apprendre à me débrouiller dans un patois quasiment en voie de disparition. Je recense rapidement les quelques femmes qui se trouvent sur ma route. Elles sont de tous âges. Avant que je m'en rende compte, un calcul de probabilité aligne ses chiffres devant moi sur la façade mauve de la pension. Si l'on part de la règle selon laquelle l'humanité est répartie entre deux sexes, on peut présumer que sur les sept cents habitants, trois cent cinquante sont des femmes, dont une trentaine vraisemblablement de mon âge, à cinq années près.

L'abbé du monastère, frère Thomas, m'accueille à la porte, vêtu d'un pull en laine grise à torsades et à encolure en V. Il dit qu'il s'attendait à mon arrivée, qu'on a nettoyé la chambre qui m'est destinée et que le lit est fait. Je porte le pull bleu que maman m'a tricoté. Il a des torsades identiques – je pourrais le mentionner – mais je pense que ce serait hors de propos à ce premier stade de notre rencontre. Au lieu de quoi, il me demande en quelle langue je préfère parler et m'en offre un choix, ce qui me déconcerte un peu.

« Avant, je faisais de la linguistique, dit-il, les langues, c'est mon dada. » Je m'enhardis à lui demander combien il en parle. Il déclare en parler bien dix-neuf et passablement quinze, outre qu'il en comprend plusieurs autres encore un tout petit peu.

« Du fait de leur parenté, dit-il. Quand on a dépassé les onze, ce n'est pas compliqué d'en ajouter une de plus. » En revanche, ils n'ont pas beaucoup de visiteurs en cette saison et ma lettre et l'intérêt que je porte au jardin l'ont surpris.

« Les visiteurs viennent plutôt pour regarder les manuscrits, dit-il en allant chercher une bouteille contenant un liquide jaune dans une armoire vitrée de l'entrée, pour en verser dans deux verres. Nous n'avons que deux chambres chauffées, tu auras l'une d'elles et moi, l'autre. Tu pourras manger au monastère lorsque tu travailleras au jardin – il y a de la soupe à midi – et au restaurant ici à côté, le soir. Nous y avons un compte. Si tu commences lundi, ce sera de la soupe au céleri là-haut. Je suppose que tu souhaites visiter le bourg demain. Il y a ici une belle église en pierre avec des tableaux anciens et un beau vitrail dans le chœur. »

Il me tend l'un des verres. J'ai des frissons après le voyage.

« Bienvenue. Comme je disais, ton intérêt pour le jardin nous a surpris. Est-il possible de cultiver quelque chose là où tu es né ? Les roses ne doivent guère pousser dans les cailloux ? Comme je l'ai mentionné dans ma lettre, le jardin a connu des jours meilleurs. Mais si tu penses qu'on peut s'y attaquer et renouveler en partie la roseraie, comme tu l'as suggéré, alors nous n'avons rien contre. »

Frère Thomas examine le carton contenant les plantes, que j'ai déposé avec précaution.

« Frère Matthias a été tout seul à travailler au jardin, tu pourrais le remplacer. Il en a marre des plates-bandes et m'a fait part de son désir de travailler aux archives, comme les autres. Il y a là une quantité de manuscrits qu'il faut enregistrer. » Frère Thomas me tend la clef de la chambre huit et me précède en montant l'escalier.

« Je suis moi-même dans la chambre voisine, au numéro sept. Tu es le bienvenu pour venir prendre encore un petit verre de vodka au citron quand tu te seras installé. »

TRENTE-DEUX

Je suis très content de la chambre ; les murs sont mauves, il y a un lit, une table, une chaise, un lavabo et une armoire avec quatre cintres auxquels j'ai vite fait de suspendre mes deux pulls et mes deux pantalons. Je mets T-shirts, caleçons et chaussettes sur l'étagère et j'ai fini le rangement de mes bagages, comme pour une installation durable. Après avoir disposé mes plantes sur l'appui de la fenêtre, je sors frapper à la porte de la chambre numéro sept. Le spectacle qui s'offre à moi, lorsque frère Thomas ouvre la porte, me remplit de surprise, c'est le moins qu'on puisse dire. Tous les murs sont littéralement couverts jusqu'au plafond de rayonnages remplis de cassettes vidéo. Au milieu du plancher trône une vieille télé et deux chaises lui font face. Il y a aussi un bureau, sur lequel se dressent deux tours de cassettes bien alignées, un gros livre qui pourrait être la Bible, outre quelques autres bouquins et un porte-stylos.

Il remarque que je contemple les cassettes vidéo.

« Oui, tu as deviné juste, je suis amateur de films, bien que je n'aille jamais au cinéma. Des gens que je connais, dans le monde entier, connaissent ma faiblesse et m'envoient depuis des années des films de qualité – j'en ai plus de deux mille à l'heure qu'il est. » Il y a là des films des quatre coins du monde, en diverses langues – à vrai dire de tout, sauf des films de Hollywood. « Les héros de guerre et les imbécillités affectées m'ennuient », dit frère Thomas, avançant une chaise vers moi pour m'inviter à m'asseoir.

Puis il s'excuse, disant pouvoir se débrouiller pour

comprendre un texte simple dans ma langue maternelle, mais il lui manque de la pratique pour la parler correctement. Il n'a vraisemblablement vu qu'un seul film de mon pays natal.

« Mais il était beau, dit-il. Très insolite. De l'herbe très verte. Un grand ciel. Une belle mort. »

Il apparaît que frère Thomas regarde les films en version originale, sans sous-titres.

« C'est un excellent exercice, dit-il. Et puis j'ai mes livres au monastère ; j'y ai aussi une chambre. Ici, j'ai le loisir de regarder mes films. Certains ont un chat, moi, je regarde des films. »

Frère Thomas se lève, me donne une petite tape sur l'épaule et va chercher la bouteille de vodka au citron pour remplir les verres.

« Tu peux venir quand tu veux, si tu as envie de voir un film. J'en visionne d'habitude un par soirée ; cette semaine, j'ai au programme quelques metteurs en scène oubliés. » Il saisit une cassette sur la table et la brandit :

« Ce qui est spécial chez ce réalisateur, c'est qu'il aime vraiment beaucoup son peuple malchanceux. »

TRENTE-TROIS

Le restaurant où j'ai un compte pour le repas du soir est à côté de la pension – ici tout est à côté de quelque chose. La femme sait qui je suis car frère Thomas l'a prévenue de mon arrivée. Il s'agit en fait d'une petite pièce unique avec quatre tables recouvertes de nappes. L'odeur est assez particulière, douce et âcre à la fois, comme émanant de coquillages et d'eau de rose. La femme m'accueille depuis la cuisine, enrobée d'un nuage de grande friture et tenant une écumoire dégoulinante de graisse, dont elle se sert pour m'indiquer ma place à une petite table dans le coin. En jetant un coup d'œil dans la cuisine, je la vois debout devant la cuisinière, laissant glisser lentement le poisson dans l'huile bouillante. Elle repêche peu après les produits de la mer, des anneaux d'encornet croustillants et dorés qu'elle empile sur mon assiette ; elle hache un citron à l'arme blanche bien affûtée et le jette avec désinvolture sur l'assiette qu'elle me tend. La femme sent l'eau de rose à travers la friture. Après quoi elle dépose sur ma table un bol de flan à la vanille qu'elle nappe d'un sirop chaud versé d'un cruchon.

Après avoir mangé, je peux partir en reconnaissance dans le bourg. Le jour commence à s'assombrir, mais je parcours néanmoins deux fois la rue principale dans les deux sens et ne tarde pas à croiser les mêmes personnes. Il y a une rumeur dans la rue, on pourrait croire que tous les habitants valides vont et viennent après le dîner, montant et descendant inlassablement la rue principale. La langue m'est totalement étrangère, je ne comprends absolument rien, comme si les mots naviguaient juste au-dessus de mon cuir chevelu.

Ma perception des passants en tant que corps me dérange et si je n'y mets pas bon ordre, elle pourrait m'empêcher d'avoir des relations normales avec les gens et d'apprendre leur idiome comme j'en ai l'intention. Je prends toutefois bien soin de ne heurter personne, car je ne saurais demander pardon dans cette nouvelle langue. Maman était d'ailleurs comme ça, tout axée sur le contact physique, elle me tenait toujours quelque part quand nous nous parlions. J'avais du mal à rester tranquille quand j'étais enfant, j'avais la bougeotte.

« Tu ne tiens pas en place, du vrai vif-argent », aurait-elle dit.

Je ne crois pas exagérer en estimant que lors de mes quatre allers-retours le long de la rue principale, j'ai établi un contact oculaire avec huit femmes, dont peut-être une ou deux avec qui je pourrais envisager de coucher si l'occasion s'en présentait. Encore que mes pensées tiennent plutôt de l'éclair avorté, comme des pétards mouillés qui n'arrivent pas à éclater.

Sur la place devant l'église en pierre, à deux pas de la pension, il y a une cabine téléphonique. Il me vient à l'idée de vérifier si elle fonctionne et de donner un coup de fil à papa pour lui dire que je suis sain et sauf.

C'est difficile de parler à papa. J'ai à peine eu le temps de dire bonjour qu'il s'inquiète déjà du coût de la communication et commence à me dire au revoir.

« Est-ce que tout va bien, mon petit Lobbi ?

— Oui, oui, tout baigne, je voulais seulement te dire que je suis arrivé à destination. »

Il en vient au fait.

« La ville ne te plaît pas ?

— Si, si, elle est bien, un peu isolée, mais j'ai trouvé une chambre.

— C'est une chambre sûre, mon petit Lobbi ? »

Je me demande l'espace d'un instant ce que papa veut dire par une « chambre sûre », si c'est dans une maison bien construite, avec un verrou de sûreté ou quelque chose comme ça ? Ou bien s'il faut s'attendre à un tremblement de terre ? Il formule lui-même la question différemment :

« Est-ce qu'on peut compter sur le propriétaire ? Il n'est pas du genre à filouter un jeune étranger qui a gagné les sous de son voyage sur les vagues de l'océan ?

— Non, non, tout va bien. Je loge dans une pension qui appartient au monastère et j'y ai le gîte et le couvert. L'abbé loge dans la chambre à côté.

— Est-ce que c'est un homme sûr ?

— Oui, papa. Il s'intéresse beaucoup au cinéma et parle toutes les langues du monde.

— Donc, tu n'as pas le mal du pays ?

— Non, pas du tout. Mais ça ne fait que trois heures que je suis arrivé.

— Tu n'es pas sans le sou ?

— Non, non, j'ai tout ce qu'il faut.

— Tu peux toujours taper dans l'héritage de ta mère.

— Oui, je sais.

— J'ai rendu une petite visite, l'autre jour, à la maman et au bébé.

— Ah bon ?

— Tu n'as rien contre le fait que j'aille dire bonjour à ma petite-fille ?

— Non, non. »

C'est vrai que ça m'embête un peu, mais je ne peux pas dire que je sois contre.

« Elle est belle, la petite, c'est le portrait craché de ta défunte mère. Le même jour de naissance. »

Il ne mentionne pas le jour de la mort.

« Les cheveux blonds, ça remonte loin dans la famille. Ta mère me disait que ton arrière-grand-père avait été très blond, avec des boucles dorées. Il les avait gardées longtemps, les boucles. Ça lui donnait un air enfantin, avec ses traits délicats, jusqu'en plein âge mûr. Du coup, les femmes ne se sont pas intéressées à lui avant qu'il ait atteint un âge avancé.

— Ma fille s'inscrit donc dans la lignée paternelle ?

— Oui, c'est ce que je suis en train de te dire. »

Une fois dans mon lit, entre les draps propres, avec un livre sur la langue que l'on parle autour de moi, je me sens terriblement seul. À vrai dire, je ne comprends pas ce qui m'a pris de venir ici, dans ce trou perdu. J'arrange l'oreiller et m'allonge de manière à pouvoir regarder par la fenêtre dans la nuit noire. Si je ne m'abuse, c'est la pleine lune. J'inspecte mieux le firmament ; il n'y a pas à s'y tromper, la lune est d'une grosseur inquiétante et elle est beaucoup trop proche ; quant à mes étoiles natales, elles ont disparu de la carte, elles ne luisent nulle part ; on voit à leur place des astres hostiles, une configuration stellaire inconnue, un schéma nouveau, indéchiffrable, inscrit sur la noire voûte céleste.

Il me semble alors entendre distinctement un bruit étrange tout contre la tête du lit, un bruit de moteur comme dans un bateau, des voix de gens qui en ont lourd sur le cœur, un silence et puis de nouveau des gens qui parlent à toute vitesse et ne sont pas d'accord ; une belle musique vient par la suite. Je m'assieds pour essayer de localiser le son et suis à peu près sûr qu'il vient de la chambre voisine. Je prête l'oreille sans pouvoir distinguer la langue ; il me semble que ce pourrait être du chinois. Il est clair en tout cas que frère Thomas est en train de regarder un film d'art et d'essai dans sa chambre.

TRENTE-QUATRE

Je me suis sans doute endormi trop tôt car il n'est que six heures et me voilà tout éveillé. L'appel à la première messe du matin retentit ; je vois la cloche séculaire résonner pour ainsi dire à ma fenêtre. La pension qui semblait être bien tranquille s'avère être à bout portant de l'église abbatiale elle-même. J'enfile jean et pull ; puisque je suis réveillé de toute façon, autant en profiter pour sortir. Je mets la capuche de mon pull et sors dans l'aube violette. Pas un chat dans la rue ; le café est encore fermé. Un curieux brouillard rouge bleuté repose sur la bourgade. Je me dirige au son vers l'édifice contigu à la pension. La porte de l'église ressemble aux autres entrées des maisons de la rue et il n'y a aucun moyen de deviner, d'après la façade, ce qu'il y a derrière. Quand j'y repense, un mendiant était sans doute accroupi là dans le noir, hier soir. Lui ai-je donné un sou, ou pas ? Ai-je dépensé ma monnaie dans la cabine pour téléphoner à papa, ou bien l'ai-je donnée au mendiant ? Voilà qui me semble maintenant de la plus haute importance. Je regarde alentour, mais il n'y a pas âme qui vive. Je me faufile par une porte à laquelle succède un dédale de couloirs qui me mène à une autre porte. Je l'ouvre et me trouve brusquement arrivé par un côté dans la grande église de pierre où m'accueille l'odeur froide et humide de la roche et devant moi s'étend un gigantesque espace, toute une voûte de lumière colorée. J'en ai le souffle coupé et enlève ma capuche. C'est comme se faufiler par l'étroit orifice d'une caverne et voir s'ouvrir un palais de stalactites et de cristal de roche. Je passe de la pénombre matinale de la rue directement au lever du jour dans l'église, où commence une messe ; le soleil se fraie un passage dans le chœur qu'il illumine de tous ses ors. Frère Thomas m'aperçoit. Il est là avec onze moines en frocs blancs. Haut au-dessus de l'autel est suspendu un Christ de douleur sur une croix sombre ; tous les murs sont couverts de peintures multicolores. Je fais le tour pour voir l'ensemble et bien que je ne puisse identifier tout ce que les images représentent, je reconnais quelques saints. Je m'arrête un instant devant saint Joseph et me déplace ensuite vers un tableau représentant Marie en majesté avec l'enfant Jésus. Ce qui retient mon attention, c'est que l'enfant a les cheveux dorés, avec trois boucles claires sur le front, comme ma petite fille au sortir du bain, lorsque je suis allé lui dire au revoir ainsi qu'à sa mère. En regardant le tableau de plus près, je ne puis que constater divers autres éléments de ressemblance entre ma fille et le divin enfant : la forme du visage, les grands yeux brillants, la même bouche en fleur, le nez, le menton et les fossettes, tout concorde où que s'attarde le regard. Le tableau a l'air d'être ancien, il est fendillé et on a dû restaurer récemment l'une des manches de la robe de Marie – la couleur bleue n'est pas la même au-dessous du coude.

Lorsque je ressors de l'église, on a installé deux tables à la terrasse du café du village. Je m'assieds à l'une d'elles et le patron m'apporte une brioche avec de la crème jaune à la vanille ; il me dit que c'est une tradition culinaire du coin.

J'avais passé le bourg au peigne fin en une demi-heure la veille et je suis bien en peine de savoir ce que je pourrais faire aujourd'hui. Il n'y a naturellement rien à faire au village le dimanche ; les gens restent chez eux, mangent et font la sieste après le repas. De sorte qu'il me vient l'idée de téléphoner à papa encore une fois pour voir ce qu'il raconte ; il a l'habitude de se réveiller au point du jour et il aura déjà, à l'heure qu'il est, graissé les gonds qui crissent et recollé les carreaux détachés. Il sera peut-être étonné que je lui téléphone deux jours de suite mais il ne percevra pourtant pas dans mes propos le moindre doute sur le lieu ni sur mon sort, sinon il aurait beau jeu de m'exhorter à revenir au bercail pour entreprendre des études. Après qu'il m'a demandé quel temps il fait et que je lui ai dit que c'était comme hier, à ceci près qu'au lieu du brouillard jaune, il y a eu une écharpe de brume bleu-rouge ce matin, il me dit que la clarté augmente au pays natal.

« Aujourd'hui, la durée du jour s'est allongée de deux minutes. »

Je suis brusquement fatigué de papa. Avant que le printemps n'arrive, cent vingt dépressions prononcées se seront abattues sur le pays et papa me fera un rapport sur chacune d'elles.

« Oui, et puis les jours s'assombriront à nouveau, cher papa.

— Si l'on vit jusque-là.

— Oui, si tu vis jusque-là.

— Ta mère n'aurait pas dû partir avant moi – un être jeune, de seize ans ma cadette, à cinquante-neuf ans à peine, ce n'est pas de l'âge, ça.

— Non, elle n'aurait pas dû partir avant toi. »

Nous nous taisons tous les deux, tandis que je fouille ma poche pour ajouter une pièce dans la fente. Puis il me dit qu'il est invité à manger de l'échine de porc fumé chez Bogga ce soir.

« Ah bon, et comment va-t-elle ?

— Bien. Je n'ai pourtant jamais été grand amateur d'échine de porc, ni autres pieds de cochon.

— Es-tu devenu juif ou musulman ?

— La question est : qu'est-ce que je pourrais bien lui apporter ?

— Pourquoi pas des tomates ? N'a-t-elle pas quatre grands enfants ?

— C'est une idée, mon petit Lobbi. » Il marque une courte pause avant de me demander si je ne suis pas en panne de fric.

« Non, il ne me manque rien.

— Tu ne te sens pas esseulé ?

— Non, non, pas du tout. J'irai au jardin demain.

— À la roseraie.

— Oui, justement, à la roseraie.

— Je suppose que c'est mieux comme travail que d'aller en mer », dit papa. Ça le laisse de marbre que j'aie fait toute cette route, que je me sois trouvé aux portes de la mort au début du voyage, pour me tenir à présent sur le seuil de l'une des plus célèbres roseraies du monde, où l'on trouve sans doute plus de variétés de roses en un seul et même endroit qu'en aucun autre lieu de l'univers. C'est maman qui m'a montré le premier livre sur ce jardin quand j'étais petit et quels que soient les livres sur la culture des roses que j'aie pu lire par la suite, partout on mentionne le jardin des moines, à l'écart des sentiers battus. Très peu d'auteurs connaissent toutefois le jardin personnellement : ils en ont entendu parler par d'autres auteurs et j'ai remarqué qu'ils vont jusqu'à reprendre mot pour mot les descriptions tirées de vieux manuscrits.

« Nous allons en rester là, mon petit Lobbi. Tu le diras à ton vieux père, s'il te manque des sous. »

Je suis, en quelque sorte, plus satisfait de mon sort après avoir parlé à papa et je n'ai plus du tout envie de rentrer au pays.

TRENTE-CINQ

Le monastère est accessible à pied, tout en haut de la colline ; un sentier assez raide y monte depuis le village. Qui aurait pu s'attendre à trouver une roseraie en un tel endroit, bien au-dessus du niveau de la mer et au sommet d'un rocher ? Je ne vois pas le jardin aussitôt, car il est enfermé sur trois côtés par les murs du monastère, le seul côté ouvert donnant sur le village. En contrebas, il y a aussi des côteaux couverts de vignes qui assurent la production de vin des moines. C'est le frère Matthias qui m'accueille, il va me montrer le jardin et me mettre au courant.

« Frère Thomas m'a parlé de toi en précisant que je te reconnaîtrais tout de suite, dit-il en souriant, du fait que tu ressortais du troupeau par la taille et par tes cheveux roux. Nous sommes très contents de t'avoir parmi nous. »

La plus célèbre roseraie du monde n'est plus que l'ombre de ce qu'elle était, comme frère Thomas me l'avait d'ailleurs répété trois fois. Dalles et sentiers sont ensevelis sous les mauvaises herbes, les rosiers des plates-bandes se sont emmêlés inextricablement. Il y a eu jadis une pièce d'eau au milieu du jardin, avec de la pelouse et des bancs. Bien que la négligence et l'abandon sautent aux yeux partout, je reconnais le jardin aussitôt, d'après les dessins.

« Oui, c'est vrai, le jardin a été longtemps oublié et abandonné, explique frère Matthias. Nous avons mis l'accent sur la production du vin et sur la bibliothèque. Il y a encore aujourd'hui plus d'un millier de manuscrits à enregistrer. Et puis les effectifs du monastère ont diminué. Les jeunes frères de la règle préfèrent se plonger dans les livres plutôt qu'être dehors au jardin ; ils ne sortent guère que pour fumer », dit frère Matthias qui paraît être octogénaire.

Nous marchons dans le jardin, qui se révèle être encore plus grand que je ne l'avais imaginé et qui recèle des surprises. Même s'il faudra le reconstruire de fond en comble, je vois ce qu'il est possible de faire et comment je pourrai le sauver. La plupart des variétés de roses existent encore. Je ne puis m'empêcher de toucher les plantes, de palper les douces feuilles vertes. Je ne décèle la présence d'aucun puceron.

« Oui, c'est vrai, dit frère Matthias, presque toutes les variétés existent encore. » Les apparences sont trompeuses car les rosiers fleurissent à différentes époques de l'année ; il n'y a justement pas beaucoup de roses épanouies en ce moment, sans doute pas plus de soixante-dix.

Nous nous frayons un passage le long d'un ancien sentier enfoui sous un fouillis d'arbustes. On distingue au loin des arbres fruitiers qui semblent former une enceinte autour du jardin.

« *Rosa gallica, Rosa mundi, Rosa centifolia, Rosa hybrida, Rosa multiflora, Rosa candida* », énumère frère Matthias.

Tandis que je le parcours avec lui, le Merveilleux Jardin des Roses Célestes, tel qu'il est nommé dans les vieux livres, prend corps peu à peu dans mon esprit. Il va falloir commencer par arracher les mauvaises herbes et tailler les plantes – ce qui pourrait prendre deux semaines en travaillant dix heures par jour ; ensuite il faudra élaguer et planter à nouveau. Je choisis déjà un endroit abrité et ensoleillé pour la nouvelle variété de rose que je vais ajouter. Elle ne sera peut-être pas très visible au début et ne fleurira pas tout de suite, mais ici sont justement réunies les conditions et la lumière pour qu'une nouvelle variété de rose inconnue se mette à pousser dans le terreau fertile. Il n'est pas possible de s'en remettre plus longtemps aux fioles de l'hôpital, on ne peut cultiver éternellement la vie dans du coton. Je décide de ne pas tarder davantage à mentionner la rose à huit pétales qui se trouve sur l'appui de la fenêtre de la pension, et je sors la photo d'une rose épanouie dans une serre.

« Non, je ne connais pas cette variété, dit frère Matthias, après un silence. Je ne crois pas qu'elle ait des congénères dans notre jardin. Elle fait penser, assurément, à une rose blanche rare, *Rosa candida*, si ce n'est que la couleur est tout autre, très inhabituelle. Comment dis-tu qu'elle s'appelle ?

— Rose à huit pétales ; ce sont huit pétales soudés au fond de la corolle et puis deux fois huit autres à l'extérieur, vingt-quatre pétales en tout, en trois rangs qui forment le bouton, presque toujours humide de rosée, dis-je en guise d'explication. C'est exact qu'elle est apparentée à *Rosa candida*, à ceci près qu'elle n'est pas blanche. Il s'agit d'une souche plus robuste, probablement le seul spécimen au monde, dis-je. Bien que j'aie parcouru d'innombrables livres sur les roses, je n'ai encore jamais trouvé de variété comparable.

— Très intéressant, dit frère Matthias. La disposition de la corolle est tout à fait inhabituelle.

— Et puis les tiges sont sans épines.

— Très intéressant, répète-t-il en scrutant la photo. Une variété de couleur très particulière, un coloris vraiment insolite. Elle n'est pas rose, ni violette. Mais pourpre, n'est-ce pas ?

— Oui, pourpre précisément.

— C'est une couleur étonnamment forte qui se propage sur l'environnement. À moins que ce ne soit la pellicule. C'est du Kodak ? » demande frère Matthias.

Il fait quelques pas, la photo au bout de la main tendue et l'approche d'un ou deux boutons de couleur rouge clair.

« Comme je disais, je n'ai jamais vu de variété comparable. Tu devrais montrer ta rose à huit pétales à frère Zacharie. Il a quatre-vingt-treize ans et il est au monastère depuis soixante-deux ans. C'est vrai qu'il commence à perdre la vue et que ce qu'il voit n'est pas toujours clair. » Puis il me dit que c'est bientôt l'heure de la soupe et se rappelle soudain quelque chose, avant que j'aie réussi à mentionner le parfum de ma rose.

« Nous avons commandé pour toi de nouvelles bottes. Il nous a paru impossible de te faire chausser les vieilles bottes de jardinier qui sont restées inutilisées dans la remise depuis sept ans. Nous nous sommes rendu compte aussi qu'elles seraient trop petites. Ça a pris six semaines pour se les faire envoyer ici, car elles ont d'abord été expédiées par erreur dans un monastère en Irlande, où il pleut beaucoup. » Il pénètre avec moi dans une petite cabane à outils. Les bottes sont là, sur le plancher, juste en face de la porte. Elles sont bleues, luisantes et visiblement neuves, exactement comme dans le rêve que j'ai fait à l'hôpital.

« J'espère qu'elles t'iront – pointure 44, n'est-ce pas ? »

Ils peuvent également me prêter des vêtements de travail, pantalons, pull-over et gants. J'enfile le pantalon, les jambes m'arrivent à mi-mollet ; idem pour les manches trop courtes du pull-over. Celui qui a travaillé au jardin en dernier devait être haut comme trois pommes.

« Ils n'ont pas servi depuis un bout de temps – quelque sept ans, explique frère Matthias, et il faudrait bien sûr les laver. »

Les outils de jardinage sont entreposés dans la cabane. Ils en ont une collection relativement fournie, parmi lesquels des scies et divers modèles de cisailles, qui n'ont sans doute pas servi depuis longtemps. Je n'ai jamais vu certains des instruments qui diffèrent de leurs homologues traditionnels et je n'arrive pas à m'imaginer à quoi ils peuvent bien servir.

« Frère Zacharie devrait pouvoir te montrer comment on s'en sert », dit mon guide.

Enfin il me dit qu'il est bon que je sache que tous les moines ne sont pas des admirateurs de la roseraie ; certains sont même allergiques à la végétation et d'autres ont une horreur maladive des petites bêtes que les rosiers grimpants amènent par les fenêtres.

« Frère Jacob m'a prié de te dire qu'il ne faudra plus mettre de plantes grimpantes sur le mur est du dortoir, à proximité de sa cellule. »

Après avoir partagé la soupe au céleri des moines, je passe la moitié de la journée tout seul dans le jardin, dans mes bottes neuves, à faire l'inspection des lieux, le relevé des parterres de rosiers et à établir un plan de travail pour les prochains jours. Même si je n'ai, pour le moment, que des idées confuses sur moi-même, je suis parfaitement en mesure de m'organiser. Je vois également la possibilité d'agrandir le potager. La soupe de midi n'était pas mauvaise mais on pourrait varier les légumes et rassembler les épices qui poussent à tort et à travers dans le jardin, dans des carrés bien délimités.

TRENTE-SIX

Je suis devenu jardinier chez les moines et je prévois d'avoir plus qu'assez à faire au cours des deux à trois mois à venir. Jusque-là, je n'ai plus besoin de rouler dans ma tête des projets d'avenir, ni ce qui va suivre, si je vais rentrer au pays ou rester ici plus longtemps. Il me semble tout aussi vraisemblable qu'après deux à trois mois, je ne serai pas plus avancé sur la conduite de ma vie. Je me sens bien au jardin ; c'est bon de profiter de la solitude des plates-bandes pour sonder ses aspirations et ses désirs, muet en pleine terre ; je n'ai même pas besoin de connaître la langue. Je suis également dispensé de toutes les prières : je ne suis qu'un simple jardinier. Il faut tout organiser à nouveau, redessiner un plan sur la base de l'ancien et de ce qu'on peut trouver dans les vieux livres.

La première semaine se passe à éliminer les mauvaises herbes et à me frayer un chemin à travers une haie touffue de rosiers, ou plutôt un taillis épineux. Je peux alors enfin examiner le jardin à fond. Parfois je reste un petit moment pieds nus dans l'herbe fraîche, mais le plus souvent j'enfile les bottes bleues.

Je ne sais pas dans quelle mesure je dois en référer à frère Thomas, qui est mon agent de liaison avec le monastère. Il dit qu'on me donne carte blanche et que je dois me fier à mon sentiment et à ma compréhension des roses, comme il l'a formulé, je crois. Lorsque je lui explique mes idées, les aménagements et les changements, il acquiesce d'un hochement de tête et s'empresse de classer l'affaire.

« Nous sommes très contents de t'avoir », dit-il et il semble satisfait de tout ce que je propose, comme de créer une petite pelouse avec des bancs. Comme il me l'a donné à entendre, sa sphère d'intérêt englobe le cinéma et la linguistique. Je ne suis pas sûr non plus que les moines s'intéressent beaucoup au jardin. Comme frère Matthias me l'a signalé, la plupart sont plongés dans les livres et leur principal souci est de mettre en état la collection des manuscrits.

Je découvre sans cesse de nouvelles variétés, cachées dans le terrain en friche : roses en buissons, roses grimpantes, roses naines et roses sauvages, grandes fleurs isolées sur de longues tiges ou en grappes, de formes, de parfums et de couleurs multiples. L'arôme du jardin est presque entêtant et la splendeur des coloris est incroyable : violet, mauve, rose, blanc, gris, jaune, orange et rouge. Il faudra assurément mieux harmoniser les couleurs, modifier leur alignement. C'est un gros travail que de créer de l'espace pour toutes ces roses. Au bout de deux semaines, j'ai recensé et enregistré plus de cent variétés.

Les moines me laissent en paix dans le jardin. Au cours de la deuxième semaine, ils ont tout de même commencé à sortir plus souvent pour jeter un coup d'œil aux travaux et respirer l'odeur des fleurs. Ils ont cessé de jeter des mégots dans les plates-bandes et ne sont pas avares d'éloges à la vue des changements. Je dois avouer que leur appréciation de mes efforts ne m'est pas indifférente. La question est de savoir si frère Jacob pourra s'accommoder d'un rhododendron à la place de la plante grimpante.

Bien que j'évolue toute la journée parmi les plantes et pense beaucoup au jardin, je n'en consacre pas moins un temps appréciable à des pensées sur le corps pendant mon travail de la terre. Je n'arrive pas non plus à écarter totalement de telles pensées lors de mes rencontres quotidiennes avec frère Thomas. Les corps semble tomber dans une certaine zone de mon cerveau toutes les vingt minutes environ, sans qu'il y ait pour cela de raisons particulières liées à l'environnement. Que je sois venu ici, animé du désir sincère de travailler dans les parterres et par la même occasion de prendre ma vie en main, n'y change rien.

Pendant que je me penche sur la grammaire, le corps n'est pas au premier plan, mais dès que je cesse d'être occupé à former des mots, le corps réapparaît, comme une tache d'encre qui transparaît au travers d'une nappe blanche. À la surface, nous parlons jardin ; dans mon esprit, je me bats contre mes instincts. Je crains que frère Thomas ne puisse lire dans mon âme à livre ouvert ; il a l'air sur le point d'éclater de rire.

« Qu'est-ce que vous en dites ?

— De quoi ? »

Il me regarde avec étonnement.

« De ce dont nous venons de parler. À propos du rosier grimpant. »

Impossible de ne pas remarquer comme les moines sont incroyablement gais et comme ils ont le rire facile, en dépit de leur renoncement aux plaisirs de la chair. Je me mets mentalement à leur place et bien que je sois censé pratiquer la chasteté pour un temps, le froc blanc ne me va pas, quelle que soit la façon dont je me mette en scène au sein du groupe, il est trop grand, ou trop petit.

TRENTE-SEPT

Je me réveille d'habitude avant l'aube, car il est de toute façon impossible de faire la grasse matinée en raison des cloches qui sonnent, le lit dans lequel je dors étant au pied du sanctuaire. Avant d'aller au jardin, je mange au café une brioche à la crème jaune en guise de petit déjeuner ; à midi, je mange de la soupe de légumes au monastère et le soir, je mange au restaurant d'à côté. La deuxième semaine se passe à tailler les rosiers ainsi que les arbustes et les haies à feuilles persistantes selon diverses formes et modèles, en boules et en cônes, conformément aux illustrations des vieux livres. En dehors des rosiers et des arbustes, le jardin renferme des chênes, un bosquet d'arbres fruitiers, des figuiers et diverses autres plantes : angélique, sauge de Jérusalem, gants de Notre-Dame, laurier de Saint-Antoine, et violette de Carême poussent tous dans le même carré près de la cabane à outils. Je travaille le plus souvent d'une seule traite jusqu'à ce que la nuit tombe, vers six heures du soir.

Lorsque je reviens à la pension, je prends une douche, me lave de l'odeur des roses et change de vêtements avant d'aller manger le poisson frit. J'ai eu aussi de la soupe de poisson chez la femme d'à côté, une fois du poisson grillé enroulé sur une brochette avec de l'oignon et du bacon et deux fois du poulpe. Ça m'a pris un bon bout de temps pour couper les tentacules et les mâchonner. Au bout de deux semaines, je commence à avoir envie de viande. Je me demande s'il serait trop culotté de ma part de demander à la femme du restaurant si elle sait cuisiner de la viande. Je décide d'en parler plutôt à frère Thomas. Il griffonne quatre mots sur un bout de papier que je dois présenter à la femme. À la suite de quoi, celle-ci a toujours un plat de viande le soir, sauf le vendredi, où il y a du poisson.

« Je pensais que tu voulais du poisson », est tout ce qu'elle trouve à dire.

Je donne de temps en temps un coup de fil à papa, en revenant du restaurant – encore que ce soit plus rare ces derniers temps. Il est généralement en train de faire la cuisine à cette heure-là et il en résulte que la communication tourne autour de la question de savoir si je peux l'aider à déchiffrer les feuilles de recettes de maman. La fois suivante, il me dit que Jósef est là pour manger, de sorte qu'il lui est venu à l'idée d'inviter aussi Bogga. Elle l'a déjà invité trois fois à manger, du pot-au-feu de mouton, du poisson pané et de l'échine de porc fumé et il trouve que c'est à lui, maintenant, de jouer le jeu et de l'inviter à son tour. Papa a besoin de conseils.

« Est-ce que tu te rappelles la recette de boulettes de ta mère ?

— Boulettes de viande ou de poisson ?

— De poisson. J'ai essayé d'en faire quelques unes à la poêle, mais elles se défont toutes.

— Ne faut-il pas ajouter de la fécule de pomme de terre ?

— Tu veux dire dans les boulettes, mélangée au poisson haché ?

— Oui, environ deux cuillerées à soupe.

— Y a-t-il autre chose, mon petit Lobbi, à ajouter ?

— Un œuf et un oignon, si je me souviens bien ?

— Ça me paraissait drôle aussi, ce que je faisais. » Il reste silencieux un instant, puis me demande si j'ai fait connaissance avec les habitants.

« Non, seulement l'abbé, frère Thomas.

— Pas de femmes qui te fassent des avances ?

— Non, rien de ce côté-là.

— Et Anna ?

— Il n'y a rien entre Anna et moi. Ce sont des choses qui arrivent, papa.

— Je ne laisserais pas passer l'occasion, si j'étais à ta place.

— Ce n'est pas comme si j'avais le choix. De plus, il faut être deux. On ne peut pas tomber amoureux sur commande.

— C'est un jeu d'enfant, mon petit Lobbi. »

Je change de sujet et lui dis que j'ai commencé à apprendre la langue.

« Oui, tu n'as jamais eu de problèmes avec les langues, mon petit Lobbi. Même si ce n'est peut-être pas avantageux de s'appliquer à apprendre une langue que très peu de gens parlent, alors qu'il y en a si peu qui parlent ta propre langue maternelle. » Puis il me dit avoir entendu récemment qu'il y a une langue qui meurt chaque semaine dans le monde.

« Est-ce qu'il ne vaut pas mieux alors que je rentre à la maison pour étudier la grammaire, dis-je pour mettre fin à la conversation.

— Tu es sûr de ne pas être en train de perdre ton temps à apprendre une langue menacée d'extinction ? »

Lorsque je reviens à la pension, je tombe sur frère Thomas dans l'entrée.

« Tu es le bienvenu, si tu veux passer voir les regrets avec moi.

— Les quoi ?

— La nostalgie. Il faut regarder la souffrance dans les yeux pour pouvoir partager celle de ceux qui souffrent. »

TRENTE-HUIT

Les films du soir me sont d'un grand soutien, même s'ils sont en diverses langues et non sous-titrés. J'essaie aussi, de temps en temps, de m'entretenir de choses simples dans le patois du village avec mon voisin de la chambre sept. Je suis alors assis là, le dictionnaire sur les genoux – ce qui rend les échanges fort lents, mais pas impossibles.

« J'ai ici de tout, sauf de la violence », dit mon voisin. Il est clair que chaque soirée cinématographique est l'occasion pour mon hôte de retrouvailles avec un chef-d'œuvre.

« De préférence, je ne regarde que les films qui sont plus grands que la vie, dit-il en me tendant la boîte qui était sur la table. Ce film renferme quantité d'intelligence et de désir. » Il me reprend la cassette des mains et la range sur une étagère. Puis il va chercher une bouteille et tire les rideaux.

« Cette exigence faite à l'art de montrer la réalité m'étonne, dit-il, tourné vers la fenêtre. On penserait plutôt que les gens en auraient marre de la réalité quotidienne. »

Lorsqu'il s'agit d'un film dans une langue que je ne comprends pas, frère Thomas en résume le sujet en quelques phrases bien frappées. Bien qu'il fasse deux ou trois pauses au cours de la projection pour me mettre au fait du déroulement de l'action, j'ai souvent du mal à me faire une idée du contenu du film par rapport à son résumé. Il attache plus d'importance à transmettre le génie créateur de chaque réalisateur. Il ne se donne pas la peine de dérouler pour moi le fil de l'action mais souligne plutôt la structure de telle ou telle séquence, s'adonne à des spéculations sur l'angle de prise de vue, mentionne les lieux de tournage et arrête la projection pour me signaler des montages insolites, qui relèvent du secteur le plus digne d'intérêt à ses yeux dans le domaine du cinéma.

« La beauté est dans l'âme de celui qui regarde », dit-il.

Il s'intéresse aussi à la construction psychologique, mais là, il va généralement très loin dans son analyse et il m'est difficile de le suivre. C'est plutôt comme s'il me donnait des indications ou des clefs dont je devrais me servir pour élucider le sens par moi-même. Et bien qu'il soit parfois difficile de comprendre ce qui se passe sur l'écran, c'est en tout cas préférable à rester seul tous les soirs, enfermé dans sa chambre. Frère Thomas a aussi des semaines à thème qu'il dédie à des metteurs en scène, à des sujets ou à des acteurs particuliers. Nous discutons ensuite un moment du contenu, tout en vidant nos petits verres.

Le film de ce soir est tout en bleu – ce que le vieil appareil ne rend pas bien malgré les rideaux tirés par frère Thomas. Le film commence par un accident mortel sur une route mouillée et s'achève sur l'ode à l'amour du prochain du messager de l'Évangile, Paul, chantée par une voix de soprano. La mort plane continuellement au-dessus de l'héroïne, mais celle-ci finit par souhaiter vivre, bien qu'elle en ait perdu toutes les raisons. Avant que j'aie pu m'en rendre compte, j'ai confié à frère Thomas que mes pensées sur la mort me causent du souci.

« Je ne m'inquiète pas à propos de la mort en soi, dis-je, mais au sujet de mes pensées sur la mort. » Il s'est levé et écarte les rideaux. La voûte céleste est noire au-dehors.

« Que veux-tu dire quand tu prétends penser continuellement à la mort ?

— Comme ça, de sept à onze fois par jour – ça dépend. Le plus, c'est tôt le matin, quand je viens d'arriver au jardin, et puis tard le soir, dans mon lit. »

Je m'attends plus ou moins à ce qu'il me demande combien de fois je pense au corps et au sexe. J'aurais pu lui en parler tout autant, mais il faut bien commencer à un moment donné à parler des choses importantes, plus abordables que le sexe. S'il me le demandait tout de même, je lui répondrais : « Comme pour la mort. J'y pense de sept à onze fois par jour. » Et j'ajouterais : « Quand le soir commence à tomber, les pensées sur le corps prennent la relève de celles sur la mort. »

S'il m'avait interrogé sur les plantes, la réponse aurait été la même. Je pense autant aux plantes qu'au sexe et à la mort. Au lieu de quoi il me demande :

« Quel âge as-tu ?

— Vingt-deux ans.

— Et la mort te hante à ce point ? » Dieu seul sait ce qui passe par l'esprit de mon interlocuteur. Il va chercher une bouteille et verse le liquide transparent dans deux verres.

« Eau-de-vie de poire Williams », dit-il. Il poursuit : « Rares sont ceux qui prennent le temps de penser à la mort. Et puis il y a ceux qui n'ont pas le temps de mourir. C'est un groupe qui s'accroît. Tu es manifestement un jeune homme mûr.

— J'aimerais bien pouvoir mourir avec plus d'expérience, après m'être trouvé moi-même.

— Les hommes passent leur vie à la recherche d'eux-mêmes. On n'arrive jamais à une conclusion définitive en ce domaine. Je n'ai pas l'impression que tu aies un pied dans la tombe. » Il sourit.

« On meurt un jour bien entendu, dis-je, mais la plupart semblent mourir soit trop tôt, soit trop tard, jamais au bon moment.

— Oui, c'est vrai, nous mourrons tous un jour, mais nul ne sait quand, ni comment, dit le moine avant de vider son verre d'un trait. Du temps nous est donné. Certains ont un préavis plus long que les autres, pour quelques-uns il est très court. Puis arrive le moment où le temps de chaque homme se compte en quarts d'heure, et pour finir en une minute. Là, on est tous dans le même bateau. »

Il y a une mouche qui voltige dans la chambre ; je l'entends plutôt que je ne la vois. Frère Thomas se lève et se dirige vers la fenêtre ouverte. Le bourdonnement s'arrête.

« Vous l'avez tuée ?

— Non, je l'ai mise dehors, dit mon père spirituel.

— Et après notre mort, nous ne subsistons qu'un bref laps de temps dans la mémoire de ceux qui nous survivent, dis-je.

— Ce n'est pas une vérité absolue, regarde Goethe. » Frère Thomas remplit à nouveau les verres.

« Oui, mais ceux qui ne sont pas Goethe.

— Tu es manifestement un jeune homme sensible et compatissant. » Il me tapote l'épaule puis repose la bouteille et se rassied. Il reste silencieux un moment.

« Tu n'as pas un chagrin d'amour ? »

La question me prend au dépourvu.

« Non, mais j'ai un enfant. C'est là qu'on sait qu'on mourra un jour.

— Je comprends. »

Long silence à nouveau dans la chambre. Aucun moyen de savoir ce que l'homme de Dieu peut bien penser.

« J'essaie de réduire la boisson, dit-il enfin. Je n'en suis pas encore au stade de boire tout seul, de sorte que je n'ai sans doute pas à m'en faire. »

Il s'est levé, ce qui signifie que notre tête-à-tête s'achève. Je ne suis pas non plus homme à tenir de longs discours.

« On regardera *le Septième Sceau* demain soir, dit-il, comme ça on pourra continuer avec la mort. »

TRENTE-NEUF

Au bout de deux semaines, je découvre une petite librairie dans un passage partant de la rue principale, à quelques mètres de la pension. Je recherche surtout les livres sur le dialecte local, mais on trouve aussi des cartes postales représentant l'église de pierre, que Jósef pourrait avoir plaisir à recevoir. Je regarde quelques livres posés sur la table, en ouvre un ou deux et feuillette quelques pages. C'est alors que mes yeux tombent sur une jaquette violette ornée d'une fleur rose dont la corolle singulière rappelle la rose à huit pétales de maman. Lorsque j'ouvre le livre, il ne comporte pas d'images, seulement du texte.

« Jardinage ? » fais-je à la jeune fille qui circule dans la boutique et me tient à l'œil. Elle pourrait être la fille du propriétaire qui siège à la caisse ; ils ont le même profil.

« Non, un roman », dit-elle en rougissant. C'est la première femme de mon âge avec qui j'ai un échange personnel dans ce village.

J'ai assurément réfléchi aux moyens possibles de faire connaissance avec les habitants pour apprendre un dialecte en voie de disparition. Le problème, c'est bien entendu que le travail au jardin se fait dans la solitude et le silence et que je n'ai donc pas l'occasion de m'exercer à parler.

Devrais-je mettre une petite annonce dans la librairie, disant que je souhaiterais des leçons particulières dans cette langue sur le point de disparaître ? La fille du propriétaire m'annoncerait éventuellement tout de suite, et même avant d'avoir affiché l'annonce, qu'elle pourrait s'en charger, le mercredi après le travail.

« On ferme à six heures au lieu de huit ce jour-là. »

QUARANTE

Alors que je souhaiterais travailler tous les jours au jardin, frère Thomas insiste résolument pour que je prenne congé le dimanche ; il faudra donc que je me trouve quelque chose à faire. J'ai déjà restitué les parterres de roses à leur emplacement d'origine en harmonisant les couleurs, taillé les haies et les arbustes le long de l'ancienne allée, nettoyé la pièce d'eau au milieu du jardin et attaché la plupart des rosiers grimpants tolérés à la face nord du monastère. Quand j'ai fini d'organiser le travail de la semaine à venir, je lis les livres empruntés à la bibliothèque des moines. Le dimanche, il y a cinéma en « matinée » chez frère Thomas et il me faut alors passer la soirée seul avec moi-même.

Je ne peux pas dire en toute conscience que je suis esseulé, bien qu'il m'arrive, sous la couette ou plus exactement sous le drap et la couverture, de souhaiter avoir quelqu'un avec qui rentrer à la maison. J'ai parfois du mal à m'endormir ; c'est comme s'il manquait quelque chose à la journée et que je ne voulais pas qu'elle s'achève tout de suite. Exactement comme j'imagine que j'aurais du mal à rompre une liaison sentimentale. Bien que je pense de temps en temps à ma petite fille et, plus rarement, à sa maman vu qu'elles sont le plus souvent ensemble, le bébé dans les bras de sa mère, je ne peux pas dire que je me languisse de quelqu'un en particulier au pays natal. Ma fille est encore trop petite pour avoir besoin de moi.

Je suis encore l'étranger, mais je commence néanmoins à percevoir l'atmosphère autour de moi, la tonalité du village s'infiltre peu à peu en moi ; mon univers et celui des autres ne sont plus tout à fait cloisonnés. Quelques villageois se sont mis à me saluer dans la rue. En dehors de frère Thomas que je rencontre tous les jours, la première est la jeune fille de la librairie. Je commence aussi à comprendre un petit peu la langue. Au bout de deux semaines, il y avait environ dix mots, entendus plus d'une fois, dont je comprenais le sens. Au bout de trois semaines, ils sont vingt à surgir, clairs comme du cristal, comme des roches ciselées par le vent, émergeant d'un matériau plus tendre. J'essaie de coordonner les temps des verbes pour me faire comprendre et je sens que je progresse. Lorsque je demande treize cartes postales de l'église, parce que je m'exerce aux chiffres, cela fait rire la jeune fille de la librairie. Pendant ce temps-là, son père est à la caisse à réviser les comptes sur une feuille de papier quadrillé. En enveloppant les cartes postales, elle me pose une question qui l'a tarabustée : est-ce moi le garçon du jardin du monastère ? D'autres m'ont déjà demandé ce que je faisais dans ce coin perdu. Puis elle se tourne vers son père, hoche la tête et lui dit quelques mots que je ne comprends pas. Je sais tout de même qu'elle est en train de confirmer une supposition car ils me regardent tous les deux en opinant du bonnet.

Je garde la phrase en mémoire et chercherai les mots dans le dictionnaire une fois arrivé chez moi.

« C'est le garçon des roses », dit-elle en comptant les cartes postales. Elle les glisse dans une pochette en papier kraft dont elle replie le bord avant de me la tendre.

QUARANTE ET UN

Après avoir causé de la mort avec frère Thomas et visionné avec lui trente-trois films d'art et d'essai – comme mon hôte me le fait remarquer, tandis que le générique d'*Andreï Roublev* défile sur l'écran, je me sens prêt à passer à l'étape suivante et à lui parler de mes pensées obsessionnelles sur le corps et le sexe. Ce n'est pourtant pas comme si j'avouais mes péchés ou quelque chose comme ça, dans l'attente de recevoir l'absolution. Ce n'est pas non plus que je sois en quête des conseils d'un homme dont l'expérience a été acquise à l'écoute de tout et de rien, c'est plutôt que je vide mon sac auprès de mon voisin et ami de la chambre d'à côté. J'aurais pourtant voulu être mieux préparé, voire avec des notes – au lieu de quoi je me jette directement dans l'eau glacée.

« Depuis mon réveil après l'opération de l'appendicite, j'ai l'esprit occupé par le corps, beaucoup plus qu'avant. »

Frère Thomas tend le bras vers la bouteille.

« Et par le corps, tu entends quoi ?

— Des pensées sur le sexe, dis-je.

— Ce n'est pas anormal d'avoir l'esprit occupé par le corps à ton âge.

— Je ne pense peut-être pas sans cesse au corps, mais je pense en tout cas beaucoup à ces choses-là, plusieurs heures par jour au minimum.

— Ce n'est, je crois, pas loin de la moyenne.

— Quand je suis dans la rue, je perçois les autres avant tout comme des corps. Je ne fais même pas attention à ce qu'ils me disent. » Je n'irais pas jusqu'à nommer frère Thomas en particulier à cet égard.

Il remplit les verres. Le contenu est rouge sang aujourd'hui.

« Il me semble parfois n'être rien d'autre qu'un corps, en tout cas, à quatre-vingt-quinze pour cent, dis-je.

— Liqueur de cerises », dit-il. Il met toute sa concentration à la verser dans les verres, puis il me semble le voir jeter un coup d'œil à une cassette vidéo sur la table. J'ai l'impression qu'il va me recommander un film.

« Le problème, dis-je, c'est que mon corps semble doté d'une existence indépendante et avoir sa propre façon de penser. À part ça, je suis un jeune homme normal. »

Frère Thomas me considère. Puis il se lève, range quelques objets sur le bureau, déplace le porte-stylos, dispose la Bible bien au milieu de la table et remet deux vidéos à leur place sur l'étagère.

« L'homme est d'esprit et de chair, dit-il enfin. À ta place, je ne me ferais pas de souci pour ça. » Il remet le porte-stylos à sa place initiale sur la table. Puis il ajoute : « Bien entendu pour un homme de vingt-deux ans, c'est monotone à la longue de passer toutes ses soirées à regarder des films avec un vieux moine de quarante-neuf ans. Ne penses-tu pas que ça te ferait du bien de sortir et de rencontrer des jeunes de ton âge, de fréquenter les gens du village ? »

N'étant pas vraiment fatigué, je sors prendre l'air. Sur mon chemin je rencontre un chat squelettique, tout seul lui aussi, mais je m'abstiens de le caresser. Sans savoir comment, je me retrouve dans la cabine téléphonique, une pièce glissée dans la fente. J'ai l'impression qu'il n'y a pas d'autres usagers dans la bourgade. Papa commence par me dire que le chat de Bogga, qui avait disparu depuis trois jours, a été retrouvé mort, écrasé et abandonné dans l'herbe au bord de la route. Il a aussi quelque chose à me demander.

« Qui est Jennifer Connelly ?

— Jamais entendu ce nom-là. Pourquoi tu me poses la question ?

— Parce qu'elle est censée être en route vers le pays pour y passer le week-end.

— Qui dit cela ?

— C'était dans le journal. En première page.

— Je ne sais pas qui c'est.

— Est-ce qu'il te faut des sous, mon petit Lobbi ?

— Non, ça va bien. Ici, il n'y a pas moyen de dépenser quoi que ce soit, à part la petite monnaie pour le téléphone. »

C'est alors que je remarque, au milieu de la conversation, qu'il y a un pigeon mort sur le trottoir, tout près de la cabine. À ce que je vois, il lui manque la moitié d'une aile et je pense aussitôt au chat. J'ai toujours eu horreur de voir des bêtes mortes et ensanglantées, surtout à plumes. En sortant de la cabine, je vois que l'oiseau n'est pas mort ; le moignon d'aile bouge encore. Je ramasse l'oiseau blessé sans savoir quoi en faire. Au bout de quelques mètres, le petit cœur a cessé de battre dans ma paume.

QUARANTE-DEUX

Au moment où je m'apprête à partir pour le jardin, le lendemain matin, frère Thomas frappe à ma porte. Il me dit être parvenu à une conclusion dans l'affaire qui nous occupe.

« On parle du corps à cent cinquante-deux reprises dans la Bible, de la mort à deux cent quarante-neuf et de roses et autre végétation terrestre à deux cent dix-neuf. J'ai recensé cela pour toi ; ce sont les plantes qui m'ont pris le plus de temps ; figuiers et vignes se cachent partout et il en est de même pour les fruits et toutes sortes de semences. » Il me tend une demi-page quadrillée comportant trois colonnes de chiffres, puis il pointe vers le total souligné deux fois au bas de chaque colonne, comme preuve à l'appui. Il y a là trois chiffres qui répondent à toutes les questions que j'avais sur le cœur.

« C'est là, noir sur blanc », dit-il. Le corps, la mort et les roses, comme s'il me citait le titre d'un vieux roman de gare.

« Tu devrais regarder cela de plus près à l'occasion », ajoute-t-il. Sur la feuille, il n'y a que des chiffres écrits au crayon mal taillé, pas de références ni de numéros de page.

Il dit ensuite :

« On va prendre un expresso et une brioche à la crème avant que tu montes là-haut. »

En route vers le café, frère Thomas se rappelle soudain quelque chose. « À part ça, il y a une lettre qui est arrivée pour toi », dit-il. Il tire une enveloppe de sa poche et me la tend. Ce n'est pas l'écriture de papa, encore qu'il serait tout à fait capable de m'envoyer par la poste de bons conseils écrits de sa main, en plus des coups de téléphone à répétition. Il montre le timbre du doigt et me demande le nom de l'oiseau.

« Bruant des neiges », dis-je.

La lettre vient d'Anna, une page et demie écrite à la main, en grosses lettres. Je parcours le texte d'abord rapidement, avant de le relire avec soin. Anna me donne des nouvelles de ma fille qui se développe bien, a maintenant six dents, plus deux prêtes à sortir ; la petite est précoce, c'est un amour d'enfant, écrit-elle en me demandant, à la fin, de l'appeler au plus tôt au numéro de téléphone indiqué. Que je ne m'inquiète pas surtout, il y a quelque chose qu'elle voudrait me soumettre. Jointes à la lettre, il y a deux photos récentes de Flóra Sól, âgée de neuf mois à peine. Elle porte une combinaison matelassée bleue et un bonnet blanc. L'enfant regarde le photographe bien en face de ses grands yeux clairs. Je jette un coup d'œil au cachet de la poste ; il y a huit jours que la lettre a été mise à la poste. Il y a presque deux mois que j'ai vu mère et fille pour la dernière fois, quand je leur ai dit au revoir.

« Tout va bien chez toi ? » demande frère Thomas.

Je regarde ma montre. Il est huit heures et quart, c'est un peu tôt pour téléphoner au pays. J'attendrai jusqu'à la fin de l'après-midi, quand j'aurai terminé au jardin.

QUARANTE-TROIS

Je ne suis pas tranquille et j'entends au bout du fil que la mère de ma fille a aussi la voix mal assurée. Elle me dit qu'elle va aller poursuivre ses études de génétique humaine à l'étranger, mais qu'elle doit terminer un mémoire avant de se rendre à l'université en question pour un entretien et aussi chercher un logement pour elle et le bébé.

La question est, dit-elle – et j'entends sa voix s'estomper soudain, au point de penser que la communication va être coupée –, de savoir si je pourrais garder Flóra Sól pendant qu'elle finit son mémoire et s'installe. « Cela pourrait prendre environ un mois », dit-elle et sa voix s'est presque évanouie.

« C'est une enfant très gentille et facile à vivre. »

La requête me prend totalement au dépourvu.

« Je trouve juste aussi que vous fassiez connaissance, poursuit Anna. C'est tout de même ta fille et il faut que tu assumes ta part de responsabilité. »

Elle a raison, j'ai ma part de responsabilité dans le fait que cette enfant existe. J'ai passé et repassé cent fois dans ma tête ce qui s'est déroulé dans la serre et il me semble que c'est un inconnu, un autre moi, qui était à l'œuvre.

« Je ne peux pas revenir, dis-je, je suis tenu par mon travail ici pour un mois de plus, en tout cas.

— Je sais, dit-elle précipitamment. C'est moi qui viendrais te trouver avec Flóra Sól. Ton père dit que tu peux dans une certaine mesure organiser ton temps de travail à ta guise, que tu es en train d'apprendre un dialecte plutôt rare et que tu réfléchis à ce que tu vas faire. »

C'est donc ce que dit papa, que je réfléchis à mon avenir. Il fait l'impasse sur l'horticulture.

Je tente ma dernière carte :

« L'endroit n'est pas vraiment sur les grands axes et c'est sacrément compliqué d'arriver ici. Ce n'est pas un voyage recommandé pour un bébé de huit mois.

— Presque neuf, dit Anna.

— Oui, pour un bébé de neuf mois à peine, dis-je. Après le vol, il faudra changer quatre fois de train et puis prendre un car du village le plus proche parce que les trains n'arrivent pas jusqu'ici. Il y a deux cars par jour qui font le trajet.

— Je sais, dit-elle tout bas, j'ai repéré tout ça sur la carte. Tout ira bien avec Flóra Sól, c'est une enfant très facile, comme tu t'en rendras compte. Ce n'est pas un problème de voyager avec elle ; elle mange quand elle a faim, dort quand elle est fatiguée et se réveille toujours de bonne humeur. Elle aime bien aussi regarder les gens et suivre ce qui se passe autour d'elle. Et puis elle n'est jamais allée à l'étranger », dit Anna, comme si c'était un élément décisif pour le développement d'un bébé de neuf mois à peine.

J'ai comme l'impression que l'affaire est réglée et que la mère de mon enfant va débarquer avec Flóra Sól âgée de neuf mois à peine et que je n'aurai pas le loisir d'y réfléchir. Elle a bien entendu eu tout le temps de cogiter la chose, en long et en large – papa étant bien capable de l'avoir soutenue et encouragée dans sa décision. Ça ne m'étonnerait pas que ce soit lui qui en ait eu l'idée. C'est comme si je l'entendais :

« C'est un jeu d'enfant, mon petit Lobbi. »

Juste au moment où ma vie s'était mise à rouler sans heurts : le jardin a changé de façon extraordinaire et je commence à pouvoir énoncer des phrases simples dans une nouvelle langue, et voilà ce qui arrive. J'avais le choix entre deux possibilités : dire oui ou dire non. Je n'ai jamais été doué pour prendre des décisions irrévocables au point d'exclure toutes les autres options. En tout cas, pas quand il s'agit de personnes et de sentiments.

« Peux-tu y réfléchir et me téléphoner demain », dit-elle. Je perçois qu'elle ne se sent pas bien ; elle me paraît soucieuse, comme si elle regrettait déjà de m'avoir appelé. Je ne me sens pas particulièrement à l'aise non plus.

Les femmes sont comme ça. Elles surgissent tout à coup devant vous, au seuil d'une nouvelle vie, un marmot sur les bras pour vous signaler que c'est à votre tour d'endosser la responsabilité d'une conception intempestive, d'un enfant-accident.

« Je viendrai vous chercher à la gare, dis-je comme si quelqu'un parlait à travers moi. C'est trop compliqué d'arriver jusqu'ici par le car. » Il y a un silence au bout du fil, comme si ma réaction l'avait surprise.

« Tu ne veux pas y réfléchir et me rappeler demain ?

— Non, c'est inutile », dis-je, sentant à quel point je ne suis pas moi-même. Sans avoir idée du rôle qu'Anna me destine ni de ce que cela représente de s'occuper d'un bébé, je ne veux pas décevoir la mère de mon enfant ni me faire épingler pour avoir failli à ma petite fille. Il est normal de porter la responsabilité de l'enfant, avec sa mère. J'ai même assisté à la naissance, encore que ce serait beaucoup dire que j'aie reçu le bébé entre mes mains ou que je me sois rendu utile.

« Merci de le prendre si bien. À vrai dire, je ne savais pas à quoi m'attendre. Je n'avais pas d'autre recours, dit-elle enfin tout bas, comme si sa dernière planche de salut avait été de m'écrire une lettre.

— Il n'y a qu'une chose : j'arriverai avec tout, sauf un lit. Penses-tu pouvoir te procurer un lit d'enfant pour Flóra Sól, pour un petit moment, d'occasion peut-être ? »

QUARANTE-QUATRE

Après avoir parlé à Anna, je frappe à la porte de frère Thomas. Il a commencé à regarder un film sans moi, du fait de mon retard, mais il tire tout de suite une chaise. Je vais droit au but.

« La situation a changé », dis-je.

Il se trouve que je vais devoir garder un enfant, en l'occurrence ma petite fille de neuf mois, momentanément, selon toute vraisemblance pendant trois à quatre semaines. Est-ce que le bébé pourrait rester chez moi à la pension et m'accompagner au jardin pendant la journée, ce qui m'obligerait évidemment à réduire un peu mon travail ?

Frère Thomas éteint la télé et me regarde avec incrédulité ; il a l'expression de quelqu'un qui a mal entendu.

« Je lui trouverai un lit, dis-je. Ce n'est que provisoire. C'est arrivé brusquement. » Il y a un moment de silence dans la chambre numéro sept. Frère Thomas prend enfin la parole.

« Il n'y a pas de place pour un enfant dans le cadre de la vie monacale. Cela troublerait le calme et la prière.

— Je ne l'emmènerais pas vraiment dans le monastère, mais dans le jardin. Sa mère dit que la petite dort pendant trois heures l'après-midi. Elle pourrait dormir dans un landau pendant que je travaillerais dans la roseraie.

— Non, non et trois fois non. Un enfant mettrait tout sens dessus dessous. Un bébé, ça gazouille et on l'entend. Que dirait frère Jacob, à ton avis ?

— Ce ne serait que provisoire », dis-je en me répétant et je perçois la faiblesse d'impact de mes arguments. Je ne vois pas pourquoi il fait spécialement allusion à frère Jacob.

« Et tu comptes te présenter avec un bébé gazouillant dans la salle à manger, pour la soupe et un petit pot premier âge ? » Il me regarde avec un mélange de surprise et d'horreur. « Ce n'est pas un hôtel, c'est un monastère. Ici les hommes ont renoncé à la vie de famille pour se mettre au service de Dieu. Et c'est dans ce monde que tu veux flanquer un jardin d'enfants ? On ne mettra personne d'autre que le Christ à la première place.

— Mais le Christ a dit : Laissez venir à moi… » ai-je l'audace de dire mais je sens aussitôt que mon cynisme est déplacé. J'ai le sentiment de m'être éloigné de plusieurs cases de mon objectif.

« Le Christ a dit et le Christ n'a pas dit, aurais-tu la naïveté de penser pouvoir ergoter avec moi… sur la théologie ? Allons, dit-il, radouci. On va prendre un petit verre de liqueur d'abricot. »

Il va chercher la bouteille et les verres.

« Tu n'as pas mentionné que tu avais un enfant.

Seulement que ta mère était morte et que tu réfléchissais à la mort et au corps.

— On ne peut pas tout dire à la fois. Je croyais pourtant vous en avoir parlé. Quand nous discutions de la mort.

— Il n'est pas toujours facile de savoir où tu veux en venir. »

Bien que l'affaire soit formellement close, je m'enhardis à sortir mon dernier atout et à montrer à frère Thomas la photo de ma petite fille. Je choisis la plus ancienne, celle où elle est en peignoir en tissu éponge, au sortir du bain, parce que je pense qu'elle fera plus d'effet. Elle a une ceinture autour de la taille, comme les moines, et un accroche-cœur mouillé au milieu du front. Les doigts de pieds nus qui dépassent du bas du peignoir ont la taille de petits pois.

Il contemple la photo – impossible de dire ce qui lui passe par la tête.

« À vrai dire, je pensais que tu n'étais pas porté sur les femmes. Ça m'a même effleuré que tu en pinçais pour moi, dit-il en souriant. Je suis content qu'il n'en soit rien ; je m'apprêtais à t'envoyer promener – m'en voilà dispensé », dit le directeur de conscience en s'appuyant au dossier de sa chaise. L'affaire est classée en ce qui le concerne. Il dit que je suis cordialement invité à rester pour voir la suite du film avec lui et qu'il pourra me mettre au fait de ce qui s'est passé pendant les vingt premières minutes. Une fois n'est pas coutume : le sujet est religieux. C'est un film de Godard, vieux d'un quart de siècle.

« Nous n'avons pas seulement besoin de savoir toutes choses, mais aussi de croire, dit l'abbé, donnant par là le ton du contenu du chef-d'œuvre. Si une jeune fille qui attend un enfant dit n'avoir couché avec personne, on peut bien la croire. Il n'est pas du tout nécessaire de voir pour croire. À moins qu'elle ne définisse l'acte d'une autre façon. Et le verbe se fit chair, comme il est dit. Ainsi chaque femme porte en elle le secret de la genèse, la lumière de la divine conception. »

Je remets la photo de ma fille dans ma poche. Il n'y a pas grand-chose à ajouter. Je regarde le film distraitement pendant une demi-heure, puis me lève et dis bonne nuit.

« Ne fais pas cette tête-là, tu trouveras une solution à ton problème avec l'aide de Dieu, dit-il. Que le Seigneur soit avec vous, toi et ton enfant. »

QUARANTE-CINQ

Mère et fille vont arriver dans cinq jours. Qu'est-ce qui m'a pris d'accepter de prendre l'enfant ? Qu'est-ce qui m'est passé par la tête ? Je suis là, en train d'organiser un jardin de rêve où littéralement tout ce qui est mis en terre pousse et se développe, et j'essaie de mettre de l'ordre dans ma vie. Bien que je sois son père, j'ignore ce qui est le mieux pour l'enfant ; je ne sais même pas ce qui est le mieux pour moi. On peut dire qu'un gosse m'est tombé dessus avant que j'aie pu décider si j'en aurais ou pas.

Je décide d'aller au jardin plus tard que d'habitude et de me faire couper les cheveux ; pendant ce temps-là, j'essaierai de repenser ma vie. La devanture porte le mot barbier, mais l'officine se révèle être aussi un salon de coiffure pour dames, avec trois séchoirs antiques. La femme me lave les cheveux. Elle met du temps à étaler le shampoing et c'est très lentement qu'elle me frotte autour des oreilles et qu'elle masse en cercle tout le cuir chevelu. Elle a les cheveux noirs et me dit qu'elles sont deux à travailler en alternance, puis que j'ai les cheveux épais et qu'elle m'a vu quelquefois dans la rue et a remarqué ma chevelure. Elle me demande enfin de combien elle doit raccourcir. Pendant ce temps, je pense à Anna que j'ai vue pour la dernière fois l'espace de dix minutes il y a deux mois à peine, quand je suis venu lui dire au revoir dans l'entrée, et la fois d'avant, à la maternité. Ce n'est, à vrai dire, pas tout à fait conforme à la réalité puisque je suis allé voir le bébé entre mes campagnes de pêche en mer, la dernière fois en apportant une poupée et des tomates.

En vérité, je serais bien en peine de décrire la mère de mon enfant de manière à ce qu'un inconnu puisse la reconnaître. Disons, par exemple, la police, si quelque chose leur arrivait et que ni la mère ni l'enfant ne débarquaient du train.

« Comment est son nez ?

— Suis pas sûr. Féminin.

— Pouvez-vous la décrire ?

— Mal.

— Et la bouche ?

— Moyenne.

— Que voulez-vous dire par moyenne ? Comment sont ses lèvres ?

— Charnues, je crois. » Devrais-je dire une bouche en forme de cerise ?

J'essaie de me la remémorer endormie, à la maternité.

« Couleur des yeux ?

— Suis pas sûr, bleus ou verts. »

Au lieu de cela, j'essaie de récapituler ce que je suis seul à détenir : la lumière dans la serre et le corps orné d'un motif de feuilles.

Pour m'exercer au nouveau statut qui vient de m'échoir, je dis à la coiffeuse que je vais avoir la visite de ma petite fille de neuf mois à peine et de sa maman. La femme hoche la tête, compréhensive. Je regrette aussitôt d'avoir donné ces informations superflues qui, en ce qui me concerne, auraient pu rester enfouies au fond de la mer.

Je reste un moment sur la place, au soleil, pendant que sèchent mes cheveux fraîchement coupés et aussi pour me remettre de mon émotion. Les gens me regardent – c'est peut-être inhabituel de voir un homme aux cheveux mouillés dans la rue. Dans quelques jours, je ne serai plus le gars des roses, mais l'étranger au landau.

Lorsque je rentre le soir à la pension après le travail au jardin, frère Thomas m'attend dans l'entrée.

« Est-ce qu'il ne te faut pas un appartement, pour toi et l'enfant ? demande-t-il sans préambule. J'ai parlé à une brave femme et lui ai dit du bien de toi. Elle peut te fournir un appartement ici, dans la rue voisine, dit-il.

— Ce n'est que temporaire, dis-je.

— Oui, justement, temporaire – c'est ce que je lui ai dit. Combien de temps as-tu dit que le bébé allait rester, quatre semaines ?

— Oui, tout au plus.

— Le logement est meublé. Il est vide d'habitude, tu n'auras que le gaz à payer et un petit quelque chose. »

Je pourrai aller voir l'appartement le lendemain.

Après l'avoir remercié, je vois que frère Thomas a encore quelque chose sur le cœur. Il me dit que les moines sont très contents de tout ce que j'ai fait pour les roses jusqu'ici, qu'ils comprennent aussi parfaitement le changement momentané intervenu dans ma situation et qu'ils comptent bien sur moi de nouveau lorsque les circonstances le permettront.

« Tu pourras venir au jardin si tu trouves une garde pour la petite. Tu disais qu'elle faisait un somme au milieu de la journée ? En gros, frère Martin a apprécié le rosier grimpant, mais il partage la crainte de frère Jacob que cela amène des insectes dans la maison. Il me demande de te rappeler que sa chambre donne au sud. Du même côté que la chambre de frère Stéphane, qui est allergique au pollen. »

QUARANTE-SIX

Mon premier chez-moi en dehors du foyer paternel est au premier étage d'une maison à la façade vert clair. L'appartement est tout en longueur, avec ses deux pièces en enfilade et la hauteur de plafond est impressionnante, hors de toute proportion avec la modicité de la surface.

« Six mètres », dit la femme en me montrant six doigts, lorsqu'elle me voit lever les yeux au plafond. La chambre à coucher, dans le prolongement de la salle à manger, a un lit double sculpté et les murs sont tapissés d'un papier à glaïeuls blancs sur fond rouge foncé. Au-dessus du lit est accroché un tableau qui a l'air ancien.

« La fuite d'Égypte », explique la femme en prenant tout son temps. Les meubles pourraient provenir d'un vieux manoir ; ils ont l'air de pièces de musée. L'appartement est cependant propre et clair et il n'y a pas de bibelots en dehors de deux statuettes de plâtre peint sur la commode de la chambre, représentant un vieillard voûté avec une auréole et un homme en froc de moine tenant un enfant dans les bras, également avec auréole.

« Saint Joseph et saint Antoine de Padoue », m'explique la femme. Elle dit que l'appartement appartient à sa sœur qui a déménagé avec tout son bazar, c'est pourquoi il est le plus souvent vide.

L'autre pièce est plus grande ; c'est une sorte de salon-salle à manger-cuisine, tout en un. Il y a là un canapé qu'on peut déplier pour servir de lit, dit la femme.

« En cas de besoin », ajoute-t-elle en me regardant de côté comme si elle s'étonnait que l'abbé se fût chargé de moi.

Le loyer est insignifiant ; je crois même que la femme s'est trompée et qu'elle ne me fait payer que le gaz.

« Le gaz est en plus », dit-elle.

Il y a des miroirs absolument partout. J'en compte sept en tout, qui ont pour effet de faire paraître l'appartement plus grand et de lui conférer l'aspect d'un labyrinthe. J'ai un instant l'impression qu'il y a trois femmes présentes. Sans avoir la moindre expérience des bébés de neuf mois, je me dis que les glaces pourraient amuser la petite.

« C'est seulement temporaire, dis-je.

— C'est ce que frère Thomas m'a dit. Il a parlé de six semaines pour commencer, dit la femme, et il a précisé que vous seriez avec un petit enfant. » Elle m'examine minutieusement ; elle trouve peut-être que je n'ai pas l'air paternel.

Je jette un coup d'œil au miroir à côté de moi et me trouve face à un homme soucieux, aux cheveux roux fraîchement coupés. C'est peut-être une excellente parade à la solitude, mais ça fait un peu drôle de se voir reflété à tout bout de champ, d'être constamment conscient de soi-même.

La femme dit qu'elle va me prêter du linge de maison. Je ne suis pas sûr d'avoir bien compris si elle allait revenir tout de suite ou plus tard et dans le doute, je n'ose pas quitter les lieux.

Une fois la femme partie, je m'allonge sur le lit dans la chambre à coucher. Au plafond, à six mètres de haut, apparaissent les vestiges d'une fresque représentant des anges ailés alignés autour d'un trou bleu pratiqué dans la voûte céleste. Au milieu du ciel bleu, une blanche colombe a perdu une aile. Je me lève pour faire un tour d'inspection de l'appartement. Sur la table de la salle à manger trône un vase de fleurs en plastique, or pour moi une maison sans fleurs vivantes n'en est pas une. J'enlève donc le vase pour aller le fourrer dans un placard vide de la cuisine.

« Où sont les fleurs ? » est la première question que pose la femme en revenant, une pile de draps repassés sur les bras.

Je vais au placard, l'ouvre et lui tend le vase de fleurs en plastique sans un mot. Elle le prend et va le reposer exactement au même endroit qu'avant, au milieu de la table. Une fois qu'elle est partie et que je me tiens seul, sur le seuil de mon premier appartement, les trois clefs en mains, je consigne à nouveau les fleurs en plastique au placard. Puis j'écarte les épais rideaux de la chambre à coucher. Ils sont en velours rouge à motifs tissés, qui évoquent des lis orangés, et doublés de soie. J'ai l'impression qu'ils proviennent d'une résidence plus luxueuse. Bingo ! En retournant le bas, on voit qu'ils ont été raccourcis et que l'ourlet a été refait. Les fenêtres descendent plus bas que le plancher et quand on les ouvre, apparaît le bord d'un balcon avec une balustrade, je vois tout de suite qu'on pourrait y mettre un tabouret et quatre à cinq plantes vertes.

QUARANTE-SEPT

Le thème de la semaine chez mon voisin de la pension est – une fois n'est pas coutume – les films de jeunesse des stars oubliées de Hollywood. Je décide de sauter le film qui a propulsé Jane Wyman au firmament pour nettoyer l'appartement. Comme j'éprouve le besoin de retrousser mes manches avant l'arrivée de mère et fille, je m'arrête à l'épicerie pour acheter du liquide à récurer parfumé au citron. C'est mon premier achat au village en dehors des livres et des cartes postales.

Un bébé doit pouvoir ramper sur le plancher dans son collant jaune clair. Ma petite fille de neuf mois doit bien s'être mise à ramper, non ? Je me dis que j'aurais dû poser la question à Anna. Pendant que l'eau chauffe sur la gazinière, je parcours l'appartement en me demandant si c'est un foyer douillet. Comment rend-on un foyer douillet ? Il ne me vient rien d'autre à l'idée que d'y mettre des plantes. Je ne connais pas les magasins et cela me prend du temps de trouver des pots en terre pour les fleurs. Je rentre enfin à la maison avec un œillet, un hortensia, un lis et une rose que je suis allé chercher à la roseraie, et aussi du romarin, du thym, du basilic et de la menthe dont je dispose les pots sur le rebord du balcon. Il me faut ensuite acheter d'autres produits de première nécessité pour le nouveau foyer. Bien des questions restent encore sans réponse. Le train doit arriver en fin d'après-midi. Est-ce que la mère me remettra l'enfant sur le quai de la gare, avant de s'en retourner par le prochain train, ou bien m'accompagnera-t-elle jusqu'au village pour jeter un coup d'œil à l'état de l'appartement ? Restera-t-elle pour dîner ? Auquel cas, sera-ce un dîner formel pour lequel on se met à table ? J'avais passé près de deux mois dans le village sans avoir préparé un seul repas. Je décide d'être paré à tout en prévoyant qu'Anna restera à dîner. Par mesure de précaution, j'envisage également qu'il lui faille passer une nuit dans le canapé pour prendre le train du lendemain. Bien que je sois censé aider papa au téléphone à se rappeler comment faisait maman, mes connaissances en art culinaire sont des plus limitées. Je ne préparais jamais à manger à la maison, même si je m'attardais parfois dans la cuisine avec maman. Mon baptême du feu en la matière eut lieu en mer, les rares fois où l'on n'avait pas réussi à réveiller le cuistot du bord. Bien que l'on m'ait retiré de la tripaille de morue pour me mettre en cuisine – le fort en thème à fricasser pour l'équipage boulettes de viande à l'oignon et côtelettes de porc panées à la sauce aigre-douce –, eh bien, je suis nul en cuisine. Les côtelettes arrivaient toutes prêtes, roulées dans la chapelure et la sauce aigre-douce provenait d'une bouteille : il n'y avait qu'à la verser dans la poêle. Et puis je faisais frire un œuf avec – c'était mon apport personnel, qui eut du succès, les hommes ne se plaignaient pas trop. Je faisais aussi des œufs au plat pour mon frère, quand il avait faim. Jósef n'est pas de nature à critiquer et ne fait aucune remarque sur ce que je cuisine. Mes connaissances en matière culinaire s'arrêtent là.

Que mange un bébé de neuf mois à peine ? Mettons que ma fille ait deux dents à la mâchoire supérieure et quatre à l'inférieure, cela revient-il à dire qu'elle peut manger de la viande hachée en sauce ou bien seulement de la purée de légumes en petits pots ? J'essaie de récapituler ce que je pourrais cuisiner sans honte. Il me semble que je pourrais m'en sortir honorablement avec des boulettes de viande en sauce brune, à condition de trouver les bons ingrédients.

QUARANTE-HUIT

Je travaille tous les jours au jardin du matin au soir jusqu'à l'arrivée de mère et fille, mais le dernier matin, j'explore la bourgade sous un nouvel angle : les magasins d'alimentation. J'ai vite fait d'enfiler les rues où l'on trouve les denrées de première nécessité. Le pain se trouve à côté de la viande, les fruits, légumes frais et secs, haricots, confitures et café dans la boutique en face. Saucisses, olives et toutes sortes de choses en saumure sont dans le comptoir vitré du boucher. Sur la place, devant l'église, on vend des fromages, du jambon cru et du miel. Je commence par le boucher et ne vois nulle part de viande hachée. Je désigne, à la place, un morceau de viande rosée sur la table.

« C'est du veau », dit le boucher. Je pense soudain à papa et, sans savoir pourquoi, je suis soulagé que ça ne soit pas du cochon.

« Oui, justement, je vais en prendre un kilo », dis-je sans hésitation.

Le boucher flanque le morceau de viande sur la planche et y découpe huit tranches avec un couteau bien affûté qu'il fait passer doucement au travers du muscle sanglant, tout en m'observant de près. Je m'enhardis à pointer le doigt vers un récipient contenant quelque mets délicatement mariné, qui a éveillé mon intérêt.

« Cent grammes », dis-je en patois quasiment sans faute, car la femme devant moi avait demandé la même quantité.

« Cent grammes ? » demande le marchand en levant un sourcil et il me semble que les trois clients me regardent aussi. Puis il repêche des cœurs d'artichaut marinés à l'aide d'une écumoire, les pose sur un épais papier ciré dont il tortille prestement les deux bouts et envoie le tout sur la balance.

Lorsque j'arrive à la maison, les sacs à provisions dans les bras, frère Marc et frère Paul sont déjà engagés dans l'escalier, portant entre eux un petit lit blanc à barreaux. Ils sont en train de le retourner sur le palier du premier étage et ont l'air contents de me voir. Les voisins du dessus et du dessous sont sur le pas de leur porte à suivre des yeux les deux déménageurs en froc blanc à capuche.

« Nous avons apporté le lit, disent-ils. Où veux-tu le mettre ? »

Je ne me souviens pas d'avoir dit à frère Thomas qu'il me manquait un lit pour la petite. Je dépose les sacs à provisions et lorsque j'ai fini par identifier la clef de l'appartement, je soulève le lit avec eux pour le déposer dans la chambre à coucher. Une fois frère Marc et frère Paul partis après avoir décliné le thé en sachet que je leur proposais, je vide les sacs à provisions et aligne leur contenu sur la table de la cuisine. Un kilo de pommes de terre, huit tranches de veau aplaties, cent grammes de cœurs d'artichaut marinés, une bouteille d'eau, du lait, de l'huile d'olive, un pot de miel, du fromage, du sel et une poivrière.

Mère et fille vont arriver en fin d'après-midi et je profite de mon dernier passage au jardin dans la matinée pour cueillir un bouquet de roses que je mets dans le vase qui contenait les fleurs en plastique. Puis je vais frapper à la porte de la voisine de l'étage au-dessus, une vieille dame aux cheveux argentés, pour lui emprunter son fer à repasser. Un peu étonnée, elle me le prête néanmoins et je repasse l'unique chemise que j'ai emportée du pays – la même que je portais à la naissance de ma fille Flóra Sól.

Mère et fille seront là à cinq heures et je me retrouve totalement à court d'idées face à la viande que je viens d'acheter. Finalement, je retourne chez le boucher lui demander comment je dois cuisiner la viande dont j'ai fait l'emplette il y a une heure. J'arbore ma chemise blanche.

Il ne montre aucun signe de surprise face à ma démarche.

« Est-ce que ce n'était pas du veau ?

— Si, c'est ça. Un kilo.

— Oui, huit tranches, ça devrait suffire pour cinq adultes, dit-il.

— Oui, c'étaient bien huit tranches », dis-je. Je commence à faire des progrès dans la langue, je peux faire de simples phrases courtes et tenir une conversation.

« Vous faites chauffer la poêle, dit-il, vous y mettez quatre cuillerées à soupe d'huile et vous y faites revenir les tranches de viande, d'abord d'un côté, puis vous les retournez pour les faire revenir de l'autre. À la fin, salez et poivrez. Ça ne prend pas longtemps.

— Combien de temps ?

— Trois minutes de chaque côté.

— Et la sauce ?

— Vous versez du vin rouge dans la poêle après avoir fait revenir la viande et vous laissez la sauce mijoter un instant.

— Combien de temps ?

— Deux minutes.

— Et l'assaisonnement ?

— Sel et poivre. »

QUARANTE-NEUF

Elle tient ma fille sur le bras en descendant du train. Il n'y a pas grand monde sur le quai de la gare, mais elles tranchent nettement sur les autres voyageurs et attirent l'attention. Flóra Sól porte une robe à fleurs roses, un collant, des chaussures roses et un gilet tricoté ; elle a grandi, elle n'est plus un petit bébé. Elle a sur la tête, attaché sous le menton, un bonnet jaune d'où s'échappent deux boucles blondes. Je fixe l'enfant, fruit d'un instant de jouissance charnelle, que je n'ai pas vu depuis deux mois et elle me regarde en retour de ses grands yeux d'eau bleue, avec une curiosité nuancée d'hésitation. Anna porte une veste bleue. Elle a les cheveux liés en queue de cheval. Elle est visiblement fatiguée par le voyage ; il me semble aussi qu'elle a froid, bien qu'il fasse chaud et que je sois moi-même en bras de chemise. La première chose qui me vient à l'esprit en la voyant descendre du train est que ça aurait valu la peine d'essayer de mieux la connaître. Il y a trois ans, je n'aurais pas remarqué une fille comme ça dans la rue ; aujourd'hui il en irait autrement, car je ne suis plus le même homme. Mère et fille me considèrent gravement. Je porte une chemise fraîchement repassée et viens de me faire couper les cheveux – peux pas faire mieux. Je salue Anna d'un baiser sur la joue et souris à ma fille. Elle me rend un sourire mouillé, avec ses joues roses à fossettes dans un pâle visage de porcelaine. Il émane de cette enfant de la clarté. Elle tend les bras vers moi. Sa mère la regarde avec étonnement puis pose les yeux sur moi, comme si la petite l'avait trahie en quelque sorte, en se tournant tout de suite vers un papa inconnu. Elle me tend néanmoins ma fille. Celle-ci est légère comme tout, du poids approximatif d'un gros chiot, et toute molle. Elle fait des bonds sur mon bras. Je lui caresse la joue.

« Elle n'a pas peur des étrangers, explique sa maman. Elle fait confiance aux gens. »

Je suis bien obligé de me demander comment deux personnes qui ne se connaissent pas ont pu faire pour fabriquer un enfant aussi divin dans des conditions aussi primitives et inadéquates que celles d'une serre. Il s'en faut de peu que je n'éprouve du remords. Plein de gens ont tout juste : se courtisent de manière constructive, accumulent peu à peu les biens du ménage, fondent un foyer, ont la maturité nécessaire pour résoudre leurs différends, paient leurs traites à échéance mais n'arrivent pas à fabriquer l'enfant dont ils rêvent.

Il y a un quart d'heure de route de la gare au village. La voiture jaune citron, qui n'a pas servi depuis près de deux mois, nous amène sans encombre à destination.

« C'est incroyablement beau par ici, dit Anna lorsque nous approchons du village. C'est quand même plus isolé que je ne pensais », ajoute-t-elle.

Je lui explique qu'à partir d'ici, tout monte à pic et qu'il va falloir continuer à pied.

« Le logement que je loue est derrière l'église », dis-je en pointant le doigt vers le sommet de la colline, couronné par le village où j'ai fraîchement élu domicile. Le monastère s'étale sous nos yeux ; je décide cependant qu'il est prématuré de mentionner la roseraie.

Anna a une poussette pliante que nous ouvrons pour y mettre les bagages ; après quoi je prends une bouteille de vin pour la sauce dans le cageot de l'aubergiste et j'en glisse deux autres dans le panier sous la poussette. J'avais oublié le vin mais je vois maintenant que je pourrais en apporter une bouteille à frère Thomas. Je tiens ma fille dans les bras en montant à l'étage et elle regarde autour d'elle avec curiosité. En cours de route, je glisse un regard sur la jeune femme qui monte à mes côtés. Elle a un beau profil.

« As-tu eu des nouvelles de Thorlákur ? » Qu'est-ce qui a bien pu me passer par la tête pour que je demande ça.

« Non, je n'ai pas entendu parler de lui depuis que nous l'avons quitté à ton anniversaire, il y a un an et demi », dit-elle en riant.

Je suis content qu'elle rie de ma question stupide. Elle a les yeux verts comme la mer ; je peux donc ajouter la couleur de ses yeux qui manquait à sa description. Elle a aussi un beau sourire ; on n'a pas de mal à la trouver à son goût et puisque le sort a voulu que j'aie un enfant, je suis plutôt content que ce soit avec elle. Cela fait une demi-heure à peine que mère et fille ont débarqué du train et il n'a pas fallu plus longues retrouvailles pour que j'aie envie de dire à la mère de mon enfant que je serais tout disposé à être son ami et à organiser avec elle l'anniversaire de la petite, que je pourrais même être de retour au pays juste avant Pâques pour tailler les arbres de son jardin – je ne dis pas de *leur* jardin, eu égard à un éventuel mari. Et puis je me rends compte que ce n'est ni le lieu ni l'heure de la sincérité.

Je ne lui demande pas quand elle doit reprendre le train, mais lui dis que j'ai préparé à manger, donnant à comprendre qu'elle est invitée à dîner. J'ai déjà fait revenir le veau, cuit les pommes de terre à l'eau et je n'ai plus qu'à préparer la sauce.

« Je me suis donné du mal, dis-je ; je n'ai pas vraiment l'habitude de faire la cuisine. » Encore un sourire de sa part, chaleureux.

Anna a l'air étonnée en pénétrant dans l'appartement.

« C'est un logement incroyable, dit-elle, comme sorti d'un vieux conte. » Elle entre dans la chambre et caresse le papier peint aux amaryllis rouges. « Et puis tout est plein de fleurs », dit-elle en voyant la cuisine tandis que je lui ouvre la porte du petit balcon. Il me semble, à sa voix, qu'elle pourrait bien être émue. Dès l'instant où mère et fille ont mis le pied dans mon logis – ma première ébauche de foyer –, c'est comme si tout devenait plus clair, comme si l'appartement se remplissait de lumière.

« Tu es sûr que ça ira ? » demande-t-elle en jetant un coup d'œil autour d'elle. Aucun moyen de se faire une idée des sentiments qui l'habitent.

Je tiens toujours l'enfant sur le bras. La partie inférieure du petit corps pendouille un peu. Ça ne m'étonnerait pas qu'il faille bientôt la changer.

« Oui, oui, je me suis procuré un lit d'enfant », dis-je en détachant le bonnet de ma petite fille. Elle a maintenant un petit peu de cheveux blonds, surtout sur le front où sont les boucles. Je jette un coup d'œil au miroir pour nous voir ensemble, ma fille et moi. Elle est toute en miniature et c'est difficile de déceler une ressemblance évidente. Je lui caresse la tête.

« Elle a exactement les mêmes oreilles que toi », dit la future généticienne en me suivant du regard.

Elle a raison, les oreilles ont la même forme, comme sorties du même moule, avec le même ourlet, le même type de lobe. Je compare furtivement l'enfant à sa mère aux yeux d'aigue-marine, sans voir de ressemblance frappante, hormis le dessin de la bouche qui est identique : deux exemplaires de bouche en cerise. En dehors des oreilles et de la bouche en cerise, notre fille ne ressemble qu'à elle-même, comme si elle venait d'ailleurs. Je trouve pourtant, de manière confuse, qu'elle a quelque chose de maman, sans pouvoir identifier quoi, si ce n'est les fossettes peut-être, mais je n'irais pas jusqu'à faire plaisir à papa en mentionnant la chose. Et puis il y avait toujours du soleil là où était maman, quel que fût le temps au-dehors. Elle était, pour ainsi dire, radieuse. Sur les photos, c'est comme si un projecteur l'éclaire ; là où plusieurs personnes sont sur le cliché, elle est la seule dont la joue resplendit, sinon on pourrait croire que la photo est surexposée. Il y avait de la lumière dans les cheveux de maman, comme dans ceux de l'enfant, comme si on les avait saupoudrés de paillettes scintillantes, et il y avait de la lumière dans son sourire – j'avoue de bonne grâce ma sentimentalité à l'égard de maman, je l'éprouvais de son vivant et je l'éprouve toujours. Et puis je suis né tout pâle avec un toupet de cheveux roux, et mon frère jumeau avec des cheveux noirs, la peau brune et les yeux marron. Tout à coup j'ai envie de montrer à Anna une photo de maman mais je sais qu'il ne convient pas, en cet instant, de m'octroyer la part trop belle chez cet enfant, pas maintenant au moment où elle va lui faire ses adieux et où elle doit être particulièrement vulnérable.

« Elle est exceptionnellement facile et gentille, dit la maman. Toujours gaie et de bonne humeur, elle dort toute la nuit et se réveille avec le sourire. »

Nous passons de la cuisine à la chambre à coucher.

« Il ne faudra pas la quitter des yeux, poursuit-elle. Elle est très curieuse et se faufile partout ; elle pourrait entrer dans un placard et se fourrer sous le lit ; elle pourrait aussi tripoter les prises. Même si c'est une enfant précoce et avancée pour son âge, elle est totalement inconsciente du danger. »

« J'ai fait une liste, ajoute-t-elle, de tout ce à quoi il faut faire attention. » Elle sort de sa poche une feuille pliée. « Ce qu'elle peut manger et ce qu'elle ne peut pas.

— Y a-t-il quelque chose qu'elle ne puisse pas manger ?

— Il faudra, bien sûr, bien écraser ses aliments, elle n'a que six dents mais il y en a deux qui poussent. »

Après quoi, elle ouvre un sac à langer, me montre où tout est rangé dedans et me laisse m'exercer à changer la petite. Je pose l'enfant sur le grand lit.

« Tu n'as pas besoin de tout lui enlever quand tu la changes », dit la maman qui me guide. Je soulève la petite robe à fleurs et retire le collant. Puis je sépare les boutons-pression d'une espèce de combinaison de corps. Il n'y a plus que la couche. Ma fille sourit jusqu'aux oreilles, puis souffle, émettant pour finir un son qui se transforme en monosyllabe : *ba ba ba ba.*

« Elle n'est pas en train de dire papa, elle s'exerce à prononcer les consonnes », s'empresse de dire Anna, dont la voix semble être sur le point de se briser. Elle est sans doute fatiguée. La petite, en revanche, a l'air contente et reposée.

J'enlève la couche. Il n'y a pas de doute que c'est une fille.

« Tu n'as pas besoin de lui mettre du talc ni de la crème à chaque fois », précise Anna. Elle se tient à côté de moi et surveille tout, l'air soucieux. Je remonte un petit peu la chemisette qui laisse apparaître le ventre rond au sommet duquel trône un petit nombril en relief comme un bouton de sonnette. Elle a un minuscule grain de beauté à l'aine, exactement à l'endroit où j'en ai un, moi aussi. Voilà donc deux choses que l'enfant a héritées de son père : le lobe des oreilles et le grain de beauté – trois, si l'on compte les fossettes de ma mère. Je ne peux m'empêcher de me baisser pour souffler légèrement sur le petit ventre. L'enfant glousse. Je me baisse encore plus et pose un baiser sur le bedon. La petite sent bon. Je ne sais pas trop comment la femme qui suit tout cela des yeux va prendre la chose ; son expression est indéchiffrable, comme si elle allait peut-être se mettre à pleurer.

« Tu as l'habitude des enfants ? » demande Anna. On dirait, à la voir, qu'elle commence à regretter le tout.

« Pas vraiment. » Et c'est vrai. Impossible de lui dire que je tiens encore par la main mon frère jumeau, handicapé mental.

« Mais ça ne me fait pas peur », dis-je pour compléter ma pensée. Quand j'ai fini de la changer, la petite tend les bras et me sourit. Je lui rends son sourire. Elle étire toujours les bras et contracte l'abdomen. Elle ne sourit plus, en fait elle s'est mise à geindre bien qu'il n'y ait pas de larmes apparentes. À la fin elle se retourne sur le ventre puis se met sur son séant toute seule.

« Elle veut qu'on la prenne dans les bras », dit mon interprète, comme soulagée d'une certaine façon. Je me penche et soulève l'enfant du lit. On m'enseigne ensuite le fonctionnement de la poussette. Il y a deux positions. L'enfant peut ainsi être assise et regarder les gens et l'environnement. Flóra Sól s'intéresse justement beaucoup aux gens et à son environnement, dit la maman. Et puis il y a l'autre position. Comme ça, dit-elle, en appuyant sur un bouton qui fait, d'un coup, remonter le fond. Ça te fait un landau où Flóra Sól pourra dormir. J'opine du bonnet, ça n'a pas l'air compliqué. Je ne suis quand même pas sûr d'avoir saisi le tout correctement mais je dois pouvoir me débrouiller, je pourrai m'exercer au réglage quand la petite sera endormie.

« Elle a trois tétines », dit sa mère. Elle suspend le sac à langer rose à mon épaule pour me montrer comment le transporter d'un endroit à un autre. Il faut ensuite qu'elle m'explique aussi comment fonctionne le sac. C'est une sorte de boîte à outils souple, comportant une foule de poches et de compartiments où l'on peut ranger couches de rechange, collants supplémentaires, crème, sucette de secours et lingettes humides, précise Anna. À cette différence près que l'on peut l'ouvrir de tous les côtés et étaler les rabats pour en faire un tapis qui sert de table à langer. Tout cela, et bien plus encore, a été assimilé par la mère de l'enfant en l'espace de neuf mois. J'admire l'aisance de la future généticienne. Comment une jeune femme, étudiante en génétique humaine, peut-elle se transformer en mère en si peu de temps ?

« Ce sera pour quatre semaines tout au plus, dit-elle avec l'expression de quelqu'un qui ne maîtrise absolument pas la situation. Trois et demie, si tout va bien.

— Ne te fais pas de souci, dis-je.

— Tu es sûr que ça va aller ? » demande-t-elle, bien que je l'aie assurée, en toute mauvaise foi et à deux reprises, que ça irait aussi bien que possible. Je soulève sa petite fille pour lui montrer que ce sera facile et que je n'ai pas peur d'être tout seul pendant quatre semaines avec une enfant qui glousse et qui rit. Et qui pose ensuite sa petite main sur mon visage pour me caresser la joue, consciente de sa responsabilité.

« Elle est très tendre, elle veut toujours caresser les gens, explique sa maman.

— *Pa-pa*, dit ma fille, posant la tête sur mon épaule,

ou plus exactement sous ma joue.

— Je vais avoir un travail fou avec ce mémoire ; ensuite il faudra que je règle la question de l'appartement et que je remplisse le dossier d'inscription à la fac. Tu pourras bien entendu toujours m'appeler, conclut-elle en me tendant un bout de papier où sont écrits deux numéros de téléphone. Si je ne suis pas là, tu pourras laisser un message. » Elle a de nouveau l'expression de quelqu'un qui va se mettre à pleurer.

C'est alors que je me rappelle le dîner que j'ai passé la moitié de la journée à préparer.

« J'ai fait la cuisine, dis-je à nouveau, sans qu'il me vienne à l'idée de lui demander à quelle heure part son train.

— Merci », dit-elle, bien contente.

Mes préparatifs remontent à quelque temps déjà, de sorte qu'il me faut réchauffer la viande et les pommes de terre et délayer la sauce au vin rouge. Je n'ai pas osé poser au boucher la question de la garniture ; j'ai donc fait cuire des pommes de terre, des carottes et du chou ensemble dans une casserole. Je déplace le vase de roses et mets le couvert pour trois ; deux assiettes côte à côte et une en face, sous le regard attentif de mère et fille. Anna va chercher un gobelet à bec et à couvercle pour la petite et le pose près de l'une des assiettes qui font la paire.

« Flóra Sól peut manger de la viande, si on la lui coupe en tout petits morceaux », dit-elle.

Anna engloutit deux portions à elle seule et me fait des compliments dithyrambiques sur le plat. On voit qu'elle avait faim.

« C'est très très bon », dit-elle.

Nous buvons, avec la viande, le reste du vin qui a servi à faire la sauce. Papa avait préparé un dessert quand je lui ai fait mes adieux, mais moi, je n'y ai pas pensé.

« Je dois prendre le train demain matin, ça ne te dérange pas si je passe la nuit ici ? demande-t-elle sans me regarder dans les yeux. Je pourrais dormir sur le canapé », s'empresse-t-elle d'ajouter, ayant recensé les possibilités du foyer.

J'abandonne mon lit à la mère et à l'enfant et déplie le canapé-lit. Anna déshabille la petite et lui enfile pour la nuit une grenouillère imprimée de petits chiens. Elle met de la crème sur les joues de sa fille, brosse huit dents de lait et repousse de côté les boucles frontales à l'aide d'une brosse douce. Puis elle vient vers moi avec l'enfant pour que celle-ci me dise bonne nuit avec un baiser. La petite se fourre la sucette dans la bouche et je la vois appuyer la tête sur l'épaule de sa maman, au moment où elles disparaissent dans la chambre à coucher.

Je fais la vaisselle et Anna reparaît au bout d'un moment ; elle est fatiguée et va aller se coucher avec la petite.

« Merci beaucoup pour cet excellent repas, dit-elle. Et merci de prendre si bien les choses, avec Flóra Sól. Tu me sauves la vie, tu sais. » Puis elle me dit bonne nuit.

« Bonne nuit.

— Bonne nuit. »

Ça me fait drôle de savoir que mère et fille sont dans la chambre d'à côté ; c'est comme à la maternité il y a neuf mois, quand nous avons dormi sous le même toit. Je me demande si je pourrais décemment sortir ce soir, mais je ne me vois pas laisser Anna toute seule dans l'appartement avec la petite. Ça ne m'avancerait à rien non plus de me rendre à tâtons dans la nuit noire jusqu'à la roseraie. Et bien que je sois sans aucun doute le bienvenu à visionner un film accompagné de liqueur de cassis chez frère Thomas, dans la rue voisine, je vois d'après la pendule que j'aurais manqué la moitié de la séance.

CINQUANTE

Je me réveille tôt le lendemain matin. La veille, j'avais acheté tout ce qu'il fallait pour le dîner ; maintenant je vais acheter le petit déjeuner. Et pour la première fois en deux mois, je ne vais pas au jardin.

J'ai quelques hésitations concernant les achats, mais je rapporte à la maison un paquet de café, du thé, du pain, du beurre, des bananes, du fromage et des flocons d'avoine. Pour finir, j'ai pris aussi deux brioches. J'avais acheté le lait la veille.

Lorsque mère et fille, qui viennent de se réveiller, font leur apparition, les joues toutes roses, j'ai fini de préparer le porridge. Ça, je l'ai appris de papa qui nous faisait toujours du porridge le matin, à Jósef et à moi. Anna porte un T-shirt bleu ciel avec une inscription ; elle a ses lunettes et s'est fait une queue de cheval. Je ne m'attendais pas à cela, qu'elle apparaisse en T-shirt bleu ciel avec une inscription sur le devant – ce sont deux mots qui, à première vue, me semblent être du finnois. Elle me tend notre petite fille. Flóra Sól a une barrette, qui retient les mèches de son front.

Nous sommes assis tous les trois à la table du petit déjeuner, comme une famille. Je donne à manger à la petite qui ouvre grand la bouche après chaque cuillerée, comme un oisillon affamé. Puis j'épluche une banane et lui tends le fruit qu'elle saisit des deux mains et mange toute seule.

« Grande fille », dis-je.

La banane engloutie, les petits doigts poisseux explorent mon visage et je leur donne un baiser.

Il me semble qu'Anna se sent mieux qu'hier soir ; elle a l'air reposée. Mais au lieu d'être soucieuse, elle a l'esprit ailleurs, comme si elle ne remarquait pas tout à fait ma présence à table.

« C'est du finnois ? dis-je en désignant le T-shirt.

— Oui, un congrès de biologie », dit-elle en souriant. Puis elle se lève et va dans la chambre rassembler ses affaires.

« Le train part à onze heures », dit-elle.

Je reste assis à table, la petite sur les genoux.

Lorsque la maman revient, elle prend l'enfant dans ses bras et la serre contre elle. La petite sourit et dit *ma-ma*.

Anna ne veut pas que nous l'accompagnions à la gare ; elle va prendre le car.

« Elle pourrait se mettre à pleurer, dit-elle en guise d'explication. Elle a beau être gentille d'habitude et peu exigeante, elle a son petit caractère.

— Je comprends, dis-je, tandis que ma petite fille pose sa joue contre la mienne et laisse errer ses petits doigts sur mes mâchoires rasées de frais.

— Je reviendrai dans trois à quatre semaines, ça ne fera pas plus d'un mois en tout, dit la maman.

— Comme je te l'ai dit, ne t'en fais pas. Bon voyage. » Je ne veux pas qu'elle perçoive mon inquiétude.

Elle embrasse l'enfant. Puis elle me donne deux baisers, un sur chaque joue. La petite sait dire au revoir en agitant la main. Ni l'une ni l'autre ne pleure.

« Je te fais confiance, dit-elle.

— Ne t'en fais pas, dis-je, je m'occuperai bien d'elle. »

La petite fait de nouveau au revoir de la main à sa maman.

Je viens de refermer la porte lorsqu'on frappe. J'ouvre, Flóra Sól sur le bras.

« J'ai oublié quelque chose », dit Anna, dans l'embrasure de la porte. Elle tire sur la fermeture Éclair de son sac et en sort un paquet.

« C'est de la part de ton père. Il te fait la bise bien entendu. Excuse-moi de ne pas y avoir pensé. » Elle me tend un paquet mou emballé de papier cadeau de Noël et ficelé d'un bolduc vert frisotté aux deux bouts. C'est le même genre de papier que celui du pyjama.

Je réceptionne le paquet et lui tends notre fille – donnant-donnant, en quelque sorte. Elle embrasse la petite sur la joue et la serre contre elle comme au terme d'une longue séparation. La valise est là, à l'entrée du couloir. Je me demande si je peux éviter d'ouvrir le paquet en présence d'Anna, mais la petite me suit des yeux avec intérêt ; elles me regardent, en fait, toutes les deux, attendant que je l'ouvre. Je n'ai pas le choix. Le paquet contient un petit pull en jacquard bleu avec plastron à motifs blanc et jaune, pour enfant de deux à trois ans. Le vêtement sent bon la poudre à laver. Il ressort de la lettre que mon père y a jointe que le pull était à moi autrefois « comme tu t'en seras douté à juste titre, écrit-il, c'est ta défunte mère qui l'a tricoté ; d'ailleurs un pull pour chacun de vous, les jumeaux, pour votre troisième anniversaire. Celui-ci a peut-être appartenu à Jósef car tu étais un tel brise-fer que tu mettais tes vêtements en pièces, alors que ton frère était à part : il n'abîmait rien, pas plus ses habits que les livres ou les jouets, poursuit la lettre. Puisque tu as, à ton tour, bénéficié de la chance et du miracle d'avoir un enfant adorable avec une femme bonne et belle, j'espère que le pull sera utile. Non seulement cela ferait plaisir à ta défunte mère, mais cela créerait un pont entre les générations et renforcerait les liens de l'enfant avec la branche paternelle, bien que ce petit cadeau de famille soit plus symbolique que vraiment utile en un lieu où les courants des mers du sud caressent des rivages exotiques et que le vêtement soit d'une taille avantageuse pour un enfant encore petit. » La lettre s'achevait sur le vœu que ma fille grandît dans ce pull tricoté il y a tout juste dix-neuf ans par une bonne personne pour un petit garçon de trois ans, pour le plus grand bonheur et la plus grande joie de son grand-père sur la terre et de sa grand-mère au ciel. Le paquet contenait également le cahier de maman, avec les recettes rédigées de sa main.

« J'en ai fait une photocopie pour moi, écrit papa, mais je te laisse l'original. » J'ouvre le cahier fatigué et en feuillette rapidement les pages dont un grand nombre sont détachées. On y trouve surtout des recettes de petits gâteaux, mais je tombe aussi sur la soupe au cacao avec biscottes et crème fouettée.

« Ton père vient parfois nous rendre visite, dit la mère de mon enfant, hésitant à la porte. C'est un homme pas comme les autres. Flóra Sól l'aime beaucoup. »

Ainsi donc, papa a rendu visite à sa petite-fille et à la mère de celle-ci sans que j'en aie eu connaissance.

« Nous sommes aussi allées quelquefois chez lui, dit Anna. Il m'a montré une photo de toi quand tu avais cinq ans, chaussé de grandes bottes et avec des taches de rousseur et aussi ta photo de bachelier et tes feuilles de notes dont il fait grand cas. » Elle semble sincèrement enchantée de papa.

« Comment est-ce qu'il t'appelle, déjà ? Il me semble qu'il utilise plein de diminutifs : Lobbi, Addi, Dabbi ?

— Oui, c'est vrai. Quand il m'appelle Dabbi, c'est qu'il va me parler de mon avenir, de ce que je devrais entreprendre. » Elle rit, nous rions tous les deux. Je suis soulagé, elle est soulagée, elle aussi.

Je dis ensuite au revoir à Anna pour la deuxième fois en lui souhaitant un bon voyage et lui répète une fois de plus qu'elle n'a pas besoin de s'en faire. Être un homme, c'est pouvoir dire à une femme de ne pas se faire de soucis superflus.

Je place ma petite fille au milieu de mon grand lit et ouvre le sac qui va avec l'enfant pour en ranger le contenu sur les étagères vides de l'armoire.

Il y a là des grenouillères en coton, des brassières en quantité, toutes sortes de pantalons doux avec élastique à la taille et aux chevilles, un nombre incroyable de petits collants, des chandails en jacquard, des bonnets, deux robes et une parka de taille minuscule, le tout propre et soigneusement plié. Il y a aussi quelques jouets : une poupée, trois animaux en peluche, un puzzle et des cubes avec des lettres. La petite se tourne sur le ventre et se propulse vers le bord du lit. Les pieds en avant, elle rampe à reculons comme un lézard, comme un para de commando dans un camp d'entraînement. Les pieds arrivent au bord du lit. Elle les laisse glisser prudemment jusqu'au sol.

« Grande fille », dis-je tout haut.

Elle se tient contre le lit, souriant d'une oreille à l'autre, sur ses petites jambes chancelantes dont elle commence à étudier le mode d'emploi, avec leurs genoux dodus à fossettes.

Même si j'ai tout récuré avec du produit au citron,

je ne tiens pas à ce qu'elle rampe sur le plancher froid, sans pouvoir exclure qu'elle y trouve quelque chose à se mettre dans la bouche.

« Non, non, dis-je, pas ramper sur le plancher. »

Je la ramasse et la pose, telle un petit chiot, à quatre pattes au milieu du grand lit.

« Ramper ici », dis-je. Mes messages sont clairs, en phrases qui se limitent à deux mots, trois au plus : sujet, verbe et complément. Et puis j'ajoute tout bas, rien que pour essayer ces mots nouveaux qui sont étrangers à ma bouche, comme s'ils faisaient partie d'une nouvelle définition de moi-même, comme s'ils étaient désormais au cœur de ma nouvelle vie :

« Petite fille à son papa ramper ici. »

L'enfant répète le jeu et se laisse glisser au sol à nouveau, les pieds en avant, après un second parcours.

Je l'attrape et la repose sur le lit en soutenant son ventre. Elle se met automatiquement à quatre pattes et s'élance en rampant vers le bord du lit, se retourne alors et laisse ses pieds glisser jusqu'au sol. Elle met une demi-minute à recommencer son manège. La quatrième fois que je l'attrape pour la remettre sur le lit, elle est devenue fatiguée et irritable. Elle en a assez du jeu et m'en veut de restreindre sa liberté et ses possibilités d'exploration. Je suis fatigué, moi aussi. Il y a vingt minutes à peine que sa maman est partie et je suis déjà à bout de ressources. Sa mère a dit que la petite dormait pendant trois heures l'après-midi. Lui ai-je demandé combien de fois il fallait changer sa couche, ou bien ai-je oublié ? M'a-t-elle répondu ? Est-ce le moment de la changer à nouveau ?

CINQUANTE ET UN

Une demi-heure plus tard, on frappe à la porte. Je présume que la voisine vient chercher le fer à repasser que j'ai oublié de lui rendre la veille. C'est encore Anna.

Elle hésite sur le pas de la porte, la valise à la main.

« Je me disais, dit-elle en regardant par terre, c'est-à-dire si tu n'y vois pas d'inconvénient, poursuit-elle comme si elle récitait l'introduction à ce qui allait suivre, que je pourrais tout aussi bien terminer mon mémoire ici au lieu de m'en aller. Le temps que vous fassiez connaissance ; ce serait mieux aussi pour Flóra Sól, je veux dire qu'elle s'habitue à toi pendant que je suis là aussi. C'est-à-dire, à condition que tu n'aies rien contre », dit-elle avec hésitation. Elle est dans ses petits souliers parce qu'elle ne veut pas partir. « Je coucherais naturellement sur le canapé du salon, ajoute-t-elle précipitamment, et vous pourriez avoir la chambre. » Puis elle fait un pas hésitant dans l'appartement et se penche pour soulever ma fille qui s'amuse avec des cubes, comme pour souligner que l'enfant ne peut pas rester sans elle. Elle recule de quelques pas avec la petite jusqu'à la porte, dans l'attente de ma réaction et aussi parce que je ne l'ai pas formellement invitée à entrer à nouveau. Si l'on s'en tient à la lettre, elle m'a déjà confié l'enfant. Ma fille regarde sa mère avec compréhension et, à ce qu'il me semble, avec solidarité. Mère et fille me regardent toutes les deux depuis la porte et attendent ma réaction.

« Je pourrais aussi loger à la pension », dit-elle, les yeux fixés sur le plancher. Elle a un beau cou et une belle nuque.

« Je passerai de toute façon mes journées à la bibliothèque. »

Voyant à quel point elle souffre, il ne me vient rien d'autre à l'esprit pour adoucir l'instant, que d'effleurer son bras et de dire :

« Tu peux bien rester ici », et ma voix tremble un tout petit peu.

J'ai dit cela sans me rendre compte de la vitesse à laquelle ma vie est en train de changer.

« Merci infiniment, dit-elle tout bas. Si tu es vraiment sûr que ça va aller. » Il n'y a pas de doute qu'elle est soulagée, elle a presque l'air heureuse.

J'ai commencé par lui céder mon lit et m'installer sur le canapé pour une nuit, et maintenant je viens de l'inviter à habiter chez moi pour y rédiger son mémoire. Il doit être normal pour moi de me demander dans quel guêpier je me suis fourré. Que signifiait qu'elle allait vivre chez moi avec l'enfant le temps de me mettre au courant ? Pourtant, tout au fond de moi et de manière aussi étonnante que confuse, je suis content.

« Ne veux-tu pas commencer ton mémoire pendant que je sors avec Flóra Sól dans son landau ? » dis-je. Et j'ajoute : « Vous pouvez avoir la chambre, je dormirai sur le canapé. » Elle va chercher sa valise et l'emporte droit à la chambre. Puis elle revient, un gros livre sous le bras, s'assied à la table de la cuisine, le feuillette pour retrouver un chapitre au milieu et se met à étudier son bouquin de génétique.

CINQUANTE-DEUX

Ayant été moi-même un enfant à otites, je noue le bonnet bleu à feston de dentelle sous le menton de ma fille avant de sortir avec elle, en veillant à ce qu'on voie ses deux boucles. Puis je me mets en route pour un tour au village. Le moins qu'on puisse dire est que j'attire l'attention avec le landau. Quand je suis avec la petite, l'attitude des habitants est tout autre et bien plus chaleureuse que lorsque je suis seul. Je remarque aussi, chose à laquelle je n'avais pas prêté attention auparavant, l'absence d'enfants dans les rues du village ; je suis la seule personne au bourg ce matin avec un petit enfant.

J'arrange ma fille de manière à ce qu'elle soit assise bien droite et puisse suivre des yeux les passants qui la regardent à leur tour. Elle récolte intérêt et admiration tout au long de notre premier parcours de la rue principale. Les femmes semblent m'accorder plus d'attention en ce premier quart d'heure qu'elles ne m'en ont prêté pendant les deux mois que j'ai passés seul au village. Je trouve la vie affective des femmes très complexe et leurs réactions souvent imprévisibles. Au bout de quatre allées et venues avec le landau dans la rue du village, il me vient à l'idée d'aller à l'église avec ma fille pour lui montrer le retable à l'enfant Jésus qui lui ressemble.

L'inégalité des dalles de pierre provoque des secousses et j'abandonne le landau au portail d'entrée, sous l'effigie du Jugement dernier, prenant soin toutefois d'emporter une tétine. Je ne pense pas que qui que ce soit puisse trouver à redire à la présence d'un bébé dans l'église pendant le déroulement de la messe. Sur les bancs sont assises quelques rares femmes âgées. Je ne me dirige pas tout de suite vers le tableau, mais m'assieds à l'arrière de la nef pour que ma fille puisse s'habituer à la pénombre. Puis nous progressons par étapes dans la direction du chœur et je lui montre d'abord les autres images, l'une après l'autre, en lui lisant le texte de toutes les pancartes à haute voix. Nous prenons notre temps devant chaque œuvre. La petite est intéressée et vive dans mes bras. Nous regardons Marie Madeleine avec ses longs cheveux roux, puis je m'attarde devant saint Joseph. La peinture montre un vieil homme aux épaules voûtées, éprouvé par la vie. Je mets une pièce dans le tronc et allume un cierge. Sur la pancarte, il est dit que saint Joseph a été un époux fidèle, travailleur et pieux. Il était père adoptif, me dis-je, et il a endossé le rôle qui lui était destiné. Moi, je ne suis pas un père adoptif comme Joseph ; ma fille a les mêmes lobes d'oreille que moi et un grain de beauté au même endroit de l'aine, elle est la chair de ma chair, si l'on peut s'exprimer ainsi théologiquement parlant. J'éprouve cependant de l'empathie pour saint Joseph. Il a dû se sentir bien seul sous la couette.

« Joseph, vieux frère », dis-je en souriant. Je me rappelle alors la carte que j'allais justement envoyer à Jósef, qui aime tellement recevoir des timbres.

« C'est un garçon », dis-je lorsque nous arrivons à Marie en majesté avec l'enfant Jésus. Ma fille cesse de tressauter dans mes bras et s'immobilise, toute sérieuse. Elle regarde de ses grands yeux son double aux joues roses, aux fossettes et aux deux boucles blondes sur le front. Maintenant que je tiens ma fille à côté du tableau, je ne peux que constater une ressemblance frappante. Même les oreilles sont identiques ; je n'avais pas remarqué auparavant le pli de l'oreille de l'enfant Jésus. Une femme est prosternée devant le retable et lorsqu'elle se relève, elle regarde plusieurs fois alternativement ma fille et l'enfant du tableau avec surprise. Je sais ce qui lui passe par la tête.

À la sortie de l'église, je demande à la dame qui vend des saints en plastique dans une petite stalle de l'entrée quelques précisions sur le tableau. Elle me dit que son origine pose plus de questions qu'elle ne donne de réponses. Par curiosité – et aussi parce qu'on l'interroge parfois – elle a essayé de se renseigner sur le retable, notamment auprès de frère Thomas qui est le plus savant en matière de peinture, mais sans rien en tirer – on ne sait même pas exactement qui en est l'auteur.

« Le tableau est pourtant censé être l'œuvre d'une femme peintre peu connue, fille d'un maître de la province voisine, tombé lui-même dans l'anonymat », dit la femme en tendant à la petite un saint en plastique à examiner. L'enfant passe son petit index à travers l'auréole dorée.

CINQUANTE-TROIS

En ce moment, ce sont surtout les courses qui me donnent du souci. Je ne m'attendais pas à devoir préparer plus qu'un unique dîner. Et voilà que, quasiment sans préavis et sans que cela ait été explicitement formulé, je me retrouve plongé dans une vie de famille, avec femme et enfant – qui couchent à vrai dire dans la chambre voisine. Cela s'est fait sans que je prenne de décision mûrement réfléchie et sans que j'aie eu le temps de m'y préparer. Il faut désormais que je fasse mes achats autrement pour subvenir aux besoins de trois personnes.

Qu'est-ce qu'Anna peut bien aimer manger ? De deux yaourts, préférerait-elle celui aux framboises ou celui aux baies de la forêt ? On a toujours peur de l'aptitude des femmes à l'interprétation. Anna n'est pourtant pas du genre à vérifier le pourcentage de matières grasses pour vous regarder ensuite d'un air accusateur, comme il y en a des exemples. S'il est permis de tirer des déductions du dernier dîner, Anna mange de tout, fait l'éloge des plats et s'en ressert une double portion.

« Est-ce que je peux finir les restes ? » demande-t-elle quand j'ai fini de manger. Elle termine alors la viande tout en sauçant la poêle.

Bien que ce ne soit pas très commode d'avoir à se déplacer partout avec une voiture d'enfant, j'avoue que c'est formidable de pouvoir entasser les denrées dans le panier ainsi qu'aux pieds du bébé. Je n'ai aucune expérience des courses alimentaires, mais nous commençons par le marchand de légumes à qui j'achète trois unités de chaque sorte parce que nous sommes désormais trois au foyer. J'achète trois pommes, trois oranges, trois poires, trois kiwis et trois bananes parce que Flóra Sól dit *ba-ba-ba-ba* en pointant une banane du doigt. J'ajoute des fraises et des framboises. Après quoi j'achète un kilo de plus de pommes de terre car il faut que je prévoie à nouveau le dîner ; je finirai sans doute par servir du veau frit à la poêle accompagné de pommes de terre bouillies, comme hier. Sans trop savoir comment m'y prendre pour les accommoder, j'achète en plus différents légumes. Le marchand fourre aussitôt ce que je lui montre du doigt dans un sac en papier et griffonne des chiffres sur une feuille. Je procède pour les légumes comme pour les fruits : trois tomates, trois oignons, trois poivrons et trois unités de quelque chose de violet, dont je ne sais trop si ce sont des fruits ou des légumes.

Sortant de chez le boucher avec la viande de veau, je croise frère Thomas qui me salue d'une poignée de main, puis se met à fixer la petite comme s'il découvrait une nouvelle vérité. Flóra Sól se trémousse pour signifier qu'elle veut sortir de son landau et faire connaissance avec l'abbé. Je la soulève et la tiens sur le bras tout en devisant avec lui, soulignant également par là mon rôle de père. Ma fille sourit à frère Thomas et il lui tapote la tête, sur quoi elle fait sa timide et pose la tête sur mon épaule.

« Belle petite et bien éveillée, dit-il. Je pense qu'à vous deux, vous faites baisser l'âge moyen du village car il n'y a pas beaucoup de jeunes qui veuillent rester ici. »

Je dis à l'abbé que je ne pourrai pas venir au jardin pendant deux ou trois jours, mais que je reviendrai ensuite. J'aurai alors une garde pour le bébé quelques heures dans l'après-midi. Je ne mentionne pas Anna – inutile de compliquer les choses – à qui il faut d'ailleurs que je parle du jardin.

« Frère Matthias va arroser en ton absence », dit l'abbé.

Avant que j'aie pu m'en rendre compte, je viens de lui demander s'il connaissait quelques recettes.

« Pas trop compliquées, dis-je, parce que je n'ai pas beaucoup d'expérience. » Puis je lui raconte que j'ai préparé du veau à la sauce au vin rouge la veille, que ça a bien marché et que j'aurai encore du veau ce soir. Après cela, il faudrait que je change un peu.

Si ma démarche prend l'abbé au dépourvu, il n'en laisse rien paraître. Il me dit ne jamais faire la cuisine lui-même, mais il pense à quelques films que j'aurais intérêt à voir. S'il devait nommer ceux qui lui viennent à l'esprit en premier, il citerait *la Grande Bouffe*, *le Cuisinier, le voleur, sa femme et son amant* – ce qui est assurément non-conformiste et peut-être pas adéquat dans ce contexte. *Salé, sucré*, *le Chocolat*, *le Festin de*

Babette, les Épices de la passion, *Chungking Express* et *In the Mood for Love*, dit-il en s'excusant pour la traduction approximative des titres, faite de mémoire.

L'un des films traite d'ailleurs spécialement de dessert au chocolat, sur fond de lutte entre le bien et le mal où le prêtre de la paroisse est le méchant tandis que la femme qui fabrique le chocolat incarne le bien, dit frère Thomas en souriant gaiement tout en adressant un salut à une vieille femme qui passe.

« On n'y donne ni les quantités ni les proportions exactes », ajoute-t-il, mais selon lui, les films pourraient néanmoins me mettre sur la bonne voie en matière de cuisine. Il dit que ma fille et moi serons les bienvenus chez lui quand nous aurons fini nos courses pour visionner les cassettes vidéo.

Comme les emplettes sont formellement terminées et que la petite et moi n'avons, à vrai dire, rien de spécial à faire, nous le suivons jusqu'à la pension. Il retire quelques films des étagères pour les aligner sur le bureau. Puis il choisit une cassette et l'introduit dans l'appareil. Frère Thomas dit qu'aucun réalisateur n'a filmé la gourmandise comme celui-là, mais il lui faut quelques minutes pour trouver la scène susceptible de m'être utile pour la cuisine. La petite le suit des yeux avec intérêt.

Sur l'écran apparaissent des visages asiatiques ; les femmes ont des coiffures extraordinaires et portent de belles robes. La séquence que frère Thomas a choisie pour moi dure environ deux minutes et montre des gens cheminant par un dédale humide d'étroites ruelles, chargés de gamelles remplies de soupe aux nouilles.

Dans le deuxième film sélectionné par l'abbé, il s'agit de la scène du début où l'on voit le héros décapiter un coq à l'aide d'un couteau bien tranchant et le préparer de façon compliquée en un temps record. Ce qui retient mon attention est la belle collection de couteaux du héros : des centaines d'armes blanches affûtées tapissent un mur entier de la cuisine à l'arrière-plan. L'abbé sort une autre vidéo, la met dans l'appareil, la fait avancer un moment, puis revenir en arrière avant de tourner la tête pour jeter un coup d'œil hésitant à ma fille de neuf mois en disant :

« C'est un film interdit aux moins de seize ans. »

CINQUANTE-QUATRE

Sur le chemin du retour, je jette un coup d'œil à la petite boutique de vêtements pour enfants, à côté du barbier. J'aperçois en vitrine une robe à fleurs qui pourrait aller à ma petite fille. L'aménagement de la boutique est suranné et les vêtements un peu démodés. La propriétaire est une vieille femme, pas loin des quatre-vingt-dix ans. Toute contente d'avoir des clients, elle s'empresse de présenter deux robes à fleurs, l'une avec des clochettes bleues, l'autre avec des roses roses. Je juche Flóra Sól sur le comptoir pour évaluer grosso modo sur elle la taille des robes fleuries, mais je ne suis pas sûr que ce modèle convienne à une petite personne dont la plus grande mensuration est le tour du petit bedon. La bonne dame se souvient alors d'une robe jaune qu'elle a quelque part en réserve. Celle-ci est imprimée de lis blancs, avec un irrésistible petit col de dentelle au crochet et un collant jaune crocheté assorti. Marché conclu, j'achète la robe jaune à fleurs et le collant. Au moment où je vais payer, la femme me signale qu'il me faut pour ma fille un manteau à mettre par-dessus la robe, ajoutant qu'elle me fera une bonne ristourne. La voilà partie et revenue aussitôt avec une pochette en plastique transparent contenant un minuscule manteau en laine de couleur bordeaux, à double boutonnage et col et poches piqués. Je revêts ma fille du manteau et la fait se tenir debout sur le comptoir. Elle est haute comme trois pommes dans ce vêtement qui lui descend jusqu'aux pieds, mais la couleur lui va bien. Campée sur la table, elle ressemble à une poupée de collection en porcelaine, une personne adulte en miniature. La clientèle s'est multipliée dans la boutique et ma fille récolte l'admiration de deux amies âgées de la patronne qui passaient par là. Je ressors avec le manteau bordeaux, la robe jaune à fleurs et le collant.

Le soir, je prépare encore une fois du veau à la sauce au vin rouge, mais au lieu de faire frire la viande en tranches, je la coupe en morceaux et confectionne un goulasch de veau pour ma fille de neuf mois et sa mère. Puis je fais cuire des pommes de terre comme la veille, mais cette fois, c'est pour en faire une purée.

Après le repas, je mets à la petite la robe et le manteau pour la montrer à sa mère. L'enfant répète sur la table de cuisine la scène de présentation de mode de la boutique, en applaudissant avec ravissement.

Anna rit, applaudit à son tour et admire sa fille un petit moment avant de se replonger dans son livre. Je me fais un peu de souci à cause de son air distrait quand elle est avec la petite ; elle joue un instant avec elle ; elles se font des câlins, rient et poussent de petits cris, et puis c'est comme si elle se mettait à penser à autre chose et perdait tout intérêt : elle me tend l'enfant, s'installe à la table de la cuisine et ouvre ses livres. Même si l'idée ne m'effleure pas qu'elle puisse se passionner davantage pour son sujet de recherche que pour son enfant, je suis néanmoins préoccupé par le fait que sa joie est aussi éphémère.

CINQUANTE-CINQ

Aucun jour ne ressemble au suivant et tout, absolument tout ce qui touche au rôle paternel est nouveau pour moi. Le soir, j'essaie pour la première fois de donner un bain à un petit enfant. Comme l'eau chaude est très limitée et que la pression est si faible que cela prend une éternité de remplir la baignoire, j'essaie de plonger le petit corps dans l'évier qui est assez grand et de l'y baigner.

Elle s'intéresse passionnément à l'eau qui coule et s'amuse dans l'évier avec un petit gobelet en plastique qu'elle remplit et renverse aussitôt. En un rien de temps, je suis trempé et le plancher est inondé. Le plus simple serait de prendre la petite avec moi dans mon bain, de manière à mieux profiter de l'eau. Le hic c'est qu'après lui avoir mis du shampoing et rincé les deux boucles blondes de son front, il faudrait quelqu'un pour la sortir de l'eau. Quand j'ai fini de la laver dans l'évier, j'enroule une serviette autour du petit corps tendre et arrange ses cheveux à l'aide d'une brosse douce. Je vois qu'on pourrait bien y mettre un ruban, assorti à la robe jaune. Je feuillette le dictionnaire et note le mot. « Demain, nous achèterons un ruban pour mettre dans tes cheveux, dis-je à ma fille.

— Dodo », dit-elle à haute et intelligible voix.

Je lui mets son pyjama ; il n'a que deux boutons, l'un au niveau du nombril, l'autre à l'encolure. Puis je porte le bébé souriant et coiffé au peigne mouillé pour montrer à mon amie, assise face à son livre à la table de la cuisine, la beauté de ce monde, pour lui donner l'occasion d'admirer sa création, notre création. Elle reconnaît l'enfant, lui adresse un sourire fugace et plaque un bisou sur une des fossettes.

« Elle a un nouveau pyjama ? demande-t-elle.

— Oui, nous l'avons acheté ensemble aujourd'hui quand nous sommes allés en ville, dis-je en soulevant ma fille sur la table pour que sa maman voie le pyjama deux-pièces, rose avec des lapins verts.

— Chouette, dit-elle en hochant la tête à l'appui du mot, très chouette », mais au lieu de regarder son enfant, c'est moi qu'elle regarde, de ses yeux vert d'eau. La petite tend les bras pour embrasser sa mère, puis replace aussitôt la tête sur mon épaule ; elle veut aller dormir.

« Dodo », redit l'enfant modèle d'une voix claire.

Je l'installe dans le lit à barreaux que les moines ont apporté et la question de savoir où frère Thomas a bien pu le dégotter reste pour moi un mystère. Bien que j'aie tiré les rideaux, c'est comme s'il y avait toujours une étrange clarté autour de l'enfant, d'autres en ont fait la remarque – même par temps nuageux comme aujourd'hui –, notamment la vieille dame de l'étage au-dessus, quand je lui ai rendu son fer à repasser. Il ne faut pas longtemps pour endormir la petite et lorsque c'est chose faite, Anna est toujours plongée dans sa biologie à la table de la cuisine. Je vois qu'elle a fait la vaisselle et ramassé les jouets. Je me demande si je devrais lui suggérer de sortir un peu dans la soirée pour « voir du pays ». Je pourrais dessiner pour elle un plan du bourg avec la rue principale et notre rue à nous, qui en part – cela ferait deux traits qui se croisent, et puis je pourrais marquer deux ou trois endroits à voir : l'église, la mairie, la poste et le café à côté, c'est vite fait.

Cela risquerait-il de lui donner l'impression que je souhaite me débarrasser d'elle, comme si je redoutais sa présence, une fois l'enfant endormi ? Et si elle se perdait ou si quelqu'un venait l'embêter ? Au lieu de cela, je m'assieds en face d'elle et tout à coup j'éprouve le besoin de lui confier un élément personnel et important qu'elle ignore encore de ma vie.

Je vais chercher la photo de Jósef et moi pour la lui montrer. Nous sommes côte à côte dans le jardin de la maison, mais contrairement à mon habitude, je ne le tiens pas par la main.

« C'est ton cousin ? » demande-t-elle.

La question n'est pas pour me surprendre : Jósef a une tête de moins que moi et nous sommes très différents d'aspect. Cette première réaction est normale. Mais ce n'est pas son apparence qui rend Jósef différent des autres – à première vue, on ne voit pas qu'il a quelque chose. C'est plutôt, en fait, un très beau jeune homme, brun avec une peau comme s'il revenait d'une plage ensoleillée, et des yeux marron. Bien des femmes le trouvent séduisant, même après s'être aperçues qu'il ne parle pas. J'ai si souvent entendu dire que mon frère jumeau était beau, que je me suis convaincu que moi, que je devais être d'une façon ou d'une autre son contraire.

« Nous sommes jumeaux, en fait. »

Elle me regarde droit dans les yeux. Ses yeux à elle sont très insolites, plutôt turquoise qu'aigue-marine.

« Que veux-tu dire par jumeaux en fait ?

— Oui, nous ne sommes pas nés le même jour, mais nous sommes jumeaux : nous étions ensemble dans le ventre maternel. C'est vrai, je suis né le premier et mon frère deux heures plus tard, après minuit, le jour suivant.

Nous sommes donc jumeaux au sens strict et nous fêtons notre anniversaire le jour du mien, le neuf novembre.

— Tu ne m'avais jamais parlé de ton frère, je croyais que tu étais fils unique.

— Oui, mais j'ai quand même un frère. Il a été placé dans un foyer spécialisé à la mort de maman. On ne sait pas exactement ce qu'il a, les diagnostics ne sont pas concordants, c'est probablement un manque de communication entre les hémisphères cérébraux associé à de l'autisme. Il ne parle pas ; c'est lui le grand silencieux de la famille. Les gens qui ne savent pas ce qu'il en est ne remarquent rien le plus souvent ; ils sont si contents d'avoir trouvé un bon auditeur », dis-je en souriant.

Anna hoche la tête ; elle semble pleine de compréhension et sincèrement intéressée par ce que j'ai à dire sur Jósef. Elle veut en savoir plus sur le diagnostic et je perçois que j'ai pénétré dans son territoire, dans le domaine de la génétique. Elle referme le gros bouquin sur la table sans y laisser de crayon pour marquer la page. J'ai l'impression que ce n'est pas la pause d'un moment, mais qu'elle a cessé d'étudier pour ce soir.

« Il se comporte à peu près normalement et il est bien élevé. Il salue les gens d'une poignée de main et il est toujours soigné et bien sapé – parfois, à vrai dire, en couleurs voyantes. » Sur la photo que je montre à Anna, il porte une chemise violette à motifs de papillons – la dernière que maman lui a achetée – et une cravate vert menthe. C'est papa et moi qui nouons sa cravate car il ne sait pas faire le nœud tout seul. Il plie toujours ses vêtements soigneusement et les range dans sa vieille penderie quand il vient à la maison, même si ce n'est que pour y passer une nuit. Trois minutes après son réveil, son lit est déjà fait au carré, comme dans une chambre d'hôtel où trois femmes de chambre auraient été à l'œuvre.

Anna me pose des questions sur le système que mon frère jumeau s'est constitué.

« Toute sa vie est réglée comme du papier à musique, dis-je. Quand mon frère vient en visite le week-end, il veut toujours faire les mêmes choses, retrouver sa routine ; il veut faire du pop-corn et danser avec moi. »

Le premier week-end qu'il est venu passer à la maison après la mort de maman, il semblait être réservé et manquer d'assurance. Il était habitué à ce que maman s'occupe de lui et lui tourne autour et il est sorti plusieurs fois dans le jardin pour voir si elle était dans la serre. À la visite suivante, il savait que le système n'était plus pareil et semblait s'être plié aux nouvelles circonstances. Il s'était constitué un nouveau système.

« Au fond, il a une grande faculté d'adaptation », dis-je.

Anna opine du bonnet, elle sait où je veux en venir. Je vais chercher la bouteille de vin et en vide le reste dans deux verres.

« Ce qui rend surtout mon frère jumeau différent des autres, c'est qu'il ne change jamais d'humeur, il est toujours content, dis-je. C'est une gaieté franche : une petite ampoule de couleur allumée au-dessus de la porte d'entrée et le voilà ensorcelé par la beauté du monde. C'est quelqu'un de très bien, dis-je pour terminer. Il ne sait pas mentir. »

Je souris. Elle sourit aussi.

« Et toi, est-ce qu'il t'arrive de mentir ? » demande-t-elle en me regardant bien en face.

Elle me désarçonne et je sens mon cœur battre sous le pull.

« Non, mais je n'exprime peut-être pas tout ce que

je pense », dis-je en guise de réponse.

Plus tard dans la soirée, je prépare à nouveau ma couchette sur le canapé. Sous la couverture, j'essaie de ne pas me laisser perturber par le fait que mon amie dort toute seule dans un lit trop grand, là, tout près. J'essaie plutôt de penser à la cuisine du lendemain, la question étant de savoir si j'arriverai à me débrouiller pour faire un dessert et dans ce cas, si la soupe au cacao, d'après la recette de maman, pourrait faire l'affaire.

CINQUANTE-SIX

Cela fait trois jours que mère et fille me sont tombées dessus, quasiment sans préavis, et c'est la première fois que nous sortons ensemble avec le bébé dans son landau. Nous avons un but précis ; je vais montrer à la mère de mon enfant où se trouve la bibliothèque. Anna a transformé le véhicule en poussette, que nous poussons à tour de rôle. Notre fille arbore sa robe jaune à fleurs et un nœud dans les cheveux. Nous ne passons pas inaperçus, j'ai envie de dire à tous les passants que nous ne sommes pas un couple et bien que nous promenions notre enfant ensemble, cela ne signifie pas que nous couchions ensemble, ce n'est qu'une situation temporaire.

La bibliothèque se trouve à côté du café et avant qu'Anna ne se plonge dans les sciences, nous nous installons à l'une des trois tables de la terrasse, l'un en face de l'autre avec la poussette entre nous. Je bloque le frein et Anna arrange notre fille, renoue le ruban de son bonnet et tend à la petite une fraise que celle-ci porte aussitôt à la bouche. À la table voisine est assis un couple d'âge mûr et l'homme dit qu'il va prendre comme sa femme. Est-ce le signe d'une union heureuse que de commander la même chose ensemble ? Dois-je prendre la même chose qu'Anna, la mère de mon enfant ? Je passe mentalement en revue quelques variantes de réponse dans le dialecte local, car c'est sur moi que repose la responsabilité de porte-parole, puisque j'ai tout de même passé déjà deux mois dans le village.

« Un café, dit Anna en souriant au patron.

— Pareil pour moi », dis-je.

Ma petite fille, ravie, applaudit des deux mains et répète après moi la syllabe du dernier mot.

Si le patron me demande tout de go si c'est ma fiancée, je dirai que non.

« C'est votre fiancée ? »

Mais il ne pose pas la question.

Avant de s'en retourner chercher le café, il se penche vers la petite, lui fait « tia tia tia » et lui pince doucement la joue avant de lui donner une petite tape sur la tête. On voit que les gens d'ici sont particulièrement gentils avec les enfants ; il n'y en a quasiment pas un qui ne prête attention à la petite. Mais les hommes posent aussi leur regard sur Anna, ce qui ne saurait m'échapper. Je remarque aussi que l'enfant éveille moins d'intérêt quand c'est sa mère qui l'accompagne. Voilà qui suscite en moi des sentiments divers, pourtant, il y a quelques minutes à peine, je redoutais que les gens nous prennent pour un couple.

Le type qui est assis sur les marches de la bibliothèque regarde Anna avec tant d'insistance que cela frise la goujaterie ; j'ai bien envie d'aller lui dire que ça finit par bien faire. Au lieu de quoi, je sors ma fille de sa poussette et, la tenant dans mes bras, me rassois à la table. Elle est toute frétillante, mais laisse les tasses tranquilles. Je lui donne à sucer sa tétine qu'elle recrache aussitôt. Elle essaie, entre mes bras, de se dresser sur ses petites jambes et je la soulève pour qu'elle puisse regarder autour d'elle. Elle agite la main en direction du type sur les marches et il lui répond de même. Puis j'essaie d'installer la petite sur la chaise libre à coté de la mienne, je la fais s'asseoir sur sa chaise à elle, en face de nous, les parents. Le haut de sa tête touche le rebord de la table. Nous la regardons tous les deux, les parents, tout fiers d'elle et je suis en train de me changer mentalement en père d'un petit enfant. Sa maman me sourit. J'espère que le mec sur les marches de la bibliothèque aura aussi remarqué le sourire. C'est ainsi que naît ma nouvelle vie, c'est ainsi que la réalité voit le jour.

CINQUANTE-SEPT

Il est neuf heures. Anna vient de partir pour la bibliothèque et ma fille et moi sommes sur pied depuis une heure et demie. Je n'ai pas encore mentionné le jardin à Anna. Il n'en demeure pas moins que le moment se rapproche où il me faudra absolument monter là-haut pour arroser, car je ne peux guère me fier plus longtemps à frère Matthias qui va sur ses quatre-vingt-dix ans.

C'est beaucoup de travail d'avoir la charge d'un enfant. On ne peut, en fait, jamais en mesurer la durée ni la continuité. Tant que l'enfant est éveillé, on est pour ainsi dire totalement occupé. C'est que je suis un peu maladroit avec ma fille et ne sais pas tout faire aussi bien que sa maman, mais la petite ne proteste pas. J'essaie malgré tout de bien me tirer de mon rôle de père en faisant ce qu'il faut, tout en restant en accord avec moi-même. Et puis j'essaie d'être gentil avec la petite en attendant le retour d'Anna de la bibliothèque.

Bien qu'elle soit le plus souvent de bonne humeur, Flóra Sól n'en a pas moins son petit caractère. Elle ne tient, en revanche, aucun compte de ma propre humeur, ni de quoi que ce soit dans son environnement. Étais-je enjoué, comme enfant ? Papa passait plus de temps avec Jósef, maman et moi restions plus entre nous.

Et puis ma fille a une autre facette, quand elle veut qu'on la laisse tranquille, qu'on lui fiche la paix et qu'on ne la dérange pas. Elle a alors une expression sérieuse et va jusqu'à froncer les sourcils. Elle se faufile parfois en rampant dans la chambre à coucher en essayant de fermer la porte derrière elle, ou alors elle se trouve un recoin où elle pense que personne ne la voit. Je la suis des yeux de loin tout en lui fichant la paix par ailleurs.

« Mon petit moinillon », lui dis-je quand elle ressort en rampant de sa cellule, prête à affronter le monde.

Il y a bien des aspects amusants, même intéressants, en relation avec ce petit être. Comme par exemple lorsqu'elle siffle. Je remarque le matin qu'elle s'évertue à projeter sa bouche fermée en avant, la vérifiant plusieurs fois dans le miroir, assise sur le plancher de la chambre. Cette étape une fois atteinte, ma petite fille de neuf mois gonfle ses poumons et souffle par l'orifice formé. Dès qu'elle entend le son pur, elle sursaute, mais quand je lui souris, elle veut m'en montrer plus et se remet à froncer ses lèvres projetées en avant pour souffler à nouveau.

« Tu es une grande fille, une grande fille incroyable. Papa va chanter et Flóra Sól peut siffler pour l'accompagner. »

Elle est aux anges, je suis un père aux anges et j'attends de pouvoir partager ma fierté paternelle avec Anna quand elle reviendra de la bibliothèque. J'aurais voulu que maman voie sa petite-fille ; j'aurais voulu qu'elle me voie dans mon rôle de père. Comment aurait-elle trouvé Anna ?

Je soulève la petite du sol et lui mets la robe à fleurs et le gilet bleu boutonné. Puis je lui mets son chapeau de soleil et la laisse se contempler dans la glace avant de la mettre dans le landau. Elle aime bien être belle.

« Et si nous allions avec la poussette voir les roses de papa ? Flóra Sól veut bien aller au jardin avec papa voir les moines et regarder *Rosa candida* ? »

Une fois sortie dans son landau, je lui mets la tétine dans la bouche, la recouvre de la couette et elle ne tarde pas à s'endormir.

Lorsque j'arrive au sentier qui mène à la roseraie, je prends la petite avec sa couverture et son oreiller et me mets en route, à l'assaut du raidillon, le bébé endormi dans les bras. Arrivé au jardin, je l'installe sur la couverture dans l'herbe tout près de moi, tandis que je travaille dans le parterre. Ma petite fille dort une heure de plus. Je l'emporte deux fois avec moi au gré de mes changements de plates-bandes, prenant soin de la déposer toujours à portée de main.

Et la voilà soudain réveillée, assise et manifestement surprise par son environnement. Elle regarde autour d'elle, me voit et sourit d'une oreille à l'autre. Puis elle quitte la couverture et se met en route à quatre pattes, vers la verte nature.

« Faut-il changer la couche de la petite fille à son papa ? » dis-je en enlevant mes gants de travail. Après l'avoir changée, je m'assieds avec elle sur un banc et lui donne à boire du jus de poire dans son gobelet à bec.

« Tu veux sentir une bonne odeur ? »

Il y a des roses épanouies juste à sa taille et elle s'y intéresse. Tout près, c'est un bouton de rose rouge qu'elle effleure d'abord de l'index, puis tendant le cou, elle renifle la fleur avec ostentation avant de pousser un soupir de bien-être. J'éclate de rire. C'est alors que je remarque que frère Jacob et frère Matthias se sont dispensés de bibliothèque pour venir au jardin. J'ignore depuis combien de temps ils se tiennent là à suivre notre manège mais ils ont tous deux aux lèvres un grand sourire. Ils vont ensuite chercher d'autres frères et finissent par être onze en tout – il ne manque plus que frère Zacharie. Ils veulent que Flóra Sól répète la scène du parfum de la rose. La petite apprécie l'attention qu'on lui porte et reprend séance tenante la représentation – ce qui fait rire les moines un bon moment. Je suis un peu stressé de me trouver avec l'enfant dans le jardin qui est censé être dans les murs du monastère et je n'avais d'ailleurs pas l'intention d'y rester longtemps.

Frère Michel disparaît pour revenir aussitôt, avec sous le bras une balle de la taille d'un ballon de foot, mais de couleur rose et orné de l'image d'un dauphin, à ce qu'il me semble. Ils se concertent pour voir comment organiser le jeu de manière à ce que la petite en soit le centre et aboutissent à la conclusion que le mieux est de se coucher par terre sur la pelouse et de laisser le ballon rouler très lentement dans sa direction. Ma fille pousse des cris de joie, rit et bat des mains. Elle n'est pas longue à saisir la règle du jeu. Je la vois caresser la tête chauve de frère Paul. Avant de retourner à la maison, je coupe un bouquet de roses pour l'emporter. En descendant le sentier, la petite sur les épaules, je me dis qu'il faudra que je pense à demander la prochaine fois à frère Gabriel la recette de la soupe de légumes. À peine ai-je placé le bouquet dans un vase au centre de la table, que je trouve irréfléchi de ma part de rentrer à la maison avec toutes ces roses rouges – il faudra au moins que ce soit clair que les roses sont un cadeau de l'enfant à sa mère.

Le soir, après avoir endormi la petite, je m'entretiens avec Anna du travail au jardin. Je lui dis que je m'efforce de sauver une roseraie séculaire, unique en son genre, de la négligence et de l'abandon.

« Ton père ne m'a rien dit de ton travail au jardin, dit-elle.

— Une foule de variétés sont menacées de disparition, dis-je, et la flore diminue – la généticienne comprend bien mon point de vue.

— Aucun problème, dit-elle, on va couper la journée de manière à ce que je garde Flóra Sól dans l'après-midi pendant que tu seras au jardin. » Pour compenser, elle compte étudier un peu le soir quand la petite sera endormie, si je n'y vois pas d'inconvénient.

CINQUANTE-HUIT

Nous nous partageons momentanément les soins du ménage et l'éducation de notre fille. M'étant proposé en premier pour faire la cuisine, je n'ai pas eu à le répéter, dès le deuxième jour, c'était un point acquis dans notre schéma de cohabitation : ce serait moi qui préparerais les repas. C'est ainsi qu'une distribution des tâches s'établit dès le début dans ma nouvelle famille, partant du postulat que la généticienne en savait encore moins que moi en matière culinaire. Elle fait cependant les achats pour le ménage à parité avec moi, revenant souvent de la bibliothèque chargée de gâteaux et friandises achetés à la boulangerie. Comme je n'ai pas réussi à m'approprier d'autres recettes en si peu de temps, le veau à la sauce au vin rouge est au menu pour le troisième soir de suite. Cette fois, je coupe la viande en lanières pour changer du goulasch de la veille, et la fais frire avec du poireau. Et puis j'essaie de faire cuire divers légumes avec les pommes de terre : carottes, haricots, épinards et ça ne rend pas mal, avec la sauce. Mère et fille ne se plaignent pas ; la petite mange de bon appétit une purée de carottes aux épinards et de la viande coupée en tout petits morceaux tandis qu'Anna fait des compliments sur le repas pour la troisième fois et ne manque pas de se resservir. Pourtant, elle est mince, maigre plutôt, au point que les côtes se devinent sous le T-shirt et l'os de la hanche fait saillie sous le jean. Je me promets de la faire grossir tant qu'elle est sous mon toit et d'obtenir une mère bien en chair. Il faut d'abord que j'apprenne à cuisiner d'autres plats et le lendemain, je pose à tous ceux qui croisent ma route des questions culinaires. Le boucher me conseille d'essayer d'autres variétés de viande, mais je ne m'y hasarde pas pour l'instant. Il m'apprend alors à faire une sauce à la crème pour remplacer celle au vin rouge.

« Si tu mets de la crème dans la poêle, au lieu de vin, la sauce deviendra épaisse et brun clair ; si tu continues d'utiliser le vin rouge, elle sera brun-rouge et liquide. C'est à toi de choisir. »

Je vais aussi à la librairie feuilleter deux livres de cuisine écrits dans le dialecte des habitants du village et dont l'un est consacré – à ce que je peux en juger – exclusivement à la préparation des calamars. Ces livres ont l'air d'être vieux ; ça se voit à la tenue vestimentaire des gens debout près de la table du festin et aux couleurs des plats, insolites et criardes.

Pour finir, je vais trouver la patronne du restaurant et lui demande de m'apprendre à préparer un ou deux plats. J'emmène la petite partout où je vais, ce qui augmente mes chances de ne pas revenir bredouille. La bonne femme va chercher de l'ail et me dit que si je sais m'en servir, je saurai cuisiner. Elle décroche du mur toute une botte de têtes d'ail, en choisit quelques-unes et me laisse m'exercer à les ouvrir, les éplucher, les couper en morceaux et les écraser. Elle me fait recommencer plusieurs fois et dit que je suis de toute évidence un bon apprenti. Pendant que je manipule les gousses d'ail sur la planche à découper, elle propose de tenir la petite. Puis elle veut me montrer comment je dois préparer l'encornet : le couper en morceaux, faire chauffer l'huile et le jeter dans la casserole, répète-t-elle avant de me faire m'exercer à mon tour. Elle me demande ce que je sais faire et je lui parle du veau aux pommes de terre et à la sauce.

« Au lieu de pommes de terre, tu peux faire du riz, dit-elle. Une tasse de riz pour une tasse d'eau ; éteindre quand ça bout et laisser gonfler dans la casserole à couvert pendant dix minutes. » Elle répète cela deux fois. Au moment où je vais la remercier pour son aide, elle s'éclipse dans la cuisine pour reparaître aussitôt, avec un bol qu'elle me tend.

« Du flan aux prunes, dit-elle. Pour le dessert. Je peux aussi cuisiner pour toi des plats à emporter en cas de besoin. » Elle me demande ensuite si elle peut tenir la petite encore un peu et je le lui permets. Flóra Sól lui tapote la joue de ses petits doigts potelés, puis elle lève haut le bras et pose un instant la paume de sa main à plat sur la tête de la femme, comme un prêtre qui bénirait un enfant.

Sur le chemin du retour, je m'arrête chez le boucher pour acheter du veau. Quand il a fini de couper la viande en tranches, je désigne le hachoir électrique derrière lui : cette fois je lui demande de hacher la viande car j'ai l'intention d'en faire des boulettes. J'ai déjà prévu de couper un peu d'herbes aromatiques du balcon pour la farce et de servir le tout avec une sauce à la crème.

En passant devant la cabine téléphonique, je me rappelle que cela fait deux semaines que je n'ai pas entendu la voix de papa. Je sors Flóra Sól de sa poussette et la tiens sur mon bras dans la cabine pendant que j'appelle. Je compte bien que papa ne me posera pas de questions sur mes projets d'avenir tant que mère et fille seront chez moi. Me voilà dans le rôle de père d'un enfant et de père de l'enfant d'une femme – je n'arrive pas à mieux définir le lot qui m'est échu dans la vie aujourd'hui.

« On va téléphoner à papy ?

— Pa-pi. »

Papa est content de m'entendre. Il me demande tout de suite des nouvelles de mère et fille et en particulier où en est Anna avec son mémoire. J'entends qu'il est bien renseigné sur son champ de recherche, soit à la faveur d'entretiens avec la mère de mon enfant qu'il a rencontrée à mon insu, soit par des lectures.

« Je lui ai signalé un article intéressant sur la déontologie des recherches génétiques », dit l'électricien.

Je profite de l'occasion, puisque j'ai papa au bout du fil, pour l'interroger sur les boulettes de viande que maman avait l'habitude de faire. Il ne se souvient pas de la recette, mais il pense qu'elle mélangeait un œuf et des biscottes au hachis. Puis il me dit avoir été invité la veille à prendre le café chez Bogga.

« Ce n'était pas les petits gâteaux qui manquaient, chez ma bonne Bogga : langues de chat, demi-lunes, petites madeleines et j'en passe. »

Ça me remue un peu de parler à papa et ça réveille toutes sortes de sentiments. Il faut toujours tenir compte de l'éventualité d'un autre sens derrière ce qu'il dit ; ce qu'il veut exprimer peut être enfoui à plusieurs strates au-dessous de la surface.

Lorsque j'arrive à la maison avec le sac à provisions et ma fille dans les bras, ma vieille voisine de l'étage au-dessus est sur le palier.

Je trouve bizarre que chaque fois que je sors ou rentre avec l'enfant, ma voisine ait quelque chose à faire hors de son appartement. Si la petite n'est pas avec moi, elle rentre chez elle aussitôt. Il m'est d'abord venu à l'idée qu'elle allait faire des remarques, pour le compte du propriétaire, sur le fait que nous étions trois, et non pas deux, dans notre appartement. Mais c'est qu'elle a l'air contente de nous voir, comme si elle nous avait attendus. Son propos est de dire bonjour à ma petite fille, dont elle a appris le nom, Flóra Sól, dit-elle en descendant l'escalier, trois volées de marches à notre rencontre. La vieille dame tapote et caresse l'enfant, qui le lui rend bien et elle finit par demander si je n'ai pas de nouveau besoin du fer à repasser. Ou alors du batteur ? Ma fille lui sourit.

« Depuis que cette enfant est arrivée dans la maison, mon eczéma va beaucoup mieux ; il a presque disparu de mes mains et a diminué sur mes jambes », dit la femme sur le palier en soulevant un peu l'ourlet de sa jupe.

CINQUANTE-NEUF

J'essaie d'être levé et d'avoir replié le canapé-lit avant que mère et fille ne fassent leur apparition. Nous organisons notre temps de manière à ce que je garde la petite jusqu'à deux heures, pendant qu'Anna est à la bibliothèque, puis mère et fille passent ensemble le reste de l'après-midi pendant que je suis au jardin. On peut dire que nous divisons les vingt-quatre heures en trois services de garde : matin, après-midi et soir.

La petite, assise dans son lit à barreaux, regarde un album et ne requiert pas une attention de tous les instants. J'ai ainsi un petit moment pour réfléchir à mes affaires, étudier de plus près le plan que j'ai trouvé à la bibliothèque cette semaine, organiser et établir une liste des travaux du lendemain. Si l'on en croit le dessin originel, le jardin a été conçu à partir de motifs symétriques alliés aux douces lignes de la nature ; l'essence de l'art du jardin étant le jeu de l'ombre et de la lumière. Il semble que les rosiers aient été disposés dans des parterres octogonaux autour de la pièce d'eau et que l'on ait cultivé des légumes et des plantes médicinales en grande quantité dans un potager particulier. Le dessin montre aussi divers modèles de pots et de jarres destinés à renfermer ces plantes ainsi que les épices.

Je jette un coup d'œil à Flóra Sól, qui lève de temps en temps les yeux de son livre. C'est un album de paraboles bibliques pour enfants, avec une image et quelques mots à chaque page. Elle arrive maintenant à le feuilleter en se servant correctement du pouce et de l'index, séparant soigneusement chaque page de la suivante. Mais elle s'arrête toujours à la même image, celle où le roi brandit l'épée d'une main et soulève de l'autre le nourrisson dont deux femmes prétendent chacune être la mère véritable. Je me demande si le livre n'est pas trop empreint de violence pour la petite. J'ai pourtant bien apprécié le cadeau et j'ai été surpris de voir apparaître frère Matthias, l'album sous le bras, alors que j'élaguais les arbustes.

C'est ainsi que s'accumulent les quarts d'heure : je change ma petite fille, l'habille, lui parle, construis une tour avec les cubes à lettres ou fais un puzzle de treize pièces, chante avec elle, lui donne à manger, lui lave la figure, lui mets ses vêtements pour sortir et aller ensemble faire les courses ou flâner alentour. Ou bien nous allons au café et ouvrons l'œil au cas où nous verrions Anna. Ensuite nous allons chaque jour à l'église regarder le tableau de l'enfant Jésus. Nous procédons toujours de la même manière : au lieu d'aller droit au but, nous nous en approchons tranquillement, en faisant d'abord un tour pour regarder les autres images et allumer un cierge à Joseph. Ma fille se trémousse de joie et d'impatience dans mes bras ; elle sait ce qui nous attend. J'ai l'impression qu'elle a pris du poids depuis son arrivée, elle commence à peser. Anna aurait-elle forci, elle aussi ?

Lorsque nous arrivons au retable de Marie en majesté avec l'enfant, la même chose se produit chaque fois : la petite cesse de tressauter dans mes bras, devient grave et tranquille et regarde l'enfant du tableau avec de grands yeux.

Je ne suis pas un père sévère et ne saurais gronder un enfant, bien que je comprenne qu'il faille parfois élever la voix pour qu'il ne lui arrive rien de mal. Je trouve pourtant que ma fille est bien candide et qu'elle témoigne au monde un amour excessif ; elle voudrait caresser et câliner tout ce qui se présente sur sa route. Je dois avouer que sa hardiesse et sa bonté sans limites me causent du souci.

« Aïe, aïe », dis-je d'une voix grave et responsable à l'approche d'un chat de gouttière pelé et famélique, à la sortie de l'église.

« Aaaaaaaah », dit l'enfant avec tendresse, tendant les deux mains vers l'animal et donnant à comprendre qu'elle veut s'échapper de mes bras pour être au même niveau que la bête sauvage. Elle veut l'embrasser, tout comme elle veut embrasser les inconnus. Elle témoigne confiance et chaleur à tout ce qui vit, à tout ce qui bouge. Eu égard à la précocité de ma fille sur tous les plans, à l'étendue étonnante de son vocabulaire dans sa langue maternelle, plus quelques mots en latin, sans compter ceux qu'elle s'est appropriés en patois pour dire bonjour et au revoir, eh bien cela m'énerve un peu qu'elle ne soit pas meilleure connaisseuse d'hommes qu'elle ne le manifeste en faisant ami-ami avec les étrangers et en voulant cajoler le chat de gouttière efflanqué.

Le chat a de grands yeux verts et se frotte à ma jambe.

« Aïe, aïe, pas toucher. »

Et puis on dit :

« Qu'est-ce que j'avais dit, petite sotte ? Que les chats sauvages griffent, est-ce que je te l'avais pas dit ? Est-ce que je ne t'ai pas mise en garde quatre fois avant d'être obligé de te remettre dans la poussette ? »

Le souci d'un père face à la candeur de son enfant n'est pas de trop quand il est question de bêtes sauvages. Je soulève la petite en disant d'une voix grave :

« Aïe, aïe, vilain chat. »

Ma petite fille a cessé de sourire ; elle me regarde de

ses grands yeux, calmes et profonds dans son pâle visage de porcelaine. Elle semble dénuée de crainte et étonnée. Je suis séance tenante rempli de remords.

L'animal me regarde de ses yeux sensibles de félin.

« OK, gentil minou », dis-je, l'esprit troublé – et sans que le geste suive la parole, sans m'accroupir avec l'enfant près du chat hérissé. « On va donner à manger à minou », dis-je en fouillant d'une main le sac en plastique à la recherche de quelque chose de comestible pour un chat.

« Viens, dis-je ensuite à ma fille, je vais te montrer la différence entre le bien et le mal. »

Je pénètre à nouveau dans l'église, la petite juchée sur mes épaules dans la pénombre pour qu'elle puisse avoir accès aux images tout en haut. Je ne vois pas son expression mais je sais qu'elle regarde les statues avec une attention grave, qu'elle comprend que sur chaque chapiteau de colonne se déroule la lutte finale du bien et du mal, s'y affrontent anges et démons, innocence et culpabilité ; tout est clair et net, gravé dans la pierre : cornes et sabots, auréoles, visages grimaçants ou empreints de bonté.

« Comprends-tu maintenant, mon petit enfant, la méchanceté du monde et des hommes ? »

Elle tient d'abord de ses deux mains de bébé une poignée de mes cheveux, puis elle laisse glisser ses petites paumes sur mon front et les maintient un instant sur mes yeux, et puis elle attrape les oreilles et enfin je sens qu'elle me tapote une joue, puis caresse l'autre.

Arrivés à la maison, tandis que je range la poussette et que ma fille assise sur la première marche me suit des yeux, je remarque qu'il y a deux femmes qui nous attendent sur le palier au-dessus. Notre vieille voisine a reçu la visite d'une amie aussi âgée qu'elle. Celle-ci a de l'asthme et souhaite rencontrer ma petite fille parce que ma voisine lui a tellement parlé de l'enfant. Elle lui a raconté l'histoire de l'eczéma qui a disparu et l'amie voudrait bien voir Flóra Sól. Je ne suis pas tranquille, je ne veux surtout pas qu'Anna apprenne l'intérêt que les inconnus portent à sa fille ni qu'on me glisse à la dérobée de la marmelade et du saucisson sec quand je sors de la maison avec la petite.

« Tu as acheté de la nourriture pour chat ? » demande, à mon arrivée, la mère de mon enfant en sortant trois boîtes du sac à provisions.

SOIXANTE

J'essaie de me figurer comment pense une femme et je découvre que la vie affective d'Anna est bien plus diversifiée et compliquée que celle des garçons que je connais. Elle semble parfois soucieuse, mais ce qui est pour moi un vrai casse-tête, c'est qu'elle ait si souvent l'esprit ailleurs, comme si elle n'était pas vraiment présente là où elle est, comme si elle était confrontée à des tas de problèmes à la fois. Même si elle n'est assise qu'à quarante centimètres de moi, de l'autre côté de la table de la cuisine, si près que, si nous étions un couple amoureux, je pourrais l'embrasser sans avoir à changer de place, c'est comme si elle ne me remarquait pas.

À part cela, elle est attentionnée, chaleureuse, me sourit souvent et me complimente tous les soirs pour le repas. Ce n'est pas non plus qu'elle ne veuille pas poser son livre si je lui parle. Elle a l'air contente de nous voir aussi quand la petite et moi rentrons à la maison. Au bout de quelques secondes, elle se replonge dans ses livres.

Elle m'observe pourtant quelquefois quand je joue avec la petite, mais je ne suis pas sûr qu'elle me regarde autant que moi je la regarde. Elle est probablement en train de m'étudier sous l'angle de l'hérédité par rapport à sa fille. Mon soupçon se confirme lorsque je tourne le pain à l'envers sur la planche.

« Tu es gaucher ? » demande-t-elle en me regardant de ses yeux vert-bleu attentifs.

Comme nous vivons momentanément sous le même toit et que l'appartement est petit, nous sommes parfois obligés de nous faufiler pour passer l'un devant l'autre et il arrive que nous nous heurtions involontairement. Et puis je l'ai effleurée une ou deux fois exprès. Je pense toujours autant au corps, mais j'essaie de me limiter aux heures où Anna n'est pas là, comme lorsque je suis en train de travailler au jardin. J'ai tellement peur que mes pensées se voient sur mon visage. Anna est sûrement une de ces personnes sensibles qui voient les pensées sous forme d'images entourées de dentelle nuageuse, avant qu'on les ait soi-même cogitées jusqu'au bout. Maman était comme ça, elle pouvait dire ce que j'étais en train de penser. Je ne demande pas mieux que d'avoir Anna comme amie mais le fait qu'elle soit une femme et que nous ayons un enfant ensemble complique incontestablement les choses. Quand nous sommes dans la même pièce, la mère de mon enfant et moi, je me surprends sans arrêt à perdre le fil de la conversation. Surtout quand elle vient de prendre sa douche, et qu'elle a les cheveux mouillés ou mis une barrette pour écarter sa frange du visage. C'est seulement sous ma couette, en plein monologue de l'âme, alors que mère et fille sont endormies dans la pièce voisine, que je puis m'autoriser à penser au corps – à me rappeler une fois de plus que je suis vivant. J'avoue avoir envisagé la possibilité que quelque chose s'allume entre Anna et moi – je veux dire quelque chose d'autre qu'une nouvelle vie. Ce qui me sauve de l'impasse des pulsions charnelles, c'est la fenêtre ouverte de la cuisine. En droite ligne de mon oreiller, dans l'obscurité, se dresse le mur infranchissable du monastère et, derrière lui, du côté où la vigne sommeille, se trouvent mes parterres de roses que je dois absolument arroser demain. Je suis le seul homme à connaître l'existence d'une certaine variété de rose vivace, là-bas dans le noir, sous la lune jaune.

SOIXANTE ET UN

La petite se développe à une vitesse étonnante. Chaque laps de temps passé avec elle, chaque matinée, pendant que sa mère est à la bibliothèque plongée dans ses recherches sur un nouveau quota génétique, est une phase de progrès décisifs et de victoires époustouflantes. Lorsqu'Anna rentre à la maison, a lieu une représentation des exploits de la journée. Toute la matinée, j'attends avec impatience – c'est le but du jeu – de partager son étonnement, son ravissement, et de me voir confirmer qu'il s'est passé quelque chose d'important pendant qu'elle était à la bibliothèque, que j'ai bel et bien été témoin d'un miracle extraordinaire, qui va se répéter maintenant.

Mon héritière de la serre est debout, en collants, sur le plancher et se tient au lit conjugal. Je suis en train de chercher un pull à lui mettre dans l'autre pièce, lorsque je la vois, l'air concentré, lâcher d'une main le lit, puis déplier les doigts minuscules de l'autre avant de lâcher prise, prudente mais étonnamment sûre d'elle-même. Elle reste immobile quelques secondes, seule et sans appui devant le lit, le ventre proéminent, avant de se mettre en route hardiment, à la conquête de l'inconnu, trois pas en tout. Elle tient les mains en l'air pour garder l'équilibre. Elle a des fossettes aux genoux.

Lorsqu'Anna rentre, je soulève notre fille du sol où elle était assise à empiler des cubes, l'arrache à sa tour de Babel inachevée pour la camper au milieu de la pièce comme au sein d'un groupe de saltimbanques qui vont jouer un mystère sur la place. Je commence par tenir les deux petites mains, puis je les lâche tout doucement, libérant un doigt après l'autre. Elle se tient là, extrêmement concentrée au milieu de la pièce et puis le miracle s'accomplit : elle transfère son poids sur un pied pour pouvoir soulever l'autre et le propulser d'un coup un pas en avant. Puis elle fait de même pour l'autre pied, un deuxième pas et jusqu'à quatre en tout, de plus en plus sûre d'elle, roulant les hanches comme un petit robot. Sa maman s'accroupit en face d'elle pour l'accueillir en fanfare, la serrer dans ses bras et la couvrir de baisers. Je la regarde fêter l'enfant ; en ce qui me concerne, la journée est gagnée. J'attends tranquillement qu'Anna exprime son étonnement devant la moisson du jour. Les réactions ne se font pas attendre.

« C'est incroyable, elle s'est mise à marcher. Tu lui as appris tant de choses : à chanter plein d'airs, à siffler, à faire des puzzles de vingt pièces et maintenant... à marcher. »

Elle tient toujours l'enfant serrée contre elle. Tout en étant remué par la joie d'Anna, je trouve son émotion un peu excessive. Elle semble être dans tous ses états.

« Il arrive tant de choses à la fois ; on met un enfant au monde et puis, le lendemain, le voilà qui se met à marcher et puis il quittera la maison, il donnera peut-être un coup de fil de temps en temps et l'on n'aura plus son mot à dire. » Elle a les larmes aux yeux.

« Allons, allons, dis-je. C'est encore trop tôt pour dire qu'elle quitte la maison. Ce n'est pas comme si je menais ma fille à l'autel.

— Excuse-moi, dit Anna, Flóra Sól est une enfant adorable mais ça représente une telle responsabilité d'être mère. »

Elle me tend la petite et s'essuie les yeux.

« Avant d'avoir Flóra Sól, je ne me faisais pas de souci comme ça. Maintenant je me fais du souci pour tout ; j'ai même peur que tu ne reviennes pas, quand tu vas acheter du goulasch de veau ou rendre visite à l'amateur de cinéma. »

Je perds le contrôle de mes pensées car tout à coup, j'ai envie de coucher avec elle. Ces pensées me chamboulent à tel point qu'en un tournemain, j'ai mis à la petite son anorak et son bonnet et me rue avec elle vers la porte, comme si une mouche m'avait piqué. C'est que j'éprouve le besoin de sortir pour me remettre. On pourrait croire pourtant – vu qu'Anna et moi avons été très intimes l'espace d'un quart de nuit, il y a de cela un an et demi – que ça ne devrait pas être un pas démesuré à franchir.

SOIXANTE-DEUX

Il arrive aussi parfois que nous soyons assis à la table en même temps, Anna, la petite et moi, et que chacun s'adonne à son travail. Unissant mon rôle de père à mon centre d'intérêt, je vais chercher le gros livre d'horticulture, m'assieds à côté de ma petite fille, en face d'Anna, et nous nous plongeons dans le bouquin.

Je feuillette rapidement les chapitres sur les maladies des plantes et sur les parasites et m'arrête à celui qui traite de l'installation des plans d'eau et des ruisseaux dans les jardins – chapitre que ma fille trouve particulièrement intéressant. Nous nous en tenons aux illustrations explicatives et laissons de côté les pages de texte. L'enfant pose trois petits doigts boudinés sur une image. La question est de savoir ce que les moines vont dire du plan d'eau qui sera bientôt prêt. En face, à moins d'une longueur de bras, Anna est plongée dans un texte sur les caractéristiques héréditaires transmises d'une génération à l'autre et semble ignorer notre présence. Des ruisseaux, nous passons aux plantes ornementales d'appartement.

« Certaines des plus belles plantes de la terre poussent par ici, en plein air et en toute liberté, dis-je à ma fille. Dans notre pays, on ne peut les cultiver qu'à l'intérieur, sur les appuis de fenêtres orientées au sud. Tandis qu'ici, c'est à l'air libre », dis-je à nouveau, essayant de formuler la même chose de différentes manières. C'est ma contribution au développement langagier de ma fille de neuf mois et demi, pour qu'elle comprenne qu'on peut approcher la réalité de maintes façons.

« Quand j'évoque les plus belles plantes de la terre, je veux surtout parler des roses », dis-je à l'enfant.

Anna lève les yeux de son bouquin et me considère l'espace d'un instant comme si elle cherchait à résoudre une énigme. Flóra Sól et moi, nous faisons des marques, pour mémoire. Je fais une croix là où se trouvent des renseignements importants. Puis je pose mon crayon. Ma fille s'en empare et fait aussi une croix reconnaissable sur la même page. La mère de mon enfant a levé les yeux de son sujet de recherche ; quelque chose a retenu son attention.

« Il n'y a pas de doute, elle est gauchère comme toi », dit-elle.

Et la généticienne montre du doigt l'enfant qui tient le crayon de la main gauche comme son père. Son intérêt pour nous deux semble s'être soudain accru. Comme j'ai justement mon livre ouvert à la page de l'hybridation des roses par fécondation croisée dans la nature, je me demande si je dois évoquer la génétique des plantes ou la biologie moléculaire végétale – voilà où pourrait se trouver une sphère d'intérêt commun, dans le génome des plantes. Au lieu de quoi, je lui demande ce qu'elle étudie en ce moment.

« Qu'est-ce que tu es en train de lire ? » fais-je. Ma petite fille lève également les yeux et nous la regardons tous deux avec intérêt par-dessus la table. Elle résume avec concision le sujet de ses recherches. On peut dire, en fait, qu'elle ramène sa matière à deux mots :

« Acide désoxyribonucléique, dit-elle en nous adressant un sourire.

— Dé-o, dit la petite bien distinctement en se dressant sur ses jambes entre mes bras.

— Oui, on ira à l'église tout à l'heure.

— Pourquoi dis-tu cela ? demande la maman en nous regardant curieusement l'un après l'autre.

— C'est une sorte de latin, ça veut dire Dieu, dis-je en guise d'explication. Notre fille parle la langue romane », ajouté-je sur une note plus légère ; elle a neuf mois et demi et parle déjà deux langues.

Nous rions tous les deux. Je suis content.

« Es-tu en train de lui apprendre le latin ? »

Je dis à Anna que nous allons à l'église pour contempler un vieux tableau représentant l'enfant Jésus, qui ressemble à sa fille.

« Et puis, c'est vrai qu'il n'y a pas trente-six choses à faire pendant la journée. »

Ma fille suit bien ce qui se passe, elle veut montrer à sa mère qu'elle s'est approprié d'autres choses à l'église et elle lève trois doigts comme l'enfant du tableau. Elle porte un corsage bleu ciel à manches trois-quarts qui révèle les fossettes de ses coudes. Puis elle trace une croix assez distincte. Je regarde Anna du coin de l'œil ; j'ignore comment elle prend la petite cabotine. Nous sommes quelquefois tombés en pleine messe, où frère Thomas officiait, mais c'est tout récemment que la petite s'est mise à imiter les gestes du prêtre et à faire des signes de croix à tour de bras.

« Qu'est-ce qu'elle est en train de faire ? demande la maman.

— C'est de l'expression corporelle, dis-je. Elle imite ce qu'elle voit. »

Anna rit et je suis soulagé. Elle a l'air moins soucieuse que bien des fois auparavant. Notre fille rit aussi. Nous rions tous les trois, en famille.

« Sacré garçon », dit alors Anna.

Je trouve que les femmes sont imprévisibles. Je croyais que maman était la seule à pouvoir dire quelque chose comme ça.

SOIXANTE-TROIS

Je fais des progrès à chaque nouvelle tentative sur la gazinière, mais cela me prend encore pas mal de temps de faire la cuisine. En peu de jours, j'ai assimilé sept plats ; je sais désormais rôtir la viande, en tranches et en morceaux, faire deux sortes de sauces, cuire des pommes de terre et divers légumes, du riz, des boulettes de viande et depuis tout récemment, faire revenir les légumes au lieu de les cuire à l'eau. Et puis je sais préparer diverses bouillies pour la petite et j'ai essayé une fois de faire du riz au lait avec du sucre à la cannelle avec un résultat honorable. J'avoue que l'admiration d'Anna devant mes efforts sincères de cuisine pour la petite et pour elle compte beaucoup pour moi.

Je ne suis cependant pas à la hauteur de quoi que ce soit de compliqué tel qu'un poulet entier ou quelque chose comme ça – maman n'était pas portée sur la volaille. Je suis passé quelquefois aussi chez la femme du restaurant, après m'être oublié trop longtemps au jardin, pour rapporter à la maison ce qu'elle avait préparé pour moi. J'observe Anna quand elle mange un plat fait par cette femme et j'avoue que cela me fait plaisir qu'elle ne fasse pas autant d'éloges pour sa cuisine que pour la mienne.

Finalement, le moment est venu d'essayer de préparer du poisson. Je vais au marché avec ma fille dans la matinée et m'efforce d'en choisir un dont l'aspect soit à peu près comparable à celui des poissons de chez nous que je connais, et qui ressemble peu ou prou au lieu noir. Mais c'est qu'ils sont pour la plupart très petits – on dirait que ce sont des poissons de lac et pas de mer. Il n'est pas possible non plus d'acheter du poisson en filets ; seulement entier, avec tête, queue, arrêtes et toutes les entrailles. En dépit de mon expérience de la houle en mer, je ne sais absolument pas comment préparer le poisson pour obtenir des filets panés que l'on flanque directement dans la poêle. Je renonce vite pourtant à faire comme maman, car certains ingrédients – notamment la chapelure – sont introuvables dans la bourgade, malgré mes recherches dans toutes les boutiques.

« Quelle sorte d'enfant étais-tu ? »

La question me prend au dépourvu. Anna me déconcerte constamment. Nous finissons de manger les petits poissons que j'ai finalement fait frire en entier. Mère et fille sont toutes deux assises à la table en face de moi, attendant une réponse. Bien qu'elle soit peut-être en train de me considérer en rapport avec Flóra Sól, son intérêt n'en paraît pas moins sincère. Serai-je sur la bonne voie si je lui dis qu'à cause de mes cheveux roux je n'ai jamais été amateur de soleil ? Que je préférais l'humide réserve à pommes de terre ou le carré de jardin ombragé au séjour au soleil. J'étais néanmoins, comme enfant, couvert de taches de rousseur ; mon visage n'était plus, en fait, qu'une seule tache de rousseur. Papa aura naturellement montré à Anna les photos de famille, de sorte que la description ne devrait pas la surprendre.

« J'étais petit pour mon âge et quand j'ai eu quatorze ans, j'étais encore le plus petit de la classe, dis-je. Et puis j'ai grandi pendant l'été et à seize ans je dépassais d'une tête les gosses de mon âge.

— Ainsi, tu es devenu adulte en un seul été ?

— Adulte, c'est beaucoup dire, un grand échalas serait plus près du compte. Mais toi, quand es-tu devenue une femme ? Ou est-ce une question qu'on ne pose pas à une femme ?

— Ça a pris plusieurs étés, ça s'est fait lentement et sans douleur, sans même qu'on s'en aperçoive. J'ai eu de la chance. »

Puis elle me demande si je me suis toujours intéressé aux plantes.

« Oui, depuis tout petit. Pas vraiment aux plantes elles-mêmes, pas de suite, mais j'aimais être au jardin avec maman. L'intérêt pour la flore est venu plus tard. J'ai commencé avec un petit carré de terre exposé au sud, contre la serre, où j'ai semé des carottes et des radis en mettant des étiquettes. J'avais sept ans et je voyais maman tailler les rosiers derrière la vitre. Elle faisait aussi des expériences avec toutes sortes de graines et d'oignons importés, mais dans ma plate-bande à moi c'étaient surtout des mauvaises herbes qui poussaient. Enfant, je lisais aussi pas mal, couché dans le jardin ou assis dans la serre en hiver. Je lisais des livres étrangers parlant d'enfants qui avaient une cabane dans un arbre. Je suis retourné aussi, plus tard, réviser pour les examens dans l'humidité, la lumière et la chaleur de la serre. Même si dehors il y avait des congères, du gel et de l'obscurité, ça ne me faisait rien de courir à la serre en T-shirt avec mes livres, m'enfonçant dans la neige jusqu'aux genoux, le crayon entre les dents.

— On ne t'a jamais taquiné à cause de ton dada ? »

Je réfléchis jusqu'où je peux aller avec Anna, quel souvenir je devrais repêcher hors du temps ; on ne raconte pas forcément tout ce qui se passe.

Il n'y a eu vraiment qu'un seul incident négatif. J'avais dix ans et ça a probablement été tout autant à cause de la couleur de mes cheveux. Ils m'avaient tendu une embuscade depuis quelques jours et j'ai mordu la poussière, avec du sable entre les dents pendant qu'ils me roulaient dans le gravier en me rouant de coups. Après, je ne me sentais pas mal, malgré le goût de sang dans la bouche et la terre entre les molaires. On obligea l'un d'eux à me téléphoner le soir même pour me demander pardon. Sur quoi, il raccrocha sans dire au revoir. C'est moi qui avais répondu, mais la communication fut si courte que maman crut que c'était un faux numéro.

« Non, dis-je. Ce qui m'a sauvé, c'est que j'étais le meilleur au football. Du coup on me fichait la paix. J'étais comme les autres garçons de mon âge, sauf que je n'avais pas envie de jouer au foot toute la journée. »

Mère et fille écoutent attentivement ce que je dis. Pendant que je parle, Anna me regarde comme si ce que je disais touchait à quelque chose qu'elle comprenait bien.

SOIXANTE-QUATRE

Anna tarde à rentrer de la bibliothèque et tout à coup l'idée me vient qu'elle a peut-être fait la connaissance de quelqu'un au village et qu'elle est allée au café ; il est possible que ce soit le mec sur les marches de la bibliothèque qui la retarde. On peut bien imaginer qu'un homme vienne l'aborder – un de ceux qui l'ont reluquée dans la rue et qui s'invente un prétexte quelconque et, comme elle est gentille et chaleureuse, ou qu'elle a tout simplement la tête ailleurs, elle s'installe avec lui au café. Elle ne va pas s'arrêter longtemps parce qu'elle doit se dépêcher de rentrer, mais si tant est qu'il sache y faire, il peut lui faire oublier le génome et la faire rire sans voir le temps passer.

Lorsqu'elle apparaît à la porte cinq minutes plus tard, un peu mouillée de pluie et un carton à pâtisseries dans les bras, je suis fou de joie, au point de ne pouvoir le cacher. Ça me dépasse complètement d'être aussi absurdement heureux, comme si je la découvrais pour la première fois. Elle me tend les gâteaux et les mots se bousculent dans ma bouche pour lui dire qu'elle a un joli pull. C'est, bien entendu, le même pull vert qu'elle avait au petit déjeuner. Voilà que je perds soudain toute assurance et que je rougis et – ce qui n'arrange rien – elle rougit aussi. La panique me saisit et pour dévier la conversation, je propose de descendre à la buanderie mettre son linge à la machine, car il faut que je lave mon pantalon de travail.

« Puisque je vais faire une machine avec les vêtements de Flóra Sól », dis-je sur un ton aussi neutre que possible. À peine ai-je dit cela, que je le regrette aussitôt.

Elle paraît mi-surprise, mi-contente.

« OK, dit-elle. Ça peut être du blanc et de la couleur ?

— Les deux. » Je peux tout aussi bien faire deux machines. Je ne comprends pas comment je me suis mis dans cette galère. J'aurais pu laver les petites choses du bébé dans l'évier.

« Je peux mettre des sous-vêtements aussi, ou seulement mes jeans et T-shirts ? demande-t-elle de la chambre à coucher.

— Les sous-vêtements peuvent aller aussi. Si tu ne vois pas d'inconvénient à ce que je lave tes vêtements avec les miens ? » Désormais, plus moyen de faire marche arrière.

Je mets d'abord le linge de mère et fille dans une machine et jette mes vêtements de travail dans une autre. Ça me prend un temps fou de lire les instructions d'utilisation de la machine. Quand la lessive est finie, je remonte, les bras chargés du linge mouillé que je vais étendre sur le fil tendu au-dessus du balcon. Je suis là, en T-shirt blanc, des pinces à linge entre les dents, à quelques mètres de l'autre côté de la rue où un vieux bonhomme à la retraite se morfond chez lui toute la journée en maillot de corps. Je commence par suspendre les collants de ma petite fille et puis les slips de sa mère, accrochant ainsi petit à petit toute ma vie privée sur le fil, comme les draps tachés de sang qu'on suspendait jadis au balcon après la nuit de noces. Le vieux bonhomme suit avec intérêt le témoignage que j'apporte au monde extérieur sur ma vie de famille provisoire. Nul ne devrait toutefois tirer des conclusions hâtives du fait que je m'efforce d'alléger la vie de la mère de mon enfant en lavant son linge et en cuisinant pour elle pendant qu'elle travaille à son mémoire de recherche dans mon appartement de location.

SOIXANTE-CINQ

Une fois par semaine, c'est jour de marché au village et les fermiers des environs y apportent leurs produits. On y trouve parfois aussi des bêtes sur pied, surtout des poules et autres volailles et j'en profite pour aller avec ma fille regarder les bestioles. Le marché est plein de voix, de mouvements et d'une froide odeur de sang.

« Cui, cui », dit la petite en montrant du doigt les volatiles sanguinolents suspendus au-dessus de nos têtes.

C'est justement au moment où je me trouve sous les poules plumées que je me rappelle, comme un flash, un fragment du rêve que j'ai fait la nuit passée. Dans mon rêve, j'étais en train de tirer sur un oiseau sauvage, moi qui suis par nature nul comme chasseur. Je doute que je puisse tuer un animal – je ne pourrais pas tuer un petit, en tout cas –, mais si la bête était un mâle adulte et s'il s'agissait de nourrir ma famille – ici, je raisonne en paterfamilias – alors je pourrais le tuer sans hésitation et je regarderais même ma proie dans les yeux. Ce rêve a trait à la nature profonde de l'homme, dirait maman d'un air mystérieux. Ainsi ai-je encore maman à mes côtés, pour bavarder avec moi et interpréter mes rêves.

Nous nous enfonçons dans le marché, là où lièvres et lapins sont accrochés et j'avance la poussette sous les bêtes de la forêt. Ma fille se renverse en arrière pour mieux voir les lièvres qui pendent, la tête en bas. Il semble qu'on n'ait pas prévu de clients de grande taille et je dois me baisser sous les oreilles velues.

Je ne pensais à rien de particulier quand il me vient une idée saugrenue, comme un chat qui s'allonge, les pattes à coussinets roses en l'air, pour se faire caresser le ventre. Tout à coup il me semble pouvoir envisager d'être un homme marié et même marié à l'église et que ce peut être un sort enviable que d'enlacer toute sa vie la même femme, pas forcément pour faire quoi que ce soit, mais simplement pour être dans la même chambre. Je serais tout disposé à donner son bain à la petite, à lui mettre sa couche et son pyjama en attendant qu'elle rentre du laboratoire, et puis je passerais de l'huile d'amande douce sur les joues roses de l'enfant pour qu'en l'embrassant, ma femme sente le parfum d'amande de notre fille. Et puis l'un ou l'autre de nous deux suivrait le cercueil de l'autre. Sauf, bien entendu, au cas où nous trouverions la mort au même instant, comme le couple sur cette route de campagne ; il y aurait de la pluie et de la buée sur le pare-brise et j'allais justement mettre le chauffage à fond quand un camion a tourné pour s'engager sur la route nationale.

Je vois que le marchand est en train de me parler, mais je n'entends pas tout de suite ses paroles.

« Vous le voulez plus grand ou plus petit ? demande-t-il, un papa lièvre ou une maman ? » Il tient une gaffe dont il se sert pour faire descendre du plafond les carcasses velues selon les désirs des clients. Flóra Sól le suit des yeux avec attention quand il détache la bête à fourrure de son croc.

« Aïe, aïe », dit-elle, voyant que l'animal ne bouge pas.

Je suis tellement secoué par mes pensées intempestives et non censurées sur le mariage que j'envisage sérieusement l'achat du lièvre. Mes capacités culinaires sont pourtant loin d'être au niveau d'une entreprise aussi compliquée.

Le marchand m'assure qu'il n'y a rien de plus simple.

« Un enfant au berceau peut préparer un lièvre les yeux fermés », dit-il, si j'ai bien compris son patois. Je soupçonne qu'il s'agit d'une expression régionale ayant une signification plus profonde qui m'échappe.

Il dit qu'il va dépouiller l'animal pour moi ; la seule chose que j'aurai à faire sera de badigeonner la viande de moutarde avant de la mettre au four.

« Point final, dit-il et il a l'air très convaincant en aiguisant son couteau.

— Combien de temps ?

— Comme ça, une à deux heures, selon l'heure où vous arriverez chez vous », répond-t-il en dépiautant l'animal.

Deux heures avant le dîner, je déballe la bête nue et violette de son papier ciré et m'attaque à la préparation. Je suis consciencieusement les instructions du marchand et enduis l'animal de moutarde au-dehors comme au-dedans. Mais le plus long est de trouver comment fonctionne le four à gaz. Comme c'est un plat exotique, je ne peux me lancer dans des nouveautés compliquées en guise d'accompagnement. Au lieu de quoi je fais cuire des pommes de terre et autres légumes et confectionne une sauce au vin rouge, analogue à celle que j'ai faite plusieurs fois avec le veau.

Quand je pose le plat contenant le lièvre sur la table, j'ai comme l'impression que le repas du soir prend mon amie au dépourvu.

« Ça sent bon, dit-elle en regardant le rôti d'un air hésitant. C'est du lapin ?

— Non, du lièvre », dis-je.

Ma petite fille est manifestement ravie et applaudit.

« Cui, cui, dit-elle en imitant un oiseau avec ses mains.

— Petite cabotine », dis-je tout en me demandant comment on fait pour découper l'animal en portions propres à la consommation. Anna m'enlève l'épine du pied en découpant le rôti, puis elle coupe la viande en morceaux minuscules pour huit petites dents de lait.

Le lièvre à la moutarde n'est pas franchement mauvais, mais plutôt curieux et fade et c'est exactement ainsi qu'Anna formule la chose.

« C'est particulier », dit-elle, et ne s'en ressert pas moins une deuxième fois. Cela ne m'étonnerait pas que la mère de mon enfant mange tout ce qu'on lui présente.

« Excuse-moi d'avoir été si occupée ces dernières semaines, dit-elle. Je n'ai rien préparé depuis que je suis là. Je ne t'arriverais d'ailleurs pas à la cheville, tu es un cuisinier formidable. Où as-tu appris à faire la cuisine ? »

Elle porte une robe et c'est la première fois que je vois Anna ainsi vêtue. Notre fille arbore aussi sa robe jaune à fleurs, ses chaussures du dimanche et son bavoir. Elles ont toutes les deux des barrettes dans les cheveux et sont parées comme si elles célébraient quelque chose ensemble. Je me dis que c'est peut-être l'anniversaire d'Anna, je ne sais pratiquement rien d'elle, je ne connais même pas la date de naissance de la mère de mon enfant.

« Non, dit-elle, j'ai fêté mon anniversaire juste avant d'arriver, au mois d'avril. C'est qu'il y avait une si bonne odeur dans la cuisine qu'on n'a pas pu faire autrement que de se mettre en robe. »

SOIXANTE-SIX

Chaque fois que je repasse la scène dans mon esprit, je ne peux expliquer ce qui s'est produit. Chaque fois que j'en ai examiné la causalité, tout seul sous l'édredon, sur le canapé-lit de la salle à manger, je me suis trouvé dans l'incapacité totale d'expliquer ce qui m'est passé par la tête. Je penche à croire que je n'avais pas la moindre arrière-pensée.

Elle a déjà fait la vaisselle lorsque je réapparais, après avoir endormi ma fille, et elle est en train de ramasser les jouets – une fois n'est pas coutume : elle n'est pas assise face à un livre ouvert. Elle est en robe et a gardé la barrette dans ses cheveux. Il me semble qu'elle me regarde d'une autre façon, comme si elle avait quelque chose de personnel à régler avec moi. Je commence par enlever mon pull-over, puis je déboutonne ma chemise et dégrafe la ceinture de mon pantalon. Comme ça, comme si je me déshabillais avant d'aller me coucher, ou comme chez le médecin. Ce n'est pas prémédité, en fait je ne peux expliquer pourquoi j'ai trouvé à propos de me déshabiller au milieu de la cuisine. Elle me regarde et j'ai comme l'impression qu'un trouble l'envahit quand je me mets à enlever mes vêtements sans crier gare. Par la pensée, je suis arrivé plus loin qu'elle, je suis arrivé jusqu'au bout et je sais aussi, dès l'instant où j'ai commencé à me déshabiller, que je suis en train de commettre une erreur. Je continue pourtant, comme un homme qui a une tâche pénible et urgente à terminer, jusqu'à ce que je me retrouve tout nu au milieu du tas de vêtements, tel un oiseau dans son nid duveteux, telle une autruche qui a perdu ses plumes.

Au même instant je remarque qu'Anna a un stylo à la main. C'est à ce moment-là et pas avant, que je me rends compte de la possibilité qu'elle ait eu l'intention de me demander des tuyaux sur les concepts de la génétique en latin, comme une camarade de classe qui se fait aider pour sa version latine. Est-ce qu'une femme qui penserait à autre chose qu'à prendre des notes dans la marge du livre ouvert devant elle, qui caresserait, disons, l'idée de coucher avec un homme – est-ce qu'elle aurait un stylo à la main ? Elle me regarde exactement comme si elle avait voulu me soumettre quelque chose en rapport avec les ensembles de gènes et que mon geste l'ait prise totalement au dépourvu. Elle va demander incessamment au petit fort en thème : « Sais-tu ce que ça veut dire ? » en se penchant sur le texte à la recherche du mot ardu.

Quoi qu'il en soit, je suis tout nu et plutôt que de ne rien faire, je ramasse le tas de vêtements et le pose sur la chaise de la cuisine. Aussi embarrassante que puisse être ma situation présente, je n'ai pas le sentiment d'être ridicule. J'ai la chance de ne pas me prendre au sérieux, pas pour ça, pas avec la nudité du corps. Ce qui aide aussi, c'est que mon propre corps m'est encore étranger dans une certaine mesure. N'empêche que ça peut être vraiment chiant d'être un homme, je donnerais tout mon herbier avec mon dernier trèfle à six feuilles pour savoir ce qu'elle peut bien penser. Au lieu de venir à moi avec le livre, le doigt pointé sur le mot qui lui manque, elle sourit jusqu'aux oreilles. Je ne comprends pas les femmes. C'est le plus beau sourire du monde. Et puis elle éclate de rire. Je suis soulagé. Je ris aussi. Dieu soit loué, je ne suis pas susceptible. Lorsque le corps a épuisé ses ressources, ce sont les mots qui prennent le relais et je m'évertue, dans une course folle contre un sablier imaginaire, à trouver ceux qui pourraient me sauver. J'aime vraiment beaucoup Anna et je ne veux pas la perdre. Je ne veux pas que cela entraîne son départ. Un mot et tout est sauvé. Un mot et tout est perdu. J'ai chaud. J'ai froid. Quel mot sera assez puissant pour effacer tout un corps d'homme et renverser la situation en ma faveur ? Je me retrouve à la case départ dans ma quête de vérité. Non, je suis en plein milieu d'un torrent en crue, dans la spirale du tourbillon et je ne vois plus la terre, il est clair qu'en vingt-deux ans je n'ai rien appris.

La seule chose qui me vienne à l'esprit est de recourir à un autre geste corporel. Je me penche pour extraire un vêtement du tas. J'enfile d'abord le caleçon, puis j'attrape le T-shirt et j'enfile mon jean sans prendre la peine de remonter la fermeture Éclair. Puis je vais à l'évier, m'empare d'une casserole et ouvre le robinet d'eau froide.

« Bon, eh bien je vais faire du thé », dis-je en remplissant la casserole. J'entends que ma voix tremble légèrement. J'ai le sentiment de lui devoir réparation d'une manière ou d'une autre, afin que nous puissions rester amis, afin qu'elle considère ceci comme un simple incident de parcours, quelque chose de totalement gratuit. Je regarde ma montre, souhaitant pouvoir faire machine arrière l'espace de six minutes dans ma vie. Combien de temps faut-il à une femme pour oublier tout ça ?

Tout ce qu'il faut, c'est dormir et laisser le temps passer, dirait maman. Si elle se mettait tout d'un coup à faire sa valise, pour s'en aller rédiger son mémoire ailleurs, je lui dirais sans hésiter :

« Je t'en prie, reste. »

Je me demande également si une plante pourrait modifier la situation – ce truc des plantes me vient automatiquement – par exemple, si j'allais chercher le lis blanc sur le rebord du balcon pour le lui donner ?

Je cherche de quoi préparer le breuvage et lui demande :

« Tu sais où sont les sachets de thé ? » Ma voix est redevenue normale. Je pose la casserole sur la plaque et allume le gaz. Tournant le dos à Anna et la croyant toujours près de la table, je force la voix à son intention. Or la voilà qui se tient soudain tout contre moi, corps contre corps, je sens la flamme brûlante du gaz me remonter l'échine. Elle effleure mon épaule et puis mon coude, se tient à l'articulation. Et puis elle m'enlace.

« Excuse-moi pour tout à l'heure, d'avoir ri, dit-elle. Je ne riais pas de toi, mais d'être si heureuse. »

Je pose précipitamment la théière et éteins le feu sous la casserole, puis je la suis dans la chambre à coucher. Je vais encore plus vite qu'avant pour me déshabiller, n'ayant pas boutonné mon froc, et cette fois c'est sans ambages. Je ne suis même pas sûr que les rideaux de velours soient tirés comme il faut, on distingue le ciel du soir, strié d'une bande de nuages étonnamment rose.

SOIXANTE-SEPT

Quand c'est fini, je me sens comme si on n'avait pas fini du tout ; il n'y a pas encore de séparation nette entre son corps et le mien. Pendant quelques minutes de plus, nos souffles sont synchrones. Durant les dix minutes qui suivent, il me semble impossible d'être plus proche d'un autre être humain et je trouve incroyable d'avoir si intimement accès à une femme, qu'elle soit en moi et moi en elle. Je l'aime démesurément et je trouve que cela ne change rien que nous ayons un enfant ensemble ; elle est nouvelle et autre. La serre s'est engloutie dans la nuit des temps, je ne serais pas surpris si, victime de vandalisme, elle avait été réduite en miettes. Je ne crois d'ailleurs pas si bien dire ; papa répond de façon évasive quand je lui demande où en est la croissance des tomates. Je la touche tout entière, aussi pour me convaincre qu'elle est toute avec moi. Après, je me lève pour aller boire un verre d'eau à l'évier de la cuisine. Le ciel est étrangement exalté et la lune joue à cache-cache avec les nuages. Je vois le vieux bonhomme d'en face, qui ne dort pas, debout près de la fenêtre, regardant dehors. En retournant au lit, je caresse le dos d'Anna et elle se retourne sans se réveiller. Elle est toute mince. Je caresse sa taille, qui émerge du drap de quelques centimètres. Puis j'explore d'autres régions, je tâtonne à l'aveuglette, à la recherche du tout que forment les parties. Elle a la cuisse poisseuse. Je fais tout ce qui me passe par la tête, sans la réveiller. Le drap est en boule sur le plancher et y restera.

C'est alors que je remarque deux yeux qui m'observent, tels deux soleils dans le noir. Flóra Sól est debout dans son lit à barreaux, étonnée que je ne sois pas dans le mien.

« Recouche-toi et dors, c'est la nuit », dis-je, sans laisser place au moindre échange et encore moins à un change de couche. Ça n'a pas l'air très convaincant, car il est déjà sept heures et un rayon du jour naissant pénètre par la fenêtre, mais j'ai envie de pouvoir rester tranquille avec Anna, je ne veux pas être dérangé par la petite. J'ai les yeux mi-clos pour lui montrer que je ne suis disponible ni pour bavarder ni pour jouer et je ne peux pas voir si elle m'en veut de mon indifférence. Elle se laisse glisser dans son lit, la force de gravité aidant, et se couche, obéissante, sur l'oreiller. Je regarde la ligne horizontale des trois boutons-pression au dos de son pyjama en tissu éponge et la couette en boule à ses pieds et je me traîne hors du lit pour aller la border et lui jeter un coup d'œil en passant. Elle s'est tournée vers le mur et serre son lapin. Sa lèvre inférieure dépasse – il est clair qu'elle lutte contre les larmes.

« On jouera au puzzle demain. Bonne nuit », dis-je, donnant à comprendre par là que l'entretien est terminé, tandis que je regrimpe dans le lit et pose le bras sur la femme qui dort à mes côtés.

Dix minutes plus tard, ma fille est de nouveau debout dans son lit et me regarde dans le noir.

« Pa-pa-pa-pa », dit-elle vite à voix basse.

Je m'assieds.

« Tu veux qu'on aille à la cuisine préparer le porridge ? »

Je me lève, mets mon pantalon et me penche au-dessus du petit lit. Ma fille sort de sa bouche l'oreille mouillée du lapin pour me sourire. J'ai les mains qui tremblent quand je la soulève et me sens déborder de nouveaux sentiments confus.

« On va laisser maman dormir.

— Ma-man do-do. »

En préparant le porridge, j'essaie de me rendre compte de la nouvelle situation et je me demande comment me comporter quand Anna va se réveiller et faire son apparition. Comment gérer cette nouvelle proximité ? C'est la première fois que je reste sur place après avoir couché avec une fille. Jusqu'à présent, j'étais déjà loin avant qu'elle ne prépare le petit déjeuner, ce qui ne veut pas dire que je parte sans dire au revoir. Je ne pourrais d'ailleurs pas partir : c'est mon appartement, que j'ai pris en location. Et Anna n'est pas prête à partir non plus, puisque nous habitons momentanément sous le même toit.

J'ouvre la fenêtre de la cuisine en grand. Il y a un épais brouillard sur la roseraie, un calme absolu règne au-dehors. Le vieux bonhomme n'est plus à sa fenêtre ; il a dû prendre un somnifère.

SOIXANTE-HUIT

Il y a des œufs et du lait. Si j'empruntais deux tasses de farine à ma voisine du dessus, qui est réveillée depuis longtemps, à ce que j'entends, je pourrais faire des crêpes pour Anna, grâce au cahier de recettes de maman. Dans l'un des films de frère Thomas, on voit des gens à table en train de manger des crêpes avec du cassis et du sirop. Je trouve que cette combinaison mériterait d'être prise en considération.

Comme je suis torse nu, j'enfile d'abord un T-shirt avant de monter l'escalier, tenant Flóra Sól en pyjama sur le bras, et je frappe à la porte. La vieille dame est contente de nous voir et nous invite à entrer, mais je lui dis que je suis pressé. Elle me dit en retour que l'asthme de son amie va beaucoup mieux depuis sa rencontre avec l'enfant et que la dépression dont elle était affligée en même temps que l'asthme s'est améliorée elle aussi. En revanche, elle attend pour le week-end prochain la visite de sa cousine, qui vit dans une ville distante de trois heures de train, qui a eu bien des malheurs et qui a maintenant le cancer. La question est de savoir si elle pourrait présenter sa cousine à l'enfant ?

« Elle reprendra le train du matin dès le lendemain », dit-elle, me voyant hésiter, incertain, dans l'embrasure de la porte.

Lorsque mon amante fait son apparition, le rose aux joues, je suis en train de retourner la quatrième crêpe dans la poêle. Elle tient un livre ouvert, la main au milieu pour ne pas perdre la page. À la voir, c'est comme s'il ne s'était rien passé, elle me sourit et embrasse sa fille absorbée par un puzzle sur la table, puis s'assied et ouvre le bouquin. Nous sommes redevenus frère et sœur. Deux individus à qui il est arrivé d'avoir ensemble un bébé avec des boucles d'ange dorées sur le front.

« Incroyable ce que ça peut être bon », dit-elle, relevant la tête des crêpes au sirop. Je remarque qu'elle a au menton une égratignure dont je suis la cause. Je ne sais pas jusqu'où je dois m'approcher, il y a de nouveau une largeur de table entre nous. Je ne suis même pas sûr qu'elle remarque que je suis en train de la regarder, de l'observer à nouveau. Je ne comprends pas comment j'ai jamais pu la trouver banale. Ma propre personne d'il y a un an et demi est pour moi une énigme absolue, un être inconnu.

« Quoi ? » dit-elle alors en souriant. Elle a l'air presque timide.

« Rien », dis-je.

Je contemple le miracle d'être devenu si proche d'une personne qui ne m'est pas apparentée. Puis elle demande :

« Tu t'es fait opérer récemment ? Tu n'avais pas de cicatrice la dernière fois, il y a dix-neuf mois. »

Notre fille regarde ses parents alternativement. Se rend-elle compte qu'il y a eu un changement de situation au sein du foyer ? Que notre relation ne tourne plus exclusivement autour d'elle ?

« Oui, j'ai été opéré de l'appendicite il y a deux mois. Je ne suis plus le même corps qu'avant. »

La petite me regarde tandis que je m'efforce de contrôler la situation. J'ai soudain du mal à gérer cette proximité nouvelle, je panique et me lève pour aller chercher mon pull. Je ne peux pas laisser Anna lever les yeux sur moi dans cet état, voir à quel point elle me touche. Elle se lève aussi.

« Bon, eh bien, je vais à la bibliothèque », dit-elle et elle donne un baiser d'adieu à la petite. Puis elle hésite en me regardant. J'hésite en la regardant, moi aussi, et c'est elle qui franchit le pas et m'embrasse également.

Je m'engouffre dans l'appartement, dans un état incontrôlable, trop agité pour rester enfermé. Alors je mets à la petite ses vêtements de sortie, la prends dans mes bras et descends les deux étages jusqu'à la poussette. Si Anna m'interrogeait sur mes sentiments, qu'est-ce que je répondrais ? Devrais-je dire les choses telles qu'elles sont, à savoir que je ne suis pas sûr, que je suis justement en train de réfléchir à mes affaires ? On ne peut pas savoir ce qu'on pense de quelque chose au moment exact où ça se passe.

Il y a peu de gens dans les rues à cette heure matinale, mais on a déjà sorti les trois tables du café. J'ai du mal à imaginer ce qui va se passer ensuite, si le découpage de la journée va changer désormais. Comment les heures vont-elles se partager après cette nuit ? Chaque partie du jour, avant midi, après midi, le soir et la nuit, va-t-elle avoir une nouvelle signification ? Suis-je en ménage ou ne le suis-je pas ? Suis-je devenu son fiancé ou ne sommes-nous pas un couple ? Est-ce une affaire d'amour ou une relation sexuelle ? Si nous sommes un couple, je dois bien me demander si je suis devenu père de famille, à vingt-deux ans. Ou bien suis-je un ami avec qui elle couche, et si c'est le cas, quelle est la différence ?

SOIXANTE-NEUF

Je commence la promenade par un arrêt à la cabine téléphonique pour appeler papa, laissant ma petite fille assise dans son landau de manière à ce qu'elle me voie et en maintenant du pied la porte entrouverte. Papa est content de m'entendre ; il commence par me dire qu'il est désormais tout à fait tranquille même sans nouvelles de moi pendant quelques jours – il ne se fait plus autant de mouron qu'auparavant.

« Excuse-moi, dis-je, de ne pas t'avoir appelé depuis longtemps.

— Je comprends bien que tu aies moins besoin de ton vieux père qu'avant », dit-il. Puis il change de sujet ; il a des nouvelles à m'annoncer : Jósef a maintenant une petite amie.

« Une fille très bien, ajoute-t-il. Ils vivent dans le même foyer ; il va venir me rendre visite avec elle le week-end prochain. Ses parents viendront aussi, je me demandais ce que je pourrais bien leur servir à manger. C'est que je ne m'y connais pas trop – c'est ta défunte mère qui s'occupait de la cuisine.

— Et les boulettes de poisson ? Et la soupe au cacao à la crème fouettée comme dessert, comme tu les avais préparées pour moi au repas d'adieu ?

— Pas si bête. Est-ce que ce n'étaient pas deux cuillerées à soupe de fécule de pomme de terre qu'il fallait pour les boulettes de poisson ?

— C'est ce qu'il me semble.

— Qu'est-ce que tu penses de Ravel ?

— Pourquoi tu me demandes ça ?

— J'en ai écouté dernièrement.

— Il n'est peut-être pas en tête d'affiche à présent, papa.

— Tu n'as pas besoin de sous, mon petit Lobbi, maintenant qu'il y a plus de bouches à nourrir ?

— Non, non. Ne t'en fais pas pour moi. »

Une messe se déroule à l'église ; il me vient à l'idée d'aller avec la petite dire bonjour à frère Thomas après la cérémonie et je l'attends à la sortie. Il est content de me voir et veut m'inviter au café pour prendre un expresso et un petit verre d'amaretto. Nous traversons la place et j'accepte le café tout en refusant la liqueur. Je sors la petite de son landau, lui tends un biscuit et l'installe en face de l'abbé qui est un habitué des lieux. Il regarde l'enfant et nous devisons, je remarque qu'il met trois morceaux de sucre dans son café comme Jósef, et qu'il recueille le résidu sucré avec sa petite cuiller. Avant que j'aie pu m'en rendre compte, j'ai confié à frère Thomas mon souci, à savoir qu'il est possible que je sois tombé amoureux de la femme avec qui j'ai involontairement eu un enfant.

« J'avais tellement peur d'être rejeté, peur qu'elle me repousse et comme elle ne l'a pas fait, j'ai encore plus peur. »

Il finit sa tasse tandis que je lui explique quel effet ça fait de se trouver un pied dans une barque instable et l'autre sur le quai et de sentir l'écart se creuser au fur et à mesure que l'une s'éloigne de l'autre. Il me semble qu'il faut commencer par le commencement et lui expliquer comment on peut, à la faveur d'un instant d'inattention, se trouver dans la situation d'avoir involontairement un enfant avec, pour ainsi dire, l'amie d'un ami et que la petite personne qui tient un demi-biscuit dégoulinant à la main est le fruit d'un pur hasard et vit désormais sa propre vie.

« Il y a bien des choses qui vous tombent dessus, dis-je en donnant des miettes de biscuit à deux pigeons picorant près de la table.

— Les coïncidences ont un sens », dit l'abbé en commandant un autre expresso.

Je l'observe tandis qu'il se ressert à nouveau trois morceaux de sucre du sucrier. Il poursuit :

« Tu mets la charrue avant les bœufs ; tu commences par avoir un enfant et tu fais connaissance après coup, dit-il, sirotant son café.

— Combien de temps peut durer une histoire d'amour ? Et une relation sexuelle ? Et le mélange des deux ? Est-ce que ça peut durer une vie entière, toute la vie ?

— Oui, oui, et comment donc, dit frère Thomas, c'est tout à fait possible. Il y a tant de facettes à l'union d'un homme et d'une femme, que ce n'est pas un tiers qui pourra comprendre ce qui se passe entre eux. »

Il me semble entendre la voix de maman ; cela aurait pu sortir de sa bouche, mot pour mot.

« C'est tellement difficile de savoir exactement ce qu'il en est de l'autre personne, de savoir quels sont ses sentiments, dis-je.

— Oui, ça arrive, dit frère Thomas et il commande un autre petit verre d'amaretto. À ce que je vois, tu t'es appliqué à faire tout ce que je t'aurais conseillé de différer jusqu'au moment où tu aurais été sûr de toi. »

Ma petite fille a fini son biscuit, barbouillée jusqu'aux oreilles. Je fouille mes poches et le landau, à la recherche de quelque chose pour l'essuyer. Mon compagnon me devance et tend un mouchoir blanc.

« Il est propre, dit-il. Destiné tout spécialement à mes paroissiens, en cas de besoin », ajoute-t-il en souriant à l'enfant. Je devine, à le voir, qu'il passe en revue dans son esprit les films qu'il pourrait me recommander. Ma fille s'intéresse aux pigeons.

« Cela me fait penser, dit-il alors, à un vieux film que j'ai vu il n'y a pas longtemps, avec Yves Montand et Romy Schneider, si je ne me trompe, et que tu aurais intérêt à voir. Comme tu dis, poursuit-il, résumant ce dont je n'ai pas soufflé mot, ce n'est pas la première nuit qui est risquée, mais la deuxième, quand la magie de l'inconnu a disparu mais pas celle de l'imprévu. Je crois me souvenir que c'est Romy qui dit ça. Si tu peux faire garder la petite, tu es le bienvenu chez moi ce soir pour voir le film. »

J'enfile son bonnet à la petite, tends la main à l'abbé en le remerciant pour le café et lui dis qu'il est peu probable que je sois libre ce soir. La grande question, qui planera sur toute la journée, est de savoir si nous coucherons encore ensemble dans le même lit la nuit prochaine ou si cela aura été un épisode unique, une exception suscitée par des circonstances particulières la veille, où la mère de mon enfant m'aurait éventuellement sauvé d'une situation embarrassante. Jusqu'ici je n'ai jamais couché deux soirs de suite avec la même femme : il me semblait que la liaison serait alors devenue sérieuse et que je me serais retrouvé engagé. Bien que, statistiquement, la nuit passée ait été pour nous la deuxième, il y a dans notre cas matière à spéculation sur le début du compte : est-ce qu'il s'agit bien de la deuxième fois ou faut-il attendre la nuit qui vient pour parler en ces termes ?

SOIXANTE-DIX

Anna revient de la bibliothèque avec deux sacs à provisions. Je remarque qu'elle jette un coup d'œil hâtif au miroir de l'entrée et rajuste une mèche avant de poser les sacs sur la table de la cuisine.

« J'ai fait les courses pour le dîner », dit-elle alors que je l'aide à déballer le contenu des sacs et à le poser sur la table. J'ai envie de la prendre dans mes bras, mais je sens que ce n'est pas le moment. Je vois qu'elle a acheté de la volaille, probablement du canard, et toutes sortes de garnitures compliquées que je ne sais absolument pas préparer. Elle annonce son intention de faire la cuisine elle-même.

« Pour changer, dit-elle. J'ai décidé de me secouer et de célébrer le fait que Flóra Sól et moi sommes chez toi depuis trois semaines.

— Tu sais faire la cuisine ? » Je suis vraiment surpris. J'avais cru que cette jeune femme – la mère de mon enfant – ne savait pas cuisiner. « Je pensais que tu étais généticienne », dis-je.

Elle rit.

« Excuse-moi, dit-elle, de ne pas avoir levé le petit doigt avant, excuse-moi de t'avoir laissé tout faire. »

Je tiens ma petite fille sur un bras et nous regardons la maman manipuler le volatile comme quelqu'un qui sait s'y prendre, hacher des dattes, une pomme, des noix, du persil avec sûreté et enfoncer la farce d'une main ferme dans la bestiole, tout cela en quelques minutes, comme si elle avait derrière elle une longue expérience en cuisine chez un traiteur. J'ai du mal à dire si je suis content ou contrarié d'avoir découvert cette nouvelle facette d'Anna. Je commençais à éprouver un certain plaisir à faire la cuisine, bien que cela me prît encore beaucoup de temps.

« J'ai été élevée par mon père qui adorait préparer à manger et passait de longues heures dans la cuisine à inventer des plats, dit-elle en guise d'explication. S'il ne pêchait pas la truite, il était à la chasse aux perdrix des neiges, et s'il n'était pas en train d'en abattre une, il tirait sur une oie ou sur un renne. Une fois, il est rentré à la maison avec une bécassine, une autre avec un cygne qu'il a dit avoir abattu accidentellement. Je me souviens qu'il l'a cuisiné la plus grande partie de la journée, toutes portes fermées ; que le cygne remplissait le four. Moi, je m'en suis désintéressée rapidement, il n'y avait d'ailleurs pas de place pour moi dans la cuisine. Mais quand on l'a vu faire, ce n'est pas une affaire », dit-elle tandis qu'elle coud le canard farci sur la plaque de l'évier, pour empêcher la farce de s'en écouler. En la regardant faire une purée de carottes et rissoler des pommes de terre au sucre dans la poêle, je me rends compte que je ne sais absolument rien de la mère de mon enfant, non plus que du passe-temps favori du chasseur, le grand-père de mon enfant.

« Quoi ? demande-t-elle en me souriant.

— Rien.

— Mais si, quoi ? Pourquoi est-ce que tu me regardes ?

— Je suis en train de me demander quelle sorte de

personne est la fille du chasseur de perdrix des neiges.

— Tout au fond ? » demande-t-elle en me regardant de ses yeux d'aigue-marine.

Pendant que le canard rôtit au four, je fais à pied toute la route qui descend jusqu'à la voiture pour chercher le carton contenant les bouteilles de vin qui restent. Sur le chemin du retour, je croise frère Thomas et profite de l'occasion pour lui tendre deux bouteilles.

« Pour comparer à votre production », dis-je. Il me dit que tous les moines sont très contents que je revienne à la roseraie après ma courte absence et qu'ils s'intéressent au jardin bien plus qu'avant.

« Ils s'attardent davantage dehors, poursuit-il, et trouvent que ça leur fait du bien de prendre un peu l'air. »

« Frère Paul a essayé d'arroser quelques plates-bandes ; il a, bien sûr, eu les pieds mouillés pour la première fois en vingt ans, mais il était reconnaissant d'avoir renoué des liens avec notre mère la terre. Tous sont également très satisfaits de la façon dont tu as marqué les rosiers. Maintenant on peut se promener à nouveau par les anciennes allées de la roseraie et réviser son latin en lisant le nom des plantes sur les pancartes. »

Quand je rentre à l'appartement, Anna a disposé les légumes sur la table et sort le canard du four. Flóra Sól est assise sur sa chaise, toute prête avec son bavoir, la cuiller à la main. Il faut reconnaître que le repas est succulent, pourtant ni l'un ni l'autre n'avons beaucoup d'appétit. J'avoue ne plus avoir envie de dormir sur le canapé-lit – pas quand il y a deux places dans le lit de la chambre voisine. Au moment où je vais me lever pour donner son bain à Flóra Sól et la coucher, Anna s'interpose en disant :

« C'est moi. »

Par la fenêtre de la cuisine, je distingue dans le noir la lumière de quelques fenêtres du monastère, en haut de la butte. Demain je tondrai l'herbe, sortirai de la remise les bancs de jardin pour leur passer une couche d'huile protectrice.

Et puis je sèmerai plusieurs variétés de salade dans les nouvelles plates-bandes et continuerai d'agrandir le carré aux herbes aromatiques.

Je finis de ranger dans la cuisine, puis je vais droit à la chambre à coucher, m'allonge et tire doucement sur la couette qui recouvre Anna.

Quand Flóra Sól se réveille le lendemain et se tient debout dans son lit, Anna et moi n'avons pas beaucoup dormi. Je ne peux pas nier que je me suis mis à penser au monde de la façon suivante : il y a nous deux et puis les autres. Parfois je trouve que la petite est dans notre camp – nous deux et l'enfant ne faisons qu'un, d'autres fois je trouve que la petite fait partie du camp des autres.

SOIXANTE ET ONZE

Bien que nous n'ayons pas prononcé un seul mot sur notre liaison, je n'en suis pas moins en train d'acquérir ma première expérience de vie en couple avec un enfant. Vivre avec une autre personne, c'est du gâteau, à condition de coucher ensemble. Même si ma situation n'est pas tout à fait claire et nette, je suis heureux et tout excité, encore que jamais je ne le dirais comme ça à personne, à haute voix.

Anna est toujours plongée dans ses bouquins et elle est toujours distraite, comme si elle était présente et absente à la fois. Sauf au lit où là, elle n'est pas absente. Quelquefois c'est comme si elle ne me remarquait pas avant que nous ne soyons au lit. Dès que nous y sommes, tout change. Sous la couette, c'est une autre vie qui prend le relais. En dehors du lit, pendant la journée, nous sommes plutôt comme frère et sœur. On nous a d'ailleurs demandé, dans la rue, si c'était le cas. Nous ne nous tenons pas par la main, nous ne nous embrassons pas pendant la journée. Nous sommes comme frère et sœur lorsque nous nous promenons avec la petite ou quand nous sommes assis en face l'un de l'autre avec elle pour le dîner, que nous préparons à tour de rôle. Je suis plus hardi qu'avant en matière de cuisine parce que j'ai vraiment envie d'impressionner Anna ; je me laisse influencer et achète ce que le boucher me recommande tout spécialement : des filets de chevreuil.

Pourtant, la nuit s'est mise à « contaminer » le jour ; l'effet de ce que nous faisons la nuit se propage sur la journée. Nous manifestons plus d'hésitation et de timidité et nous nous parlons moins qu'auparavant, parce que nous pensons à ce qui nous attend le soir. Il m'arrive parfois de penser au soir dès le midi, et toute la journée je n'ai qu'une hâte, c'est d'aller au lit.

Nous ne parlons, en réalité, que de ce qui touche à la petite ; Anna continue néanmoins de faire des compliments sur les plats quand c'est moi qui fais la cuisine. Personnellement, je n'ai pas beaucoup d'appétit quand vient le soir, mais Anna, elle, mange toujours bien. Nous ne faisons ni l'un ni l'autre allusion à ce que nous allons faire mais nous nous dépêchons tout autant de baigner la petite et de tout ranger.

Notre petite fille nous rend le service de s'endormir dès qu'elle a posé la tête sur l'oreiller. Elle suce sa tétine, son lapin à ses côtés sur un coussinet et au bout d'un instant, le marchand de sable est passé. Cette enfant est parfaite sur tous les plans, du matin au soir. Lorsque je retourne au salon après que notre fille s'est endormie, Anna fait claquer son bouquin et se lève. Peu importe alors s'il n'est que huit heures, nous envoyons tout promener, livres et vêtements prennent le même chemin et nous nous mettons au lit sans un mot. Il n'y a rien qui dérange, nous n'avons pas la télé, donc pas de nouvelles de guerres, ni d'hommes en train d'en mitrailler d'autres ; jamais de visites non plus, c'est pourquoi nous pouvons avancer l'heure du repas et du coucher de notre fille sans qu'elle s'en plaigne. Parfois, nous sommes encore plus pressés et laissons les assiettes sur la table jusqu'au lendemain. Le lit est un monde à part, ce ne sont pas les mêmes lois qui y règnent. Il y a très peu de chances pour que nous ayons recours à un flot de paroles ; il n'est d'ailleurs pas nécessaire de tout dire. C'est comme si j'entendais la voix de l'abbé et le sous-titre apparaît sur l'écran du plafond, à six mètres au-dessus du lit, en travers de l'aile tronquée de la colombe :

« On peut dire assurément que le désir est très lié à la chair. »

SOIXANTE-DOUZE

Ma petite fille fait sa sieste et je m'installe devant mon amante en train de lire, assise à la table de la cuisine. Elle écarte aussitôt le livre.

J'ai l'intention de lui dire que je vais monter au jardin, au lieu de quoi je me surprends à dire tout autre chose :

« Je me demandais si on pourrait parler ensemble. De nous.

— Comment ça, de nous ?

— Si on pourrait discuter de la nature de notre relation. »

Elle a l'air étonnée.

« De quelle nature ? »

Elle dit cela tout bas et les yeux baissés. Elle tient toujours son stylo. Cela veut dire qu'elle n'a pas vraiment interrompu ce qu'elle faisait avant que je la dérange, c'est seulement une petite pause, le temps de répondre à une ou deux questions. Le soir, elle n'est pas longue à poser son stylo dès que j'ai fini d'endormir la petite. Mais pas maintenant. Elle n'est pas disposée à discuter de notre relation, ce n'est pas d'actualité, je me suis trop pressé, je n'ai pas choisi le bon moment. En fait, j'ai très peu de choses à en dire moi-même.

« On couche ensemble. »

Il y a un gouffre entre ce que je dis et ce que je pense.

« Oui ? »

Je me tais.

« Il ne faut pas que tu tombes amoureux de moi, dit-elle enfin, car je ne sais pas si je serai à la hauteur. »

Je ne lui dis pas que c'est probablement trop tard.

« On ne peut pas s'attendre à ce que les sentiments durent éternellement », dit-elle.

Je médite sur ce qu'elle veut dire par là. La vérité est que je suis justement en train de me demander si je ne pourrais pas vivre comme ça jusqu'à la fin de mes jours, avoir hâte de me mettre au lit avec la même femme tous les soirs. Au bout de cinquante-cinq ans, j'aurai l'âge de papa, soixante-dix-sept ans. Cinquante années de plus, ça fait à peu près dix-huit mille deux cent cinquante soirs et nuits avec la même femme. À moins d'un accident de voiture dans le joli creux d'un champ de lave, cela revient donc à exulter à la perspective de dix-huit mille deux cent cinquante nuits. Je regarde l'heure et entrevois un moyen de retourner la situation en ma faveur, en notre faveur.

« Je me demandais si on ne devrait pas aller au lit », dis-je comme pour conclure une affaire qui ne peut l'être autrement. Il est deux heures de l'après-midi et notre fille doit encore faire une bonne heure de sieste.

Ainsi s'achèvent la plupart des tentatives de dialogue, au lit précisément. On ne peut cependant pas dire que nous concluons quoi que ce soit. Pourtant on n'a jamais besoin de discuter davantage après cela. L'échange physique suffit à tout compenser et les problèmes se dissolvent d'eux-mêmes, comme le brouillard rougeâtre sur les hauteurs après la première messe du jour.

Peu après, son appel depuis la porte de la chambre à coucher me fait lever les yeux. Je ne remarque l'appareil photo qu'après qu'elle m'a lâché un flash en pleine figure alors que je suis à moitié sous la couette. Elle enroule la bobine. Jusqu'ici elle n'a pris que quelques photos de Flóra Sól et moi dehors.

« J'avais envie d'une photo de toi, en souvenir.

— Tu vas partir ? » J'ai la même sensation que si elle avait braqué un flingue sur moi et non un appareil photo. Je regarde brusquement la mort dans les yeux, avant que le coup ne parte. J'aurais aussi bien pu dire : Allez, tire.

« Non », dit-elle. Sans plus.

J'essaie de cacher mon émotion en sortant du lit pour enfiler mon pantalon. Je prends garde cependant à ne pas tourner le dos à Anna, mon amante.

SOIXANTE-TREIZE

Je serais disposé à soumettre mon expérience à quelqu'un, pourtant je ne suis pas du genre à discuter de ce qui se passe entre mon amante et moi avec un tiers. Quand on est sincère et que l'on confie quelque chose de personnel à un autre, celui-ci ne doit pas le répéter. Ce qui se passe entre Anna et moi reste entre elle et moi. Je n'ai toutefois pas l'impression de trahir sa confiance en allant voir le spécialiste en amour de Dieu et du prochain, dans la chambre sept de la pension de famille. Ce qui m'aide, c'est que j'ai acquis de l'expérience dans divers domaines depuis la dernière fois où je lui ai parlé, il y a dix jours, d'un sujet voisin.

Je suis assis avec ma fille, en collant rayé, remuant sur mes genoux tandis que nous devisons et comme ma démarche auprès de frère Thomas a un caractère formel, je suis d'un côté du bureau et l'abbé de l'autre. Il m'offre un petit verre, mais je trouve déplacé de boire quand je suis avec l'enfant. Je remarque qu'une petite poupée de porcelaine vêtue d'une robe en tricot bleu est apparue au milieu du bureau. J'en viens à l'objet de ma visite.

« Comment savoir si une femme vous aime ?

— Il est difficile d'être sûr de quoi que ce soit en amour, dit l'abbé en poussant la poupée vers l'enfant.

— Et si une femme dit qu'elle a peur que l'homme ne revienne pas quand il va faire une course ?

— Alors il se peut que ce soit elle qui ait envie de partir seule. »

Je remarque qu'il suit des yeux le jeu de l'enfant tout en me parlant.

« Et quand une femme a l'esprit ailleurs, est-ce que cela veut dire qu'elle n'est pas amoureuse ?

— Cela peut vouloir dire ça, mais aussi qu'elle est amoureuse.

— Et si une femme dit à un homme qu'il ne doit pas tomber amoureux d'elle ?

— Cela peut vouloir dire qu'elle l'aime. Cela me fait penser à un vieux film italien que tu aurais peut-être plaisir à voir et qui traite du problème. Le metteur en scène ne recourt pas aux dialogues pour démêler les sentiments.

— Et si elle dit qu'elle n'est pas prête pour une union ? » Ma fille me tend la poupée, elle veut que je lui enlève la robe tricotée.

« Ça peut vouloir dire qu'elle est prête mais qu'elle ne sait pas si toi, tu l'es et qu'elle redoute que tu la rejettes.

— Et si elle dit qu'elle a envie de partir et qu'elle veut être seule ?

— Ça peut vouloir dire qu'elle veut que tu viennes avec elle. » L'abbé s'est levé pour chercher quelque chose sur ses étagères.

« Il y a une charité raisonnable, comme il est écrit dans un verset, dit-il de l'autre bout de la pièce, le dos tourné, mais il n'y a pas d'amour raisonnable. Si l'on vivait une vie de seule raison, on raterait l'amour, comme il est dit, ici, quelque part », dit-il – et je sais qu'il ne fait pas référence à la Bible.

Ma fille veut que je remette à la poupée sa robe tricotée. Ce qui prend le plus de temps, c'est d'enfiler les manches.

« Voilà », dit-il enfin en se redressant ; il vient vers moi et me tend la cassette. « Tu pourrais apprendre pas mal de choses sur la vie sentimentale des femmes en regardant Antonioni. Tu t'es procuré un magnétoscope ? »

SOIXANTE-QUATORZE

Je sens Anna en proie à une agitation croissante. Pourtant tout baigne, en surface. Elle est pourtant comme à son habitude, mais il me semble tout à coup n'avoir que très peu de temps devant moi.

« Quoi ? demande-t-elle. Tu me regardes fixement et tu as l'air si soucieux et puis tu as la même expression accusatrice que Flóra Sól quand elle me regarde.

— Tu t'en vas ? dis-je, aussi normalement que possible, mais je sens ma voix trembler.

— Oui », dit-elle.

J'avais vraiment commencé à croire que mon pressentiment n'était pas fondé. C'est ainsi que la vie semble toujours vous prendre au dépourvu ; quand on s'attend à quelque chose de bon, c'est du mauvais qui arrive, quand on s'attend au pire, on n'a que du tout bon. Je cite un film, cette fois un western débile, que j'ai vu avant de me mettre à regarder des films de qualité avec l'abbé.

« Quand ?

— Pas demain, mais après-demain. J'ai fini ce que je pouvais faire ici, je suis arrivée à la conclusion. »

Je n'ose pas demander à quelle conclusion elle est parvenue, si cela touche à la biologie ou à notre relation, mais je m'accroche aux dialogues de films. J'ai envie de lui dire que si elle est prête à donner sa chance à notre union, elle pourrait découvrir qu'il en irait tout autrement que ce qu'elle avait pu imaginer. Ça me fait l'effet d'entendre frère Thomas.

« Il y a du vrai là-dedans. »

Alors que tout est en train de se déchirer en moi, je n'en laisse rien paraître.

« Pardon, dit-elle tout bas. Tu es un type formidable, Arnljótur, tu es bon et généreux, c'est seulement moi qui ne suis pas à la hauteur, je ne sais plus où j'en suis. »

J'ai la tête qui tourne comme si je perdais la sensation de ce qui m'entoure et tout à coup, j'ai le nez qui saigne. Je traîne un filet de sang derrière moi, comme une piste jusqu'à l'évier. Je renifle, renverse la tête en arrière, avale du sang et m'appuie au rebord. Ça pisse le sang, comme si c'était un sacrifice qui se déroulait ici et qu'une bête était menée à l'abattoir.

Anna va chercher un torchon mouillé et m'aide à essuyer ma figure. Elle a l'air inquiète.

« Ça va ? » demande-t-elle.

Je m'assieds à la table de la cuisine et renverse la tête en arrière. Anna est debout devant moi, elle porte un pull d'un rouge pourpré, d'une couleur très particulière que je n'ai jamais vue avant.

« Tu es sûr que ça va ? » demande-t-elle à nouveau.

Nous nous taisons tous les deux, puis, hésitante et les yeux baissés, elle dit :

« Je trouve que j'ai tant de choses à faire avant d'être mère. » J'écarte le torchon de mon nez, il a l'air de ne plus saigner. Il serait absurde de lui signaler qu'elle l'est déjà.

« Je ne suis tout simplement pas prête pour avoir un enfant tout de suite », dit-elle comme si nous étions un couple sans enfant en train de préparer l'avenir. Elle reste silencieuse un instant.

« Je t'aime énormément, mais j'ai simplement envie d'être seule – quelques années – pour me trouver et finir mes études. J'ai le sentiment d'être trop jeune pour fonder tout de suite une famille », dit la généticienne de deux ans mon aînée.

Je tiens le torchon à la main, rouge de sang, et ma chemise est également tachée de vermillon.

« Flóra Sól et toi, vous avez un si bon contact, bien meilleur que moi avec la petite, ajoute-t-elle. Vous êtes tout de suite devenus si proches, vous êtes tout le temps en train de faire des trucs amusants ensemble ; vous avez votre monde à vous et j'ai l'impression de ne pas en faire partie. Vous êtes même gauchers tous les deux, ajoute-t-elle très vite.

— Mais elle n'est qu'un bébé, dis-je.

— Vous êtes toujours d'accord.

— Comment ça ?

— Vous allez jusqu'à parler latin ensemble. Je finis par me sentir de trop.

— C'est un peu exagéré de dire qu'elle parle latin. Elle sait quelques mots, cinq à dix peut-être, dis-je, puis après réflexion – probablement sept. Elle a attrapé quelques mots à la messe, comme font les enfants.

— De dix mois ?

— Je n'ai naturellement pas d'expérience de première main avec d'autres enfants.

— Je ne profite pas autant du rôle de mère que toi de celui de père.

— C'est peut-être que j'avais seulement envie de retenir ton attention, de te taper dans l'œil.

— En lui apprenant le latin ?

— En m'occupant bien d'elle. Et de toi aussi, dis-je tout bas.

— Tu es un gars formidable, Arnljótur, répète-t-elle. Bon et intelligent. » Puis elle dit qu'elle m'aime beaucoup, beaucoup.

« Ça a été quarante jours merveilleux, poursuit-elle, mais je ne peux tout de même pas te demander de m'attendre, ajoute-t-elle, couvrant son visage de ses mains – pendant que j'essaie de me trouver, je veux dire.

— Non, dis-je, ça, tu ne peux pas. » Je me dis pourtant en mon for intérieur qu'elle pourrait tout de même essayer de me demander d'attendre.

SOIXANTE-QUINZE

La dernière nuit est comme un souvenir trop long et trop lent. Il fait nuit noire et je bouge avec précaution dans le lit pour ne pas réveiller Anna. Sa respiration est profonde. J'essaie de ralentir mon propre souffle pour l'accorder au sien, sans m'endormir. Je suis tout contre elle mais aussi serrés que nous soyons, il y a un océan entre nous car nous ne sommes pas un. Je sens que je suis en train de la perdre, comme j'ai perdu maman au téléphone, comme le sable de la grève qui vous file entre les doigts. Et c'est moi qui reste sur le carreau, à lécher mes doigts salés.

Je ne dors pas de la nuit et m'efforce de faire traîner le temps en longueur pour trouver quelque chose qui la fasse renoncer à partir. Je ne peux pas non plus perdre Flóra Sól. J'ai la même sensation que s'il me fallait deviner quelque chose, n'importe quoi, pour garder Anna ; comme si je pouvais tomber par bonheur sur la bonne réponse, comme dans un jeu télévisé dont je remporterais la coupe.

« Attends, attends, attends. Écoute-moi. » J'ai l'impression d'être au milieu d'un essaim de sternes folles qui m'assaillent de tous côtés et il ne me vient rien à l'esprit pour me défendre. Puisque je ne peux pas m'enchaîner à elle comme un pacifiste à un char d'assaut, je me demande soudain si je ne pourrais pas l'emmener quelque part, en un lieu de la terre auquel elle ne pourrait résister et qui la ferait changer immédiatement d'avis.

Elle doit prendre le train à neuf heures. Il est sept heures, je l'ai encore pour moi tout seul et j'explore à tâtons sous la couette dans la lumière croissante du jour qui menace. On devine le matin violacé à travers le rideau, comme un goret écorché chez le boucher. Elle est soudain réveillée et moi, je n'ai pas fermé l'œil de la nuit. Elle a l'air d'être encore en pleine confusion. Notre petite fille dort comme un ange.

« J'ai fait un rêve très curieux, dit-elle. J'ai rêvé que tu avais de nouvelles bottes bleues et que tu tenais Flóra Sól dans tes bras ; elle aussi avait de nouvelles bottes bleues comme les tiennes, mais minuscules. Vous étiez dans la roseraie, mais ni les roses, ni rien d'autre n'était en couleur dans mon rêve, à part les bottes. Ensuite je me suis trouvée tout à coup dans une étroite ruelle et je vous ai vus monter un grand escalier pour vous engouffrer derrière une porte. J'ai frappé et tu es venu ouvrir, la petite dans les bras, et tu m'as invitée à boire du thé. »

Je laisse alors échapper, sans crier gare :

« On devrait peut-être avoir un autre enfant, toi et moi, plus tard. » Je n'ose pas la regarder en disant cela.

« Oui, dit-elle. On pourrait. »

Nous nous levons tous les deux et je suis debout juste devant la glace, je prends Anna par le bras et l'attire doucement jusqu'à ce qu'elle m'ait rejoint dans le miroir comme sur une photo de famille prise en studio et mise dans un cadre sculpté et doré, comme si nous étions en train de confirmer solennellement une union de quarante jours. Je suis pâle et maigre, elle est pâle elle aussi. Derrière nous se dresse dans son lit à barreaux notre petite fille qui vient de se réveiller avec un grand sourire, les joues roses et des fossettes aux coudes. Toute la famille est alors réunie dans le cadre.

« Tu peux garder Flóra Sól », dit soudain Anna à voix basse, comme si elle sortait cela du manuscrit d'une nouvelle pièce en première lecture, comme si elle essayait les mots sur les circonstances. Elle me regarde droit dans les yeux, dans le miroir.

Je ne dis rien.

« Quand je vois comme vous vous entendez bien et comme tu es responsable, je sais que je peux la laisser chez toi sans me faire de souci. Je serai toujours sa maman bien entendu, mais tu n'auras pas à redouter que je refasse surface un beau jour pour te la réclamer. Je t'aiderai à l'élever, autant que possible. Je ferai tout pour elle. »

« Pardon – elle m'embrasse. Donne-moi six mois », dit-elle pour finir.

SOIXANTE-SEIZE

Après avoir avalé pain et fromage, comme des écoliers qui mangent leur goûter, silencieux, l'un en face de l'autre, et après avoir partagé une pomme entre nous trois, je me lève pour débarrasser la table du petit déjeuner, tandis qu'Anna rassemble ses vêtements et ses livres.

Quand elle est prête, debout dans le couloir, elle me serre contre elle et je pense qu'elle doit sentir le battement de mon cœur qui remplit la pièce et le bourdonnement de mes oreilles. Puis elle serre la petite dans ses bras. Elle ne veut pas que nous l'accompagnions à la gare. Je n'ai jamais été bon non plus à l'heure des adieux, je n'ai même pas dit adieu à maman. Je reste seul avec l'enfant et l'habille. Nous nous asseyons ensuite ensemble à la table avec le livre d'horticulture et feuilletons le chapitre favori de ma fille, sur les pièces d'eau et les ruisseaux dans les jardins.

« Ma-man, dit la petite.

— Oui, maman va revenir bientôt. »

Nous sommes en train de regarder les ruisseaux quand on frappe à la porte.

Je me lève d'un bond pour aller ouvrir, jetant un coup d'œil dans la glace au passage et lissant de la main mes cheveux. C'est ma voisine de l'étage au-dessus. Elle tient un grand plat fumant qu'elle me tend sans un mot. Je distingue différents poissons, des fruits de mer et des pinces de crabe qui émergent d'un socle de beau riz jaune avec des tomates et des rondelles d'oignon frit.

« Je reviens tout de suite », dit-elle en remontant l'escalier.

Je maintiens du pied la porte ouverte tandis que Flóra Sól arrive derrière moi sur ses petites jambes pour voir qui est le visiteur. Elle est en collant, et se tient à la porte à côté de moi.

« Grande fille », dis-je, bloqué dans l'embrasure de la porte, les deux mains soutenant le plat fumant.

Notre voisine reparaît bientôt avec une tarte aux cerises en guise de dessert. Son visage s'illumine à la vue de la petite et elle se hâte d'aller dans la cuisine se débarrasser de la tarte pour pouvoir lui dire bonjour. Flóra Sól est aussi contente de cette visite car nous n'en avons jamais. Elle lâche le chambranle de la porte et traverse la pièce, sans soutien, pour aller chercher une datte dans le bol qui est sur la table, puis elle refait le parcours en sens inverse jusqu'à la brave femme à qui elle tend le fruit.

« J'ai eu l'idée de vous apporter cela puisque la jeune dame est partie, dit la vieille voisine. Il faut bien que l'enfant mange, même si sa maman n'est pas là. »

Je la remercie pour le repas, pour son « cœur chaud » – dis-je littéralement, en patois, parce que j'ai bouquiné un chapitre sur la politesse et les bonnes manières locales. Je crains malgré tout qu'elle ne s'éternise car j'avais l'intention de sortir avec la petite pour téléphoner à papa.

Quand la vieille dame a fini sa tasse de thé, je mets à ma fille son manteau en laine à double boutonnage et poches piquées ainsi que ses chaussures.

« On va téléphoner à papy Thórir ?

— Pa-pi. »

Je ne dis pas à papa qu'Anna est partie et – une fois n'est pas coutume – il n'en parle pas non plus. Il ne me donne pas davantage de nouvelles du temps qu'il fait, ni de l'état des routes, ni de la végétation comme il en a l'habitude. Il a quelque chose d'autre sur le cœur :

« Je ne sais pas comment tu vas prendre ce que j'ai à te dire maintenant.

— Tu as fait la connaissance d'une femme ?

— Serais-tu devenu voyant, mon garçon ? Ce n'est pas comme si j'avais fait sa connaissance hier, il y a eu des antécédents, c'est une vieille amie de ta maman et moi.

— Non, mais tu as mentionné Bogga chaque fois que je t'ai parlé : tu as tiré pour elle des câbles électriques, tu as réparé une fenêtre et elle s'est mise à faire la cuisine pour toi et à t'inviter à manger du pot-au-feu et de l'échine de porc fumée.

— Bogga m'a proposé de m'installer chez elle, elle vit maintenant toute seule dans sa maison. »

Ensuite papa hésite.

« Je voudrais bien continuer d'habiter ici mais je trouve que je n'arrive à rien faire sans ta mère. »

Puis il se tait un moment, avant de reprendre la parole :

« Qu'est-ce que tu me racontes de ta petite Flóra ?

— Elle commence à marcher.

— Et ta roseraie ?

— Elle est en passe de redevenir la plus belle du monde.

— Ça fait plaisir à entendre, mon petit Lobbi. »

Nouveau silence, puis il reprend la parole :

« J'ai beaucoup réfléchi à ma vie et je vois à présent que j'ai fait inutilement pression sur toi pour que tu fasses des études. Si tu es heureux, ton vieux père l'est aussi. Jósef est heureux également avec sa petite amie, je n'ai pas à me faire de souci pour mes garçons.

— Non, tu n'as pas de souci à te faire pour nous.

— Tu sais que tu as toujours l'héritage de ta mère, si tu veux voir le monde et visiter d'autres jardins. »

Après que ma fille a dit *papy* au téléphone et que j'ai dit au revoir à papa, je vais trouver le prêtre. Il faut que je lui raconte que ma situation a changé de nouveau, que je suis à présent seul avec l'enfant, comme il avait été prévu d'ailleurs au départ. Frère Thomas est à la pension et je lui annonce qu'Anna est partie.

« Eh bien, ce n'est pas toujours facile de comprendre les sentiments », dit-il en me tapant sur l'épaule. Puis il caresse la tête de la petite.

« Les choses empirent généralement jusqu'à un certain point avant de commencer à s'améliorer », dit-il, lorsque nous sommes assis au bureau en face de lui. Il déplace le porte-stylos pour mieux voir la petite et va chercher la poupée de porcelaine en robe bleue tricotée.

« Quand tout est fini, il reste toujours quelque chose ; c'est comme avec les préparatifs de Noël », dit-il, passant en revue sa collection de cassettes vidéo sur les étagères.

« Comme tu peux t'en douter, le choix des films sur les voies imprévisibles de l'amour est si grand que ce serait à devenir fou de sortir tout ça des étagères. »

Ma petite fille, fatiguée, a posé la tête sur mon épaule. Je lui mets sa tétine dans la bouche. C'est alors que je remarque qu'un petit pot est apparu sur la table. Il contient de la terre d'où émerge une tige verte qui dépasse à peine. Je ne demande pas de quelle variété il s'agit.

« Si tu me laisses un peu de temps, disons si tu reviens me voir plus tard dans l'après-midi, je serais bien capable d'avoir trouvé quelques films. Je miserais sur les réalisatrices, bien qu'elles ne soient pas exemptes de cynisme. »

Puis il passe à autre chose et m'annonce que les habitants du monastère sont unanimes à dire que le jardin est devenu extraordinaire. Bien qu'il n'aille pas jusqu'à crier au miracle, les changements n'en sont pas moins plus spectaculaires que nul n'avait pu le présager et il est bien obligé de constater, après s'être penché avec frère Zacharie sur de vieux livres et manuscrits, que le jardin est redevenu tel qu'il y est décrit : sa beauté égale celle de la céleste mère de Dieu.

« Avec les huit rangées circulaires de rosiers autour de la pièce d'eau, le jardin touche à la perfection, dit-il en arrangeant des feuillets sur le bureau.

— Oui », dis-je. Ma fille s'est endormie sur mon épaule. Je lui caresse légèrement la joue.

« Pas étonnant que l'on n'ait plus envie de se morfondre à la bibliothèque quand, par la fenêtre, la beauté vous saute aux yeux », ajoute-t-il en se renversant sur le dossier de sa chaise pour contempler l'enfant endormie.

« Les gens ont fait des dons au monastère ; nous avons à présent accumulé un petit fonds qui n'a, bien sûr, rien à voir avec l'opulence de jadis, dit-il en me souriant. Jusqu'ici, il a surtout servi à financer la restauration des manuscrits, mais nous nous sommes mis d'accord pour utiliser une partie de ce qui a été amassé pour te payer un salaire et pour assurer l'entretien de la roseraie. Nous avons également envisagé de rendre le jardin plus accessible pour que plus de treize bonshommes puissent en profiter, et même de l'ouvrir aux gens de passage. » Au moment où je me lève, la petite endormie dans mes bras, il fait un signe de tête vers le pot de fleurs à la frêle tige verte :

« Non, ce n'est pas ta variété, c'est un futur lis, si j'ai bien lu ce qui était écrit sur le sachet de graines. »

Frère Thomas nous raccompagne jusqu'à la rue ; il ne compte sans doute pas sur mon retour en fin d'après-midi. Je tiens la petite endormie dans mes bras. Au moment de me serrer la main, il me demande tout à coup :

« Comment s'appelait ta rose, déjà ? Celle que tu as transplantée dans le jardin ?

— Rose à huit pétales.

— Ah oui, la rose à huit pétales, c'est juste, c'est bien ce qu'il me semblait. Tu devrais regarder la rose du vitrail au-dessus de l'autel de l'église, la prochaine fois que tu passeras par là, il y a là aussi huit pétales soudés dans la corolle de la fleur. »

SOIXANTE-DIX-SEPT

Nous nous réveillons tôt le matin. Il fait encore nuit noire au-dehors. À un moment donné de la nuit, j'ai pris ma petite fille avec moi dans le lit et elle est assise maintenant à mes côtés, regardant autour d'elle et au plafond. L'odeur de sa maman est encore dans la couette.

« Cui, cui », dit l'enfant en montrant du doigt la colombe à l'aile tronquée.

Je me retourne vers ma fille ; elle me fait un grand sourire.

« Est-ce qu'on va retourner chez papy ?

— Pa-pi. »

« Flóra Sól veut marcher sur la mousse ? »

« Veux-tu que papa ramasse des myrtilles pour toi ? »

« Est-ce que Flóra Sól veut essayer de s'asseoir sur une bosse de terrain ? »

Je la porte en pyjama jusqu'à la cuisine. Je fais couler de l'eau dans une casserole et allume le gaz. Puis je verse les flocons d'avoine dans la casserole et mets son bavoir à la petite, en attendant que ça bouille.

Sans nous éterniser à la maison après le petit déjeuner, nous nous habillons et sortons. J'installe la petite dans sa poussette. Il ne fait pas encore grand jour et, dans le calme plat, un curieux brouillard violacé repose sur le monastère. Lorsque nous arrivons à l'église, je cale la poussette sous le porche, au-dessous du tympan représentant le jugement dernier. Je soulève ma petite fille pour la jucher sur mes épaules et nous nous engageons dans le périple qui va nous mener du clair-obscur de l'entrée vers le soleil à l'autre bout. Nous prenons tout notre temps et faisons souvent halte en chemin. Je verse mon obole dans le tronc de saint Joseph et lui allume un cierge que je tiens d'une main, l'autre maintenant la cheville de la petite. Je fais bien attention à ne pas laisser couler de cire brûlante.

Nous progressons lentement à l'intérieur vers le chœur où le soleil va apparaître, rouge orangé, au point du jour. Peu à peu la lumière délicate se fraie un passage à travers les vitraux, comme un léger voile de coton blanc qui se déploie dans l'église. Ma fille est immobile, à califourchon sur mes épaules. Je mets la main en visière et plonge le regard dans l'aveuglante clarté. C'est alors que je la vois, tout en haut, dans le vitrail du chœur, la rose pourpre à huit pétales, à l'instant précis où le premier rayon transperce la corolle et vient se poser sur la joue de l'enfant.

la collection de poche des éditions Zulma

1. DAVID TOSCANA, *El último lector*
traduit de l'espagnol (Mexique) par F.-M. Durazzo
2. ANJANA APPACHANA, *Mes seuls dieux*
traduit de l'anglais (Inde) par Alain Porte
3. ZOYÂ PIRZÂD, *C'est moi qui éteins les lumières*
traduit du persan (Iran) par Christophe Balaÿ
4. GERT LEDIG, *Sous les bombes*
traduit de l'allemand par Cécile Wajsbrot
5. FERENC KARINTHY, *Épépé*
traduit du hongrois par Judith et Pierre Karinthy
6. GEORGES-OLIVIER CHÂTEAUREYNAUD,
Singe savant tabassé par deux clowns
7. ENRIQUE SERPA, *Contrebande*
traduit de l'espagnol (Cuba) par Claude Fell
8. JACQUES ROUMAIN, *Gouverneurs de la rosée*
9. CHANTAL CREUSOT, *Mai en automne*
10. BOUBACAR BORIS DIOP, *Murambi, le livre des ossements*
11. GEORGES PEREC, *Perec/rinations*
12. FRÉDÉRICK TRISTAN, *le Singe égal du ciel*
13. GEORGES PEREC, *Nouveaux jeux intéressants*
14. R. K. NARAYAN, *Dans la chambre obscure*
traduit de l'anglais (Inde) par Anne-Cécile Padoux
15. HUBERT HADDAD, *la Condition magique*
16. LEO PERUTZ, *le Maître du Jugement dernier*
traduit de l'allemand par Jean-Claude Capèle

17. ZOYÂ PIRZÂD, *Comme tous les après-midi*
traduit du persan (Iran) par Christophe Balaÿ

18. LEO PERUTZ, *la Troisième Balle*
traduit de l'allemand par Jean-Claude Capèle

19. MARIE VIEUX-CHAUVET, *Amour, Colère et Folie*

20. AUÐUR AVA ÓLAFSDÓTTIR, *Rosa candida*
traduit de l'islandais par Catherine Eyjólfsson

21. WILLIAM SAROYAN, *Papa, tu es fou*
traduit de l'anglais (États-Unis) par Danièle Clément

22. R. K. NARAYAN, *le Guide et la Danseuse*
traduit de l'anglais (Inde) par Anne-Cécile Padoux

23. DANY LAFERRIÈRE, *le Cri des oiseaux fous*

24. PASCAL GARNIER, *Comment va la douleur ?*

25. JEAN-MARIE BLAS DE ROBLÈS, *Là où les tigres sont chez eux*

26. NII AYIKWEI PARKES, *Notre quelque part*
traduit de l'anglais (Ghana) par Sika Fakambi

27. WILLIAM SAROYAN, *Maman, je t'adore*
traduit de l'anglais (États-Unis) par Annie Blanchet

28. DANY LAFERRIÈRE, *l'Odeur du café*

29. DANY LAFERRIÈRE, *le Charme des après-midi sans fin*

30. LEO PERUTZ, *la Neige de saint Pierre*
traduit de l'allemand par Jean-Claude Capèle

31. PASCAL GARNIER, *les Hauts du Bas*

32. BENNY BARBASH, *My First Sony*
traduit de l'hébreu par Dominique Rotermund

33. HWANG SOK-YONG, *Monsieur Han*
traduit du coréen par Choi Mikyung et Jean-Noël Juttet

34. ABDOURAHMAN A. WABERI, *Aux États-Unis d'Afrique*

35. HUBERT HADDAD, *Mā*

36. VANESSA BARBARA, *les Nuits de laitue*
traduit du portugais (Brésil) par Dominique Nédellec

37. AUÐUR AVA ÓLAFSDÓTTIR, *l'Embellie*
traduit de l'islandais par Catherine Eyjólfsson

38. KEI MILLER, *l'Authentique Pearline Portious*
traduit de l'anglais (Jamaïque) par Nathalie Carré

39. GEORGES-OLIVIER CHÂTEAUREYNAUD, *l'Autre Rive*

40. DANY LAFERRIÈRE, *le Goût des jeunes filles*

ANJANA APPACHANA

Mes seuls dieux

Nouvelles traduites de l'anglais (Inde)
par Alain Porte

Merveilles d'inventions narratives, ces huit nouvelles entrelacent cruauté inconsciente et enchantement amoureux, songeries amères et tendres, conflits cocasses ou tragiques. De la fillette qui s'invente une vie sentimentale en lisant *Jane Eyre* quand sa sœur aînée se marie, à celle qui porte une dévotion folle à sa mère, les situations se répondent ; si bien qu'on éprouve le sentiment d'être dans l'espace multiple et concerté du roman, au sein d'une famille de la bourgeoisie indienne.

D'une histoire à l'autre, on se laisse envoûter par l'univers d'Anjana Appachana.

« Rien de mélo dans *Mes seuls dieux*, au contraire, il en émane une énergie combattive. »

Isabelle Lortholary, *Elle*

ZOYÂ PIRZÂD

C'est moi qui éteins les lumières

Roman traduit du persan (Iran)
par Christophe Balaÿ

Clarisse est d'une simplicité de cœur qui la rend spontanément attachante. Autour de cette héroïne malgré elle gravite tout un petit monde : un mari ingénieur, deux adorables et malicieuses jumelles, Armen, le fils vénéré en pleine crise d'adolescence, une sœur à marier un peu revêche, et la vieille mère qui règne sur la maisonnée, dans le quartier arménien d'Abadan.

Pourtant la très modeste Clarisse va bientôt révéler sa nature de personnage tchekhovien quand de nouveaux voisins viennent bouleverser l'équilibre affectif de notre femme invisible…

Immense succès en Iran, le premier livre d'une romancière adulée de ses lecteurs.

« Étoile montante de la littérature iranienne, Zoyâ Pirzâd transcende le quotidien de son écriture limpide. »

Isabelle Vramian, *Elle*

GERT LEDIG

Sous les bombes

Roman traduit de l'allemand
par Cécile Wajsbrot

Juillet 1944, le temps d'une attaque aérienne sur une grande ville allemande. Dans cet univers d'horreur où luisent les derniers feux du fanatisme, subsistent malgré tout des preuves d'humanité : le lieutenant qui refuse une mission absurde ; le radio qui n'ose pas dire la vérité à une mère ; l'aviateur américain qui lance des bombes sur le cimetière pour ne faire mourir que des morts. Des hommes et des femmes qui, dans l'urgence de survivre, tentent de ne pas oublier qu'ils sont encore vivants.

« Un roman d'une force inouïe. »

Gilles Heuré, *Télérama*

« Un livre haletant, éclaté, terrifiant. »

Marc Semo, *Libération*

FERENC KARINTHY

Épépé

Roman traduit du hongrois
par Judith et Pierre Karinthy
Présenté par Emmanuel Carrère

« Les étranges divagations d'un polyglotte érudit, Budaï, qui quitte les rives du Danube et croit s'envoler pour Helsinki afin de participer à un congrès de linguistique. Hélas ! à la suite d'une erreur d'aiguillage, son avion atterrit dans une ville peuplée d'allumés qui parlent un jargon incohérent, parfaitement inintelligible. Sommes-nous aux portes de Babel ? Sans doute. Quant au malheureux Budaï, il en perdra son latin : on dirait un petit frère de Zazie égaré au pays des Houyhnhnms chers à Jonathan Swift. Épatant. »

André Clavel, *L'Express*

« Ce qui me paraît absolument certain, c'est que Perec aurait adoré *Épépé*. »

Emmanuel Carrère

GEORGES-OLIVIER CHÂTEAUREYNAUD

Singe savant tabassé par deux clowns

Nouvelles

« Une infime mésaventure, une bizarrerie, un incident, et voici notre vie qui dérape ou qui s'emballe. Du côté du fantastique, d'un absurde mortifère. Une clé cassée dans la serrure, la rencontre brutale avec une jeune fille lancée sur une patinette, et vous voilà à la merci des sœurs Ténèbre. [...] L'imagination de G.-O. Châteaureynaud est flamboyante et glacée comme l'enfer. »

Bernard Pivot, *Le Journal du dimanche*

Ces onze récits ouvrent les portes d'un monde cruel, inouï, qui se joue de nous... un monde qui ressemble étrangement au nôtre.

Goncourt de la nouvelle 2005.

ENRIQUE SERPA

Contrebande

Roman traduit de l'espagnol (Cuba)
par Claude Fell
Présenté par Eduardo Manet

« Années vingt à La Havane. Le poisson se fait rare. Les marins et leurs familles crient famine. Le narrateur, propriétaire de la goélette *La Buena Ventura*, reste amarré à ses regrets. Un tantinet pleutre mais superbement attachant, il se lamente, vomit ses semblables et leurs passions sordides – mauvais alcools, jeux d'argent, prostituées usées. Il traîne son désarroi, nous offre des pages effervescentes sur un port à l'agonie, sur ces hommes et ces femmes à la dérive, épaves parmi les bateaux à quai. Il se laisse emporter dans des rêves de fortune par un capitaine âpre au métier, appelé Requin. Bientôt, le patron de *La Buena Ventura* vendra son âme au diable, à ce Requin des bas-fonds, pour le meilleur et le pire. »

Martine Laval, *Télérama*

JACQUES ROUMAIN

Gouverneurs de la rosée

Roman

« Tout le monde a été touché par les amours de Manuel et d'Annaïse. Aux citadins haïtiens et aux lecteurs étrangers, le roman a révélé la vie paysanne, qu'ils ignoraient autant les uns que les autres. Les évocations du paysage haïtien ont enchanté ; la vieille Délira a éveillé la compassion ; les ronchonnements de Bienaimé ont amusé ; les trouvailles linguistiques de Roumain ont suscité l'admiration. On pourrait presque dire que la critique a été unanime, d'un côté comme de l'autre de l'Atlantique, à élever *Gouverneurs de la rosée* au rang de chef-d'œuvre. »

Léon-François Hoffmann

« *Gouverneurs de la rosée* est le plus roman d'amour que j'ai lu. On n'a qu'à l'ouvrir pour se retrouver immédiatement happé dans le cercle de feu qui entoure Annaïse et Manuel. »

Dany Laferrière

Ce volume contient également :
Jacques Roumain vivant
par Jacques Stephen Alexis

CHANTAL CREUSOT

Mai en automne

Roman

« C'est beau comme un classique. Avec une grande limpidité de style, l'auteur brosse une fresque des mœurs provinciales dans le Cotentin pendant et après la Seconde Guerre mondiale. Marie, la servante tragique, Solange, mariée à Simon qui ne l'aime plus, Hélène, l'épouse volage du procureur, sont parmi les héroïnes de ce roman qui exalte les passions secrètes et les désastres tranquilles de personnages englués dans la fatalité. Captivant. »

Claire Julliard, *Le Nouvel Observateur*

« Un roman magnifique. »

Sylvie Testud, *Le Monde des livres*

BOUBACAR BORIS DIOP

Murambi, le livre des ossements

Roman

Construit comme une enquête, avec une extraordinaire lucidité, le roman de Boubacar Boris Diop nous éclaire sur l'ultime génocide du XXe siècle. Avant, pendant et après, ses personnages se croisent et se racontent. Jessica, la miraculée qui sait et répond du fond de son engagement de résistante ; Faustin Gasana, membre des milices du Hutu Power ; le lumineux Siméon Habineza et son frère, le docteur Karekezi ; le colonel Perrin, officier de l'armée française ; Cornelius enfin qui, de retour au Rwanda après de longues années d'exil, plonge aux racines d'une histoire personnelle tragiquement liée à celle de son peuple.

« Ce roman est un miracle. »

Toni Morrison

FRÉDÉRICK TRISTAN

Le Singe égal du ciel

Roman

Né d'un œuf de pierre détaché de la montagne des Cinq Éléments, Souen, le singe taoïste, n'a qu'une ambition : devenir immortel et atteindre le sommet ultime des connaissances les plus cachées.

Comme dans toute quête, obstacles, revers et exploits abondent, et Souen doit tour à tour échapper à l'Esprit des Brouillards, s'initier à la doctrine zen et à l'art des jardins, apprendre à voler dans les airs et se métamorphoser en toutes les créatures imaginables, jusques et y compris en concombre de mer…

Chef-d'œuvre épique dans la lignée de *la Pérégrination vers l'Ouest*, voici un fabuleux roman d'aventures à la chinoise, haletant de péripéties, qui nous laisse heureux et étourdis de connaissances autant que d'affabulations.

R. K. NARAYAN

Dans la chambre obscure

Roman traduit de l'anglais (Inde)
par Anne-Cécile Padoux

Savitri la bien nommée – épouse modèle dans la mythologie indienne – veille patiemment sur son foyer. Elle a pourtant l'audace, quand elle est trop lasse des accès d'humeur de son mari, de se réfugier dans le silence de sa « chambre obscure », une pièce en retrait de la maison. Jusqu'au jour où il cède aux charmes d'une de ses employées. Savitri comprend alors qu'elle n'a rien à elle, pas même cette chambre à soi…

Ce qui emporte et émeut tant chez Narayan tient à un talent très singulier qui nous met en immédiate et délicate intimité avec des personnages simples, puissants, inoubliables. Par-delà la chronique familiale dans l'Inde des années trente, *Dans la chambre obscure* est – tout simplement – le sublime portrait d'une femme qui se révolte.

HUBERT HADDAD

La Condition magique

Roman

Un richissime industriel suédois, mégalomane et collectionneur d'automates, organise une extravagante expédition vers les sommets himalayens dans l'unique espoir de redonner vie à une épouse disparue sous les glaces vingt ans auparavant. Mais ce qui se joue – ou se déjoue – sur le toit du monde, c'est avant tout une quête d'absolu : pour leur fille Marghrète, proie trop facile d'une secte ordinaire ; Hiel, en deuil halluciné d'un frère alpiniste ; ou encore Desargues, spécialiste de Descartes et universitaire désabusé.

Foisonnant et vertigineux, *la Condition magique* est un roman philosophe où la raison triomphante nous emmène au bord du gouffre.

« Cette *Condition magique*, qui n'a rien à voir avec la potion, est un roman de vertiges et de glaces, de folie et de fantômes. […] Ça décoiffe quelque peu ! »

André Rollin, *Le Canard enchaîné*

LEO PERUTZ

Le Maître du Jugement dernier

Roman traduit de l'allemand
par Jean-Claude Capèle

Vienne, 1909. Au cours d'un récital dans un petit cercle de la bonne société, on découvre le corps sans vie du célèbre acteur Eugen Bischoff. Suicide ou meurtre maquillé ?

Et nous voilà pris dans un jeu diabolique, une enquête en forme de roman halluciné où sont abordés, avec une intuition aiguë des ressorts de l'inconscient et de la logique, les thèmes du dédoublement et de la violence autodestructrice. Un roman qui nous hante bien longtemps après l'avoir lu.

« Perutz nous prend par la main et nous conduit où il veut, sans nous laisser le temps de réfléchir, par la force de son talent. Après coup, seulement, on découvre, qui enveloppe tout le récit, l'ombre menaçante du Sphinx. »

Dominique Fernandez, *Le Nouvel Observateur*

ZOYÂ PIRZÂD

Comme tous les après-midi

Nouvelles traduites du persan (Iran)
par Christophe Balaÿ

Alieh, Rowshanak ou Raheleh sont souvent à leur fenêtre. Entre le riz pilaf aux lentilles et les pétunias, le voile et une paire de bas, le mari, les enfants, les aïeuls ou les voisines, elles guettent ce qui va venir conforter ou bousculer leurs habitudes. Au fil des saisons et des générations, avec un art précieux du détail, *Comme tous les après-midi* forme en dix-huit courts tableaux un kaléidoscope de prodiges minuscules.

« Zoyâ Pirzâd décrit l'éternité qui passe, déposant une feuille d'or sur le quotidien de ces Iraniennes. »
Astrid Éliard, *Le Figaro littéraire*

LEO PERUTZ

La Troisième Balle

Roman traduit de l'allemand
par Jean-Claude Capèle

À la conquête du trésor des Aztèques, Cortez œuvre sans relâche pour la gloire de Charles Quint. Franz Grumbach, lui, voue une haine féroce aux conquistadors et à leurs inquisiteurs. Il choisit son camp : ce sera celui du Grand Roi Montezuma. Seul ou presque, rebelle sans arme, Grumbach s'en remet au Diable, qui le dote d'une arquebuse et de trois balles…

Premier roman de Leo Perutz, *la Troisième Balle* est une œuvre baroque, savamment construite, où ne cessent de se télescoper le réel et l'imaginaire fantastique en un labyrinthe haletant, irrésistible.

« Perutz est un prestidigitateur magnifique, un manipulateur de l'étrange, un maître du récit. »

Olivier Cena, *Télérama*

MARIE VIEUX-CHAUVET

Amour, Colère et Folie

Roman

« Poussez de hauts cris si jamais ce manuscrit vous tombe sous les yeux ; traitez-moi d'impudique, d'immorale. Assaisonnez-moi d'épithètes injurieuses si cela peut vous soulager, mais vous ne m'intimiderez plus. » Voici donné le ton du récit. Brûlant, âpre, acéré. Claire, l'aînée des sœurs Clamont, orchestre en sourdine une tragédie qui se joue entre elle et ses sœurs. Tandis que dehors, partout, la fureur gronde…

« Parler de la romancière Marie Chauvet c'est parler d'un seul livre, mais quel livre ! Son roman *Amour, Colère et Folie* est devenu avec le temps le grand roman des années noires de la dictature de Duvalier, communément appelé Papa Doc…

Voilà que quarante-six ans après qu'on l'a réduite au silence (l'horreur absolue pour un écrivain), la voix claire et pure de cette romancière lucide et indomptable refait surface. Une dernière chance pour entendre son chant. »

Dany Laferrière
de l'Académie française

WILLIAM SAROYAN

Papa, tu es fou

Roman traduit de l'anglais (États-Unis)
par Danièle Clément

« Je me suis levé de table et je me suis mis à danser la gigue : Papa a éclaté de rire, et j'aime l'entendre rire comme ça – comme un type qui écrit, qui a faim et qui est complètement fou. » Voici l'histoire d'un enfant de dix ans et de son père dans les années cinquante à Malibu – deux écrivains, l'un en herbe, l'autre qui, pour faire bouillir la marmite, hésite entre écrire un livre de recettes et une pièce de théâtre. Le père et le fils font la cuisine avec trois fois rien – l'inénarrable Riz de l'Écrivain –, courent sur la plage, se racontent des histoires et rêvent au son du phono, l'un d'être le premier à marcher sur la Lune, l'autre de ne vivre que pour écrire.

L'air de rien, leur histoire pleine d'histoires est d'abord celle d'une transmission, où un père, le fameux Papa, trouve toujours la plus belle réponse à tout et l'offre à son fils, sur le sens de la vie, la joie d'être au monde et, plus que tout, la passion de l'écriture.

Couverture créée par David Pearson et imprimée chez Floch à Mayenne ¶ Texte composé et mis en page par les Ateliers Graphiques de l'Ardoisière à Bègles ¶ Reproduit et achevé d'imprimer en décembre 2017 par Normandie Roto Impression S.A.S. à Lonrai pour le compte des éditions Zulma à Veules-les-Roses ¶ ISBN : 978-2-84304-733-6 ¶ ISSN : 2267-1803 ¶ Dépôt légal : mai 2015 ¶ N° d'imprimeur : 1705269 ¶ Imprimé en France ¶